KB237500

악양루에 오르다 登岳陽樓

가까운 친구들에게서는 편지 한 통 없으되
늙고 병든 내게는 외로운 배 한 척 있을 뿐
관산의 북쪽에는 전쟁이 한창이니
난간에 기대어 눈물 흩뿌린다

親朋無一字, 老病有孤舟.
戎馬關山北, 憑軒涕泗流.

一道天下

일도천하 5

추몽인 新무협 판타지 소설

초판 1쇄 찍은 날 § 2006년 4월 4일
초판 1쇄 펴낸 날 § 2006년 4월 14일

지은이 § 추몽인
펴낸이 § 서경석

편집장 § 문혜영
편집책임 § 이재권
편집 § 서지현

펴낸곳 § 도서출판 청어람
등록번호 § 제1081-1-89호
등록일자 § 1999. 5. 31
어람번호 § 제2-0877호

주소 § 경기도 부천시 원미구 심곡1동 350-1 남성B/D 3F (우) 420-011
전화 § 032-656-4452 팩스 § 032-656-4453
http://www.chungeoram.com
E-mail § eoram99@chollian.net

ⓒ 추몽인, 2005

ISBN 89-251-0063-0 04810
ISBN 89-5831-718-3 (세트)

추몽인 新무협 판타지 소설
일도천하(一道天下)

완결

도서출판 청어람

목차

제1장

더 이상 참지 않을 것이오!

"으으으."

늦가을의 산바람이 옷 속을 헤집자 수레에서 짐을 내리던 한 수하가 으스스 몸을 떨었다.

"꿀꺽."

어떤 자는 수림에 가려져 다른 곳보다 어둠이 짙게 깔린 잠마곡을 한 번 바라보며 마른침을 삼켰다.

"자자! 야영 준비를 해라!"

한 향주는 점점 느릿해지는 수하들의 행동에 목청을 돋우었다.

그러자 태생이 산적인 호아채의 인물들은 그 누구보다 빠른 적응력을 보이며 이런저런 준비를 해나갔다.

잠자리를 만든다거나 식사를 준비한다거나, 어떤 이는 순번까지 정해 불침번까지 세우고 있었다.

그리고 제일 한가한 두 사람만 수하들과 떨어져 바람을 피해가며 담소를 나누었다.

"이봐, 부채주."

"예."

"소채주님이 왜 이리 늦는 것 같나?"

"모르겠습니다. 설마 도중에 배탈이라도 난 것일까요?"

"……."

노대붕은 순간적으로 쥐었던 주먹을 그냥 풀었다. 해서 차라리 제일 든든한 자를 불렀다.

"이봐, 서 향주!"

"예, 채주님."

서향은 빈둥거리는 둘과 달리 앞장서서 부하들을 독려하던 중이었다.

"이리 오게."

"예."

일도 거의 마무리 되어가기에 서독도 빈둥거리는 대열에 끼었다.

이미 대충 자리에는 술과 안주까지 준비해 있어 나름대로 이야기할 분위기도 만들어져 있었다.

노대붕은 일단 술 한잔을 따라 자리에 앉는 서독에게 내밀었다.

"일단 서 향주의 계책에는 탄복했어. 만약 자네의 계획이 아니었다면, 우리는 선뜻 이곳까지 오지도 못했을 것이야."

"과찬의 말씀입니다."

서독은 제법 겸손을 떨더니 그 잔을 단숨에 들이켰다.

"아니야, 아니야. 당연히 칭찬받을 것은 칭찬받아야지. 누구처럼 좋은 자리에 있으면서도 하릴없이 빈둥대는 놈보다 낫지."

"흠흠."

우범강이 참지 못하고 마른기침을 토하며 냉큼 노대붕의 잔에 술을 부어주었다.

그러나 오히려 그런 행동이 노대붕의 말을 끊는 작용을 해 노대붕의 시선이 잡아먹을 것처럼 변했다.

"죄, 죄송합니다."

"휴우……."

깊은 한숨만 쉴 뿐, 심중에 똬리를 튼 무엇으로 인해 노대붕은 발작하지 않았다.

그래서 그의 시선은 재빨리 서독에게 향했다.

"이제 어떻게 해야 할까? 소채주님 말대로 이곳까지 오긴 왔는데, 영 불안한 게……."

아무리 멀쩡히 왔다 해도 이곳이 어디인가? 과거 흉명으로 무림을 떨어 울렸던 요중문의 은거지다.

더욱이 주변이 온통 짙은 수림에, 괴괴하다 할 정도로 적막하니, 직접적인 은거지가 더 안쪽이라 해도 금방 어디선가 무엇이 튀어나올 것 같았다.

"쯧쯧."

그런 모습에 서독이 갑자기 혀를 찼다.

예전에는 인상만 찌푸려도 자라목이 되던 그가 노대붕 앞에서 이런 짓까지 보였다.

"어디 감히……."

서독에게 무언가 기대하던 노대붕의 인상이 잡아먹을 것처럼 살벌하게 변해 버렸다.

"채주님!"

"……?"

"저만 믿으십시오. 그것에 대한 계책도 이미 다 준비해 뒀습니다."

“그래!”

그 한마디에 봄바람에 눈이 녹 듯, 노대붕의 얼굴은 부드럽게 변해 버렸다.

우범강도 그 말에 기대되는지 슬쩍 상체를 서독 쪽으로 숙였다.

서독은 그런 둘을 보며 자신의 입지를 가늠해 볼 수 있었다.

‘예전에는 잔머리만 굴린다고 하더니… 여하튼 인간은 기회를 잘 잡아야 해.’

그들의 밝아지는 얼굴을 보며 서독은 뿌듯함을 맛보았다.

“그 계책은 말입니다. 일단…….”

서독은 대단한 계책이라도 말하는 것처럼 얼굴 표정을 진지하게 바꾸었다. 그리고 막 그 계책을 세상에 내보이려 할 때였다.

“으악!”

“컥!”

숲 속의 평화를 일순간에 깨버리는 비명이 터졌다. 적막 속에 터진 비명이기에 그 소리는 더욱 강렬하게 장내를 뒤덮었다.

소리의 근원지는 잠마곡의 입구와 인접한 곳으로 그곳에서 파수를 보던 자들은 계속해서 단발마의 비명을 터뜨렸다.

“사, 살신이다!”

“피해!!”

호아채의 수하들은 괴성을 지르며 연신 뒤쪽으로 몸을 날렸다.

그들은 공포에 질려 바닥을 구르며 연신 그쪽에서 멀어지려고 했다.

“뭐야? 살신?”

“제길! 마제만 아니길…….”

하지만 노대붕과 우범강은 오히려 소리가 난 곳으로 달려갔다. 수하들의 비명을 들은 그들의 본능이 그곳으로 몸을 날리게 만들었다.

하지만 서독은 오히려 그들을 희한한 눈으로 바라보았다.

지금 그가 이야기하려던 것이 바로 이것이었는데, 그들은 말도 채 듣지 않고 저렇게 불나방처럼 달려들었다.

"쯧쯧, 저래서 무슨 오래 살겠다고. 그저 장수하는 길은 위험한 곳에 가까이 가지는 않는 것이 첫째고, 만일 가더라도 제일 먼저 벗어나는 것이 둘째이지."

그는 안쓰럽다는 말을 남기고, 비명이 들리는 곳과 반대편으로 잽싸게 몸을 날려 사라졌다.

그쪽은 제법 풀과 나무가 야무지게 엉켜 있어 그의 신형은 발자국조차 찾을 수 없었다.

철컹. 철컹.

호아채의 야영지로 걸어오는 자는 연신 손을 움직여 쇠가 부딪치는 소리를 만들어냈다. 그는 산보를 하듯 잠마곡의 입구에서 걸어나왔다.

날카로운 눈매에서는 연신 살기가 요동치고, 붉은 입술에서는 상대를 깔아버리는 한마디를 내뱉었다.

"버러지 같은 놈들!"

그는 장난하듯 도망치는 자들을 향해 손을 떨궜다.

쎄액.

무언가 허공을 가르는 소리가 들리더니,

푹.

여지없이 무언가 틀어박히는 소리가 터졌다.

"컥!"

달려가던 자는 상처에서 피를 뿜어내며 엎어진 후엔 다시 일어나지 못했다.

"으헉!"

"피해!"

호아채의 수하들은 무언가 허공을 날면 한 사람이 죽어 자빠지자 대항을 한다는 생각도 못하고 연신 도망치기 바빴다. 상대가 혼자란 사실도 잊고 그저 살기 위해 몸부림을 쳤다.

쌔액— 쌕—

푝— 푸부북—

"크악!"

"으아아악!!"

그러나 여지없이 누군가 피를 흘리며 바닥에 엎어졌다.

그들은 달리던 자세 그대로 몸을 떨다 그대로 숨을 거두었다. 이번에는 그 숫자가 한꺼번에 셋이나 되었다.

"실력도 없는 것들이 이곳에 알짱거릴 생각을 다하고, 요 사숙의 명성도 다 죽었군. 후후후!"

단발마의 비명 속에서도 흑의사내는 오히려 웃었다.

그게 상대를 향한 것인지 아니면 요 사숙을 향한 것인지… 하지만 중요한 것은 이런 모든 것들이 그에게 있어서는 별 감흥거리도 안 된다는 것이었다.

"멈춰라!"

그 순간 도망치는 것이 아니라 오히려 선불 맞은 멧돼지처럼 달려오는 두 명의 거한이 있었다.

"감히 누가 호아채를 건드린단 말이냐!!"

상대가 예상과는 다른 자여서일까? 노대붕의 노호성엔 진한 분노가 담겼다.

그러나 흑의인은 신경도 쓰지 않는지 지금까지 하던 대로 장난치듯 상대에게 손을 뿌렸다.

쐐애액—

"고작 암기 따위로 나를 어떻게 하려고 하느냐?!"

노대붕은 빠르게 쇄도하는 암경에도 오히려 크게 소리쳤다.

부우우웅.

그의 거산대부가 날아오는 암경에 그대로 맞부딪쳐 갔다.

깡.

"큭!"

큰 소리와 달리 노대붕은 손아귀에 강한 충격을 느끼며 일순 손에 들고 있던 거산대부까지 놓칠 뻔했다. 하나, 호아채의 채주답게 적 앞에서 무기를 떨구는 실수는 하지 않았다.

"호오, 벌레들 대장인가? 나의 악마전(惡魔錢)을 받아내다니."

별 반응 없던 흑의인이 그제야 흥미를 보였다.

"아… 악마전?"

노대붕은 그 한마디에 이끌리듯 바닥에 떨어진 물체를 살폈다.

모양은 일반 동전의 크기인데, 그 전면에는 글자 대신 날카로운 송곳니를 드러낸 악마상이 조각되었다.

떨어졌던 노대붕의 고개가 재빨리 들리며 눈앞의 상대를 살폈다. 악마전하면 한 사람이 자연스레 떠올랐다.

그 순간 우범강이 먼저 알아챘는지 상대의 이름을 크게 외쳤다.

"천마육룡(天魔六龍) 잔인마전(殘忍魔錢) 진옥규(眞獄叫)!"

쐐애액!

악마전이 다시 날아가며 소리친 우범강에게로 향했다.

"윽!"

우범강은 노대붕처럼 막아낼 생각은 하지 않고, 고개를 숙여 가까스로 피했다.

"벌레들에게 함부로 불릴 이름이 아니다."

진옥규의 날카로운 시선이 우범강의 얼굴에 내리 꽂혔다.

"으윽……."

우범강의 얼굴에 어둠이 깔렸다.

진옥규는 천마성의 후계자들 중 가장 잔인한 인물이었다. 지금까지 그와 마주친 상대를 살려준 적이 없었다. 무조건 그가 나타나면 그곳은 싸늘한 시체만이 널브러진 도살장이 되었다.

갑자기 노대붕이 거산대부로 바닥을 내려쳤다.

쾅.

찌르르 하며 손을 타고, 강렬한 진동이 전해졌다. 그러자 가슴 밑바닥에서 슬그머니 고개를 쳐들었던 두려움이 그대로 곤두박질쳤다.

"부채주!"

대머리에 핏줄이 치솟으며 무시무시한 인상이 되었다.

"예, 채주님!"

우범강은 얼떨떨해하면서도 확실히 대답을 해왔다.

"우리가 누구냐?"

"막간산의 산적……."

"그래, 산적이다. 거기다 말석이지만, 호아채는 당당히 녹림칠십이채의 한 축을 이루고 있다. 안 그러냐?"

노대붕의 눈이 활활 타올랐다.

"맞습니다."

"거기다 녹림도가 뭐냐? 사나이 중의 사나이가 아니냐?"

"예……."

"그런 우리가 천마성주도 아니고, 그 제자 하나 때문에 쫄아야 되겠느냐?”

“아, 아닙니다!”

그제야 우범강도 노대붕의 의도를 알 수 있었다.

“빌어먹을! 그럼 어떻게 해야 하느냐?”

노대붕은 거산대부를 고쳐 잡으며 진옥규를 매섭게 노려보았다.

“녹림도답게… 털어야지요.”

우범강이 자신의 대도를 들어올렸다.

“좋아! 잠마곡지부의 첫 손님을 상대로 첫날부터 쪽박 찰 수 없지. 더욱이 한 사람에게 쫄아서 기도 못 폈다면, 말석이 아니라 그날로 우리는 녹림에서 쫓겨날 것이다.”

“예.”

우범강은 대답 후 뒤를 향해 소리쳤다.

“호아채 잠마곡지부의 첫 손님이다! 거기다 상대는 거물이니 혼신을 다해 우리의 저력을 보여줘라!”

“예!”

물러났던 호아채 수하들이 슬금슬금 다가왔다.

그들은 채주와 부채주가 앞에 나서자 점점 잃었던 기세를 찾아가고 있었다. 여하튼 뭐라 해도 상대는 혼자 아닌가?

“잠시 후면 소채주님이 오신다. 그분이 오셨을 때 겁에 질려 벌벌 떠는 모습만 보여줄 것이냐?”

노대붕은 나서기 전에 다시 한 번 수하들을 독려하는 소리를 질렀다.

“아닙니다!!”

“좋아. 그렇다면 뭘 망설이느냐? 쳐라!!”

노대붕이 제일 먼저 거산대부를 휘두르며 달려들었다.

“와아아아!!”

함성과 더불어 우범강과 다른 수하들도 진옥규에게 몰려들었다.

진옥규는 떼거리로 덤벼드는 그들을 보면서도 전혀 긴장한 기색이 보이지 않았다. 그저 노대붕이 던진 그 한마디만 되까렸다.

"소채주? 녹림에 소채주가 있었던가?"

그러나 그것도 잠시…

쩔걱. 쩔걱.

대신 손 안의 악마전을 빠르게 움직이며 입가의 살기를 더욱 짙게 만들었다.

"그런 인간의 목까지 딴다면, 후계자 시험에서 추가 점수를 더 딸 수 있겠군."

잠시 자리를 비운 사이, 졸지에 일도는 진옥규에게 점수를 올리는 존재가 되고 말았다.

그리고 호아채와 진옥규가 막 격돌하려는 순간,

"육사제, 뭐 하느냐?"

장내에 새롭게 다가오는 자가 있었다.

"후후. 이런 좋은 기회를 오사형한테 빼앗길 수 없지."

쌔애액.

그의 손에서 악마전이 나는 것을 필두로 호아채와 진옥규의 싸움이 시작되었다.

진옥규는 호아채의 인물들이 무슨 말이라도 할까 더욱 빠르게 움직이며 오사형이란 자가 끼어들 틈도 주지 않았다.

*　　　*　　　*

'제발…….'

일도는 환림회귀진을 뚫고 나가며 마음속에 이는 불안감을 애써 내리눌렀다.

"얼마 전까지 회계산이 떠나가라 풍악 소리가 울려 퍼지던 일 말이오. 그게 잠마곡 근처까지 꽤 가깝게 들려와 사형들이 그 일을 확인하러 간다고 했소."

유진헌이 들려준 말은 확인이지만, 그 말을 믿기에 일도가 본 오사형이란 자의 성품은 말 그대로 확인만 할 것 같지는 않았다.
"그저 아무 일 없기를 바란다. 아니라면……."
일도는 아랫입술을 강하게 물었다.
파바바밧.
일도는 환림회귀진의 수림 사이를 정해진 보법대로 짚어나갔다. 이럴수록 침착해야지 안 그러면 처음부터 다시 되돌아 나오는 불상사가 생길 수도 있었다.
대충 그렇게 진의 초입에 왔을 때였던가? 나뭇잎 사이로 귀를 자극하는 소리들이 들렸다.
"으윽!"
"크윽!"
아직은 거리로 인해 뚜렷하지 않아도 온 신경을 청력에 집중한 일도에게는 바로 곁에서 들려오는 듯했다.
"서, 설마."
일도의 눈이 크게 뜨여졌다.
의심할 여지도 없이 들려오는 소리들이란 사람이 숨을 거두기 전 내뱉는 단발마의 비명이 아닌가?

팟—

일순 일도의 몸이 길게 늘어났다. 극성의 축지성촌이 남긴 여파가 그가 이동하는 곳에 기다란 잔상을 남겼다.

순식간에 거리는 좁혀지고, 이제 비명 소리는 아련한 것이 아니라 뇌리 깊은 곳까지 박혀들었다.

일도는 더 이상 빨라질 수 없을 정도까지 빨라졌다.

쐐애애액.

바람조차 일도가 지나간 다음에 불어올 정도였다.

잠마곡의 답답한 수림을 벗어나 나타나는 툭 터진 공터.

그곳에는 더 이상 한가로이 야영을 한다고 부산을 떠는 호아채의 인물들은 없었다.

"으아악!"

"크악! 내 눈!!"

사지를 잃은 자는 바닥을 굴렀고, 눈에서 피를 쏟아내는 자는 다른 자에게 부딪쳐 한 덩이가 되어 바닥을 굴렀다.

진정 살아 있는 자도 살아 있는 것 같지 않은 한 폭의 지옥도를 연상시켰다.

거기에 더해져 코끝을 자극하는 짙은 혈향.

부르르르.

일도의 몸이 발끝부터 조금씩 떨렸다.

지금까지 이렇게 참혹한 장면은 본 적이 없었다. 아니, 볼 거라 생각도 해본 적이 없었다. 저기 저렇게 뒹굴던 자들이 얼마 전 웃고 떠들던 동료들이라니…….

"멈춰!!"

일도의 끓어오르는 분노가 한줄기의 포효성이 되어 터졌다.

무리를 침략 당한 맹수의 성난 울부짖음처럼 그 소리는 주변은 물론 회계산 전체를 감쌀 정도였다.

"크윽!"
막 대도가 부러져 상대에게 목줄이 잡힌 우범강이 소리난 곳을 살폈다.
거리는 있지만 뚜렷이 보이는 얼굴. 순진한 미소와 더불어 그에게 끔찍한 기억도 남겨준 소채주.
"소, 소채주님……."
우범강의 입에서 힘겨운 목소리가 흘렀다.
"소채주?"
막 목을 부러뜨리려던 진옥규는 시선을 돌렸다.
갑작스레 터진 사자후도 사자후지만, 너무나 강렬한 힘에 내심 놀라고 있었다. 비록 그게 소림의 사자후처럼 공격적이지는 않았어도 그 안에 담긴 힘만은 충분히 느낄 수 있었다.
그건 살인을 수수방관하던 또 하나의 후계자 천마오룡 옥면귀수(玉面鬼手) 모위진(某威振)도 마찬가지였다. 그가 바로 유진헌과 말다툼을 벌이던 자로 지금은 살인 현장을 한가로이 구경하던 중이었다.
그 둘은 새롭게 나타난 일도를 보며 놀람 속에서 의아함을 느꼈다. 그가 나온 방향이 다른 곳도 아닌 잠마곡이었다. 분명 안에는 그들의 사제 유진헌만 있어야 하는데, 이상한 일이었다.

"으윽!"
널브러진 자들 틈에 있었던 노대붕이 천천히 몸을 일으켰다.
그의 전신은 이곳저곳이 구멍 투성이로 그곳에는 이미 여러 대의 악마적이 박혀 있었다. 이미 죽어도 몇 번 죽었을 몸인데도 노대붕은 자리에서 일어나 천천히 일도에게 걸어갔다.

"아직 안 죽었나?"

진옥규도 그 모습에는 내심 고개를 저었다. 그를 처리하고, 지금의 우범강을 잡은 것인데 죽었다 생각했던 사람이 멀쩡히 일어났다.

꾸우욱.

일도는 그 모습을 바라보며 자신도 모르게 주먹을 쥐었다. 노대붕에게서는 거부할 수 없는 무언가가 느껴졌다.

털썩.

더 이상 걷기가 힘든지 노대붕은 일도 앞에서 무릎을 꿇었다. 그리고 입을 여는데 그 목소리가 꼭 죽기 직전의 노인처럼 끄르륵거렸다.

"무… 무사하셨군요."

"그, 그렇소."

"다행… 저희는 소채주님이 오실……."

노대붕의 고개가 점점 앞으로 숙여지다 앞으로 넘어갔다.

"노 채주! 노 채주!"

일도는 그를 받치고는 소리를 쳤다. 한 손은 그의 몸에 댄 채 화정오색진기 중 녹목생령진기를 끌어올렸다.

그러자 일도의 몸에 쌓였던 무한한 공력이 노대붕을 통해 빠르게 흘러들어 갔다.

"으으음……."

감겼던 노대붕의 눈이 힘겹게 뜨였다.

"노 채주!"

"소채주님… 호아채의 모두는 비겁하게 도망치지 않았… 수하들을… 부탁."

툭.

노대붕의 대머리가 한쪽으로 꺾였다.

“노 채주! 노 채주!!”

일도는 목이 터져라 그를 불렀다.

“…….”

하지만 이미 숨을 거둔 노대붕은 다시 눈을 뜨지 않았다. 말석의 녹림 칠십이채를 예전처럼 수위로 올린다는 꿈도 이루지 못하고 허무하게 숨을 거두었다.

“일어나시오, 일어나시오. 이렇게 죽으면 안 되오. 노 채주! 노 채주!!”

아무리 천하무쌍의 녹목생령진기라도 죽은 자를 살릴 수는 없었다.

일도는 허탈함에 그의 얼굴만 하염없이 바라보았다.

이들과는 참으로 많은 추억이 있었다, 금강대왕부터 시작해 녹림의 선녀쟁탈대회 참여했던 일, 그 뒤 그들과 함께 이곳 잠마곡까지 오게 된 일까지.

“이게 아니었는데… 이게 아니었는데…….”

분명 그들에게 아무 일도 없을 거라 해서 억지로 이곳까지 데리고 왔는데, 그 결과는…….

일도는 주변을 살폈다.

제대로 서 있는 자가 하나도 없었다. 아니, 강제로 서 있는 자는 있었다. 냉소를 짓고 있는 진옥규에게 잡혀 있는 우범강만은 아직 쓰러지지 않았다.

그걸 보는 순간 일도의 눈에서는 화염의 불길이 타올랐다. 눈에 잡힐 듯 보여지는 그의 분노는 적화열염진기와 맞물려 주변의 공기를 태워 버릴 듯 넘실거렸다.

“놓아라.”

일도의 입이 무겁게 열렸다.

하나 너무나 나직하기에 제대로 듣지 못한 진옥규는 일도의 바람을 따라주지 않았다.

“놓으란 말이다!”

화악.

순간적으로 강렬한 기세가 타오르며 일도의 신형이 움직였다.

실상에 가까운 잔상을 남기는 허무잔영이 극도로 펼쳐졌다.

파앗.

그러자 제자리에 있는 줄 알았던 일도의 몸이 어느샌가 진옥규 앞에 다다랐다.

“윽!”

진옥규는 순간적으로 일도의 신형을 놓쳤던지라 그의 등장을 알아채지 못했다.

꽉.

일도는 그대로 우범강의 멱살을 잡고 있는 진옥규의 팔을 잡았다.

그러나 그걸 그대로 보고 있을 진옥규가 아니었다.

“감히!”

휘익.

진옥규의 남은 손이 칼날이 되어 일도의 목으로 날아갔다.

퍽!

그러나 그 손마저 일도의 손에 단단히 잡혀 힘을 쓸 수 없었다.

“이…….”

“놔!”

우두둑.

일도의 일성과 함께 그가 잡은 팔에서 뼈가 으스러지는 소리가 터졌다.

"으… 윽!"

진옥규의 입에서 비명이 튀어나오려다 강하게 밀치는 힘에 의해 제대로 나오지도 않았다.

"소… 소채주님!"

쓰러지기 전에 우범강은 일도의 손에 잡혀 쓰러지지 않았다.

"으음."

우범강의 상태도 좋지 않았다.

아직 숨은 붙어 있지만, 혈맥이 가닥가닥 끊어져 제대로 운기를 하지 못했다. 그래서 반항도 못하고 힘없이 잡혀 있었던 것이다.

"부탁이 있습니다."

"기다리시오. 내 우 부채주의 몸부터 치료해 주겠소. 노 채주는… 힘들었지만, 우 부채주는 예전처럼 돌아갈 수 있을 것이오. 나를 믿으시오!"

일도는 일단 그의 말을 막고, 몸 안에 녹목생령진기를 넣었다.

"나중에 하십시오. 소채주님이 먼저 할 일은 이런 것이 아닙니다!"

"……?"

"채주님이 돌아가셨고, 수하들은 몰살당했습니다. 그런데 우릴 이렇게 만든 자는 저렇게 멀쩡히 있습니다."

우범감은 힘겹게 손을 들어 진옥규를 가리켰다.

진옥규는 지금 잡혔던 손을 문지르고 있느라 아직 다른 행동을 하지 못했다. 거기다 꽤나 놀랐는지 두 눈에 충격이 서렸다.

"그 말은?"

"녹림의 율법은 뺏을 수는 있어도 빼앗기지 않는 것입니다. 소채주님 되찾아주십시오. 호아채가 빼앗긴 목숨 값을 받아주십시오!!"

몸은 엉망이 되었지만, 눈빛은 죽지 않았다. 한 산채의 부채주를 맡은 자답게 기백이 살아 움직였다.

일도는 이 순간 두씨 부자가 강조하고, 녹림도 스스로가 좌우명으로 삼은 사나이들의 기백이 느껴졌다.

"알겠소."

무겁게 고개가 끄덕를 끄덕이며 자리에서 일어나 진옥규를 바라보았다.

"윽!"

그 순간 뒤에서 작은 비명이 터졌다.

일도의 고개가 재빠르게 우범강에게 돌아갔다.

우범강의 가슴에는 이미 소도가 박혀 있었다. 한 치의 오차도 없이 심장에 박힌 비수 주변은 금방 붉게 물들었다.

일도는 놀라 재빨리 그를 안아 들었다.

"우 부채주! 왜 이런 짓을 하시오!"

"채… 채주님은 저에게 혀… 형님과 같은 분입니다. 혀… 형님 혼자 보낼 수 없지요. 더욱이… 소채주님은 책임감이 강한 분……."

툭.

우범강의 고개도 꺾였다.

이로써 잠마곡을 찾았던 호아채의 인물들 중 마지막 생존자마저 숨을 거두었다.

당당히 천하사강의 은거지에 지부를 세워 녹림의 위상을 올리겠다던 호아채는 목적은 이루었지만 결과적으로는 전멸이란 이름으로 막을 내렸다.

"왜… 왜… 왜에!!"

일도의 깊게 상처 입은 외침만 처량하게 회계산을 울렸다.

모위진은 이곳에 등장하고 나서도 조금도 움직임이 없었다. 그러던 그가 일도의 분노를 보며 묘한 눈빛을 보였다.

"상대는 정체불명의 녹림의 소채주란 자. 과연 육사제가 이 일을 어떻게 처리할 것인가?"

모위진의 시선은 이제 슬슬 손목의 고통에서 벗어난 자신의 사제를 바라보았다.

"뭐가 나오든 나는 양패구상이 제일 좋지. 후후후!"

그의 입가에 진한 미소가 피어났다.

앉아 있던 일도가 비틀거리며 일어났다. 그는 멍한 사람이 되어 이 세상 사람들이 아니게 된 호아채의 인간들을 보았다.

모두들 편안한 모습이 아닌, 고통과 공포에 일그러진 표정으로 죽었다. 더욱이 몇몇은 비통함을 참지 못해, 입술을 깨물어 피가 흥건하게 고인 자도 있었다.

그리고 일도의 시선은 시체들 사이에서 유일하게 멀쩡히 서 있는 한 사람에게 향했다.

"왜 그랬느냐?"

일도의 목에서 으르렁거리는 소리가 나왔다.

"무엇을 말이냐?"

진옥규의 눈에서 진한 살광이 피어났다. 조금 전 당했던 일이 치욕을 넘어 상대에 대한 강한 살의로 바뀌어 버렸다.

"왜 이들을 죽였느냐? 이들이 죽어야 할 큰 이유가 있느냐?"

"이유? 홍! 벌레들이 죽는 데도 이유가 있을까? 감히 겁도 없이 이곳까지 들어온 놈들이니 죽어도 싸지."

“그럼, 네놈은?”

“나?”

“네놈도 허락없이 이곳에 오지 않았느냐? 그렇다면 네놈도 죽어야 하느냐?”

“감히 어떤 놈이 이 진옥규를 죽일 수 있단 말이냐!!”

“내가 죽여주지. 인간을 벌레로밖에 보지 못하는 네놈에게 사람의 도리가 무엇인지 가르쳐 주마.”

일도의 전신에서 강한 열풍이 뿜어졌다.

화르르륵.

폭발한 분노가 적화열염진기를 만나 일도의 전신에 붉은 갑옷을 씌어놓았다. 그리고 순하기만 얼굴은 붉게 물들어 피를 뒤집어쓴 지옥의 야차와 다름이 없었다.

“건방 떨지 마라!”

진옥규가 손을 떨구자 십여 개의 악마전이 허공을 갈랐다.

쉭쉭쉭―

그가 지금까지 보여줬던 그 어느 때보다 빠르고 강렬하게 일도의 상중하를 노리고 날아갔다.

하지만 일도는 피하거나 하지 않았다. 피하기에는 너무 빠르다 느꼈는지 맨 몸으로 그것들을 맞아들였다. 그리고 뜨겁게 타오르고 있는 눈을 향한 것만 손으로 낚아챘다.

파바바바박.

악마전이 일도의 몸에 강렬하게 파고들었다.

“하하하. 감히 악마전을 피하지도 못하는…….”

진옥규가 그 모습에 기쁨을 터뜨리려 할 때였다.

악마전을 막느라 가려졌던 일도의 두 눈이 다시금 나타났다. 그리고 그 속에 일렁이는 뜨거운 화염이 진옥규의 깊은 곳까지 태워갔다.

"군자는 삿된 것에 현혹되지 않는다. 암기 또한 소인배들이나 사용하는 것. 이따위로 나를 어떻게 할 수 있다 생각지 마라."

휙.

일도는 손에 잡혀 있던 악마전을 진옥규에게 던졌다.

"암기로 나를 상할 수 있을 것 같으냐?"

진옥규는 날아오는 악마전을 향해 손을 뻗었다.

탁.

치이익.

"으윽!"

진옥규는 잡았던 악마전을 바로 땅에 떨어뜨렸다.

이미 그의 손바닥에는 악마전이 잡혔던 자국이 그대로 물집이 되어버렸다. 그러고도 식지 않은 열기가 바닥에 떨어져 뜨거움을 뿜어냈다.

"거, 거짓말."

떨어진 악마전을 보니 절반 정도가 녹아 그 형체를 잃었다. 도대체 어느 정도의 삼매진화를 일으켜야 이렇게 되는가?

그때 일도가 사형선고와 같은 말을 진옥규에게 던졌다.

"고통스럽느냐? 그러나 그 정도의 고통으론 내 분노를 재울 수 없다. 저들이 비통한 죽음에 대한 대가는 아직 멀었다!"

드디어 일도의 몸이 움직였다.

팟.

순간적으로 연기처럼 사라진 그의 신형은 일순 그가 있었는가 의심이 들게 만들 정도였다.

"어디?"

진옥규는 일도의 신형을 찾으려 했지만, 이미 허무잔영 속에 사라진 일도의 신형을 쉽게 찾을 수 없었다.

“여기다.”

“······?”

바로 뒤에서 들려오는 일도의 목소리에 진옥규의 고개가 돌아갔다.

퍽!

“으아악!”

진옥규가 피를 토하며 날아갔다. 얼굴에 강해진 일격에 고개가 세차게 꺾인 채 피범벅이 되었다.

“아니!!”

그 순간 모위진의 눈은 찢어질 듯 커졌다.

둘의 일거수일투족을 놓치지 않고 바라보던 그조차 일도가 사라졌다 다시 나타나 진옥규를 날려 버린 행동이 그저 흐릿한 잔상으로만 보였다.

팟.

그리고 다시 한 번 일도의 신형이 안개처럼 뿌옇게 흐려졌다.

퍽!

“크악!”

진옥규의 비명이 터져 나오고, 그의 허리가 거의 반대로 접힐 듯 휘어진 채 그대로 날아갔다.

그리고 그 아래 날아오르는 진옥규를 바라보는 일도의 뜨거운 시선이 있었다. 너무나 뜨거워 세상 전체를 태워 버릴 듯한 화염이 그에게서 뿜어졌다.

모위진은 아랫입술을 깨물었다.

“저자의 정체가 무엇인가?”

그가 원하던 것은 양패구상이거나 아니면, 둘 다 지친 상태가 되었을 때 진옥규를 구하는 것이었다. 그러면 진옥규에게 은혜를 구하고, 저 녹림 소채주라는 자를 제압할 수 있을 것이었다.

하나 소채주라는 자의 무공은 그의 예상을 넘어섰다. 자칫하면 진옥규가 어이없이 목숨을 잃을 수 있다.

모위진은 갈등 속에서 빠른 결정을 선택해야 했었다.

뒤늦게 유진헌이 환림회귀진을 통해 장내에 나타났다.

그는 주변에 널려 있는 시신들과 혈향에 얼굴 표정이 변해 버렸다. 그리고 바닥에 떨어진 자들의 사인을 살피는데, 대부분이 암기에 중요 부위가 뚫린 시신이 대부분이었다.

"이게 다……."

유진헌의 입에서는 믿을 수 없다는 한탄이 흘렀다.

그리고 그 순간,

우둑.

"크악!"

진한 비명성과 함께 뼈가 으스러지는 소리가 놀람을 깨버렸다.

유진헌과 모위진의 시선은 자연스레 소리의 근원지로 몰렸다. 성격도 외모도 다르지만, 지금은 둘 다 같은 생각과 표정을 지었다.

모두 눈이 커지고, 입이 벌어졌다.

거기엔 한 인간의 처절함과 한 인간의 분노가 그려졌다.

일도는 허공으로 한 손을 올린 채로 서 있었다. 한데 그 끝에는 진옥규가 허연 흰자위를 보여줄 정도로 고통에 몸을 떨었다.

"사제!"

"이… 일도 형?"

유진헌은 얼굴이 붉어진 채 분노에 휩싸인 그가 누구인가 했지만, 곧 복장을 알아보고 앞으로 내달렸다.

"일도 형! 안 되오, 그를 죽이지 마시오!"

유진헌의 다급한 비명이 터졌지만, 뒤를 잇는 일도의 한마디가 그 모든 것을 눌러 버렸다.

"멈추시오!"

"일도 형……."

기세에 질려 유진헌이 바닥에 뿌리내려 버렸다.

일도의 이글이글 타오르는 눈길이 유진헌의 두 눈을 태워 버릴 듯 강렬하게 쏘아져 왔다.

"이건 이자가 자처한 것이오."

"큭!"

일도의 손에 목줄기가 틀어쥔 진옥규가 비명을 질렀다.

그는 얼마 전의 우범강처럼 일도의 손에 잡혀 괴로운 표정만 지었다. 하나 일도의 일격을 당한 허리가 사지의 힘을 앗아버려 반항할 수도 없었다.

"일도 형, 그 마음은 잘 알고 있소. 하지만 꼭 죽일 필요는 없지 않소? 육사형은 이미 일도 형에 의해 커다란 벌을 받지 않았소?"

일도는 그 말에 아무런 대답도 하지 않고, 주변에 숨이 끊어진 호아채의 인물들을 가리켰다.

"이들은 나를 믿고 따라온 자들이오. 그저 총채주인 장인 어른이 제멋대로 갖다 붙인 소채주란 그 이름 하나에 이곳까지 온 자들이오. 그런데 이들에게 무슨 죄가 있소? 아니, 왜 이들이 죽어야 하오?"

"그건……."

유진헌은 말문이 막혔다. 진옥규의 성격을 누구보다 잘 알기에 그 이유란 것이 어떨지는 뻔했다.

꾸우욱.

일도의 손에 더욱 힘이 들어갔다.

"끄으윽!"

진옥규는 괴로움을 참지 못하고, 혀를 길게 빼물었다.

"나는 더 이상 참지 않을 것이오. 내가 망설여 더 이상 나의 친인들이 다치는 것을 보지 않을 것이오. 앞으로 내 스스로 진흙탕에 몸을 던져서라도 그런 일이 벌어지지 않게 할 것이오!"

우두둑.

"컥!"

진옥규는 목이 부러지며 그대로 숨을 거두었다.

어찌 보면 너무 간단한 죽음. 하지만 그에게는 오히려 이런 것이 더 나을 것이다. 혼자서 호아채의 전부를 죽인 자의 최후가 이렇게 편안하단 것은 그에게 복이었다.

"아……."

유진헌의 입에서 허탈한 신음성이 흘렀다. 이젠 돌이킬 수 없게 되었다.

짝. 짜자자작.

갑자기 모위진이 박수를 쳤다.

"후후후, 잘했소."

"오사형!"

유진헌이 그를 향해 매섭게 소리쳤다. 어찌 사제의 죽음 앞에 저런 말을 하는가?

"너도 이것으로 끝이구나?"

"……?"

"후계자 자리를 차지하기 위해 녹림의 소채주와 내통에 육사제를 죽였다? 거기에 그의 정체는 요 사숙의 사위? 그럼 지금 천마성에 와 있는 요 사숙은 성을 배신하려는 배반자로군."

"오사형!!"

유진헌이 놀라 소리쳤다.

어떻게 일순 모든 일이 모위진의 입을 통하자 엄청난 일로 탈바꿈되어 버렸다.

"이제 이해가 가는군. 네놈이 요 사숙과 저자와 내통을 하느라 그렇게 잠마곡의 시비들을 위해주었느냐?"

"무슨 말도 안 되는 소리입니까? 억지 소리하지 마십시오. 지금 오사형의 그 말이 무엇을 의미하는지 알기나 합니까?"

"알지, 알아도 너무나 잘 알지. 바로……."

모위진은 점점 즐거움이 가득 찬 미소를 지었다. 거기다 그의 눈은 일도의 얼굴에 고정된 채 또박또박 한자를 힘주어 말했다.

"녹림과 천마성의 전면전!"

"오사형, 미쳤군요! 지금 그 말이 무엇을 뜻하는지 모릅니까?"

"너무나 잘 알고 있지. 이로서 나는 이 모든 사실을 성에 보고하고, 네놈은 후계자의 자리에서 물러나지. 그리고 천마성을 혼란스럽게 하는 요 사숙도 끝이지. 이 모든 일의 끝에는 비로소 진정한 천마성의 후계자인 내가……."

마치 그 일이 바로 벌어질 것처럼 모위진은 잠시 감상에 빠져들었다.

하지만 이곳에는 다른 자가 아닌 일도가 있었다.

"호월!"

슈아아아앙.

“허억!”

모위진은 빠르게 접근하는 황금색 물체에 그대로 몸을 틀었다.

쾅!

그가 있던 자리에 강력한 폭발이 생기며 순식간에 커다란 구덩이가 만들어졌다.

모위진은 간신히 몸을 피한 후라 놀람이 그대로 묻어났다. 마치 화탄처럼 땅을 터뜨려 버린 그것을 제대로 보지도 못했다.

슈아아앙.

그러나 그것이 끝이 아니었다.

먼지를 뚫고서 다시 금색의 물체가 튀어나오며 모위진에게 다시 날아갔다.

“흑천마장(黑天魔掌)!”

이번만큼은 모위진도 피하지 않고 천마성의 절학을 펼쳤다.

천마성의 삼대장공 중 하나인 흑천마장은 모위진의 전면을 검게 물들이며 황금색 물체를 감싸갔다.

쾅.

“윽!”

모위진은 충격을 못 이겨 그대로 뒤로 밀렸다.

슈아아앙.

하나 지겹게 따라붙는 호월의 세 번째의 공격만큼은 피하지 못했다.

퍽!

“크악!”

모위진은 충격으로 신형이 붕 떠오르며 공터의 외곽을 둘러싼 나무 등지로 날아갔다.

쾅. 콰직.

힘을 못 이긴 나무의 허리가 끊겼다.

"켁! 쿨럭!"

강한 충격을 입었는지 모위진이 입에서 피를 게워냈다.

"돌아와라."

그 순간 일도의 입에서 호월을 불러들이는 소리가 터졌다. 그러자 말 잘 듣는 충견처럼 호월은 일도의 곁으로 날아왔다.

"나는 분명 말했다, 친인에게 해가 되는 일에는 절대 참지 않겠다고."

"……."

진옥규의 일은 그렇다 쳐도 이번만큼은 유진헌의 눈에도 똑똑히 보였다.

무언가 황금색 구체가 일도의 손에서 튀어나가더니 살아 있는 것처럼 상대를 몰아붙였다. 지금까지 듣지도 보지도 못한 희한한 무공이었다.

"크윽!"

모위진은 충격이 큰지 쉽게 몸을 움직이지 못했다. 계속해서 피만 게 워내며 신음만 흘렸다.

일도는 호월을 풀어버리고, 천천히 걸음을 옮겼다. 그가 걷는 방향 끝 에는 모위진이 있었고, 몸에 드리워진 분노의 불길은 여전히 타올랐다.

"일도 형!"

유진헌은 이번만은 안 된다는 생각에 일도의 앞을 막아섰다.

비록 사형제의 정이 각별하지 않다 해도 가만히 있을 수 없었다. 이대 로 있다간 진실이 어떠하든 정말 모위진의 뜻대로 될지도 몰랐다.

"비키시오. 저자는 유 형에게도, 천마성에 있을 장인에게도 해가 되는 인간이오."

"일도 형, 내가 아는 일도 형은 이런 사람이 아니지 않소? 형은 이렇게 사람을 함부로 죽이는 사람이 아니오. 더욱이 그는 저항도 못할 정도로 상처를 입지 않았소?"

유진헌의 눈에 간절함이 담겼다. 그가 방탕하게 된 이유도 궁극적으로 남과 다툼을 싫어해서이지 않은가?

"사람은 변하오."

팟.

일도의 신형이 순간적으로 사라지며 어느샌가 그의 모습은 쓰러진 모위진의 앞에 있었다.

"으으……."

모위진은 바로 앞에 자리한 일도를 보며 몸을 떨었다.

지금만큼은 천마성과 천마오룡이란 위치도 소용이 없었다. 상대는 그런 것도 무시할 정도로 강력한 힘을 갖고 있었다.

일도는 그를 내려다보며 한자한자 힘을 주어 말했다.

"분명 너는 그대로 떠날 수도 있었다. 그랬다면 나는 너를 잡지 않았을 것이다. 만일 네 말대로 오늘 일로 인해 어떤 일이 벌어진다 해도 나는 홀로 그 모든 것을 감당하려 했다. 하나, 나는 오늘 비로소 깨달았다, 무림이란 것은 군자의 가르침만으로는 너무 부족하단 것을. 내가 참고 견디는 만큼 소인들은 항상 다른 자들을 괴롭히기 마련이지. 저기 죽어 있는 놈이나 바로 너처럼 말이다."

"으음……."

일도에게서 뿜어져 나오는 열기가 뜨거워서였을까? 아님, 말투에 담긴 신념이 강해서였을까? 모위진은 음모를 외칠 때와 달리 한없이 위축되어 갔다.

"나는 앞으로 모든 것에 내 의지를 앞세우는 그런 길을 갈 것이다. 그리고 내가 하는 일은 그 의지에 대한 첫걸음이다."

한 손을 들어올렸던 일도는 그대로 모위진의 천령개에 떨어뜨렸다.

“일도 형! 안 되오!”

퍽!

“끄륵!”

천령개를 가격당한 모위진은 칠공에서 피를 쏟았다.

사제의 죽음을 수수방관하고, 또 하나의 사제를 음모 속에 빠뜨리려던 그의 바람은 미처 피어나지 못하고 막을 내렸다.

털썩.

유진헌의 무릎이 힘없이 꺾이며 바닥에 닿았다. 그의 표정은 도저히 믿을 수 없다는 듯 허탈함에 빠져 버렸다.

분노가 사라졌기 때문인가? 일도의 붉어졌던 얼굴도 차츰 재색을 찾으며 몸을 감쌌던 적화열염진기의 열기도 봄날 훈풍처럼 변해갔다.

“음…….”

일도는 눈을 감았다.

무림에 나와 처음으로 본인의 의지대로 사람을 죽였다. 첫 살인은 아니지만 그에게 있어 첫 살인과 같은 여운을 남겼다.

'차라리 처음부터 이렇게 했으면 호아채의 사람들이 죽을 일도 없었다. 아니, 무림에 첫발을 내딛었을 때부터 의지대로 행했으면 정 선생님이나 전 노야가 납치되는 일도 없었다. 더 이상 나의 어리석음으로 인해 사람들이 피해를 입어서는 안 된다. 진정한 군자야말로 대도를 행함에 있어 더렵혀짐을 두려워하지 않고 떳떳이 가는 것이다.'

“일도 형, 이 모든 것은 내가 한 것이오.”

유진헌의 입에서 나온 그 한마디가 일도의 생각을 끊어버렸다.

“무슨 말이오?”

“이 모든 일은 내가 한 것이오. 내가 후계자 자리를 위해 두 사형을 해친 것이오. 녹림의 일은… 일도 형에게 부탁하겠소. 이것만이 내가 일도 형에게 받은 것에 대해 조금이라도 갚는 것이오."

결론이 내려졌는지 유진헌도 자리에서 일어났다. 그 얼굴에는 굳은 결심이 서려 흔들리지 않았다.

일도는 그 말에 가슴이 떨려왔다.

"유 형, 군자는 말이오. 절대 자신의 허물을 남에게 전가시키지 않소."

"일도 형, 이건 바보같이 군자 타령으로 넘어갈 문제가 아니오. 자칫하면, 천마성과 녹림의 전면전까지 야기시킬 수 있소."

"후후후. 그건 걱정 마시오. 그 일은 내가 책임질 것이오.'"

"아니, 어떻게 말이오? 이건 혼자서 할 수 있는 일이 아니오."

"내 스스로 천마성으로 가겠소. 어차피 그곳에 가서 확인해야 할 것이 있으니."

일도는 천마성으로 가기로 결심했다. 어차피 그곳에 가서 만나야 할 사람도 있고, 유진헌이 말했던 사실들을 확인할 수도 있었다.

"십일월 중순경에 잠마곡에 오는 자에게 물건을 받고, 그걸 무사히 천마성으로 가져가면 되오."

이 이야기를 천뇌사령이란 자가 말했다고 하지 않았던가? 그렇다면, 분명 천마성에 무슨 해답이 있을 것이다.

"일도 형! 미쳤소? 지금 어딜 간다는 것이오?"

유진헌의 두 눈이 크게 뜨였다. 사지로 걸어가겠다니 미치지 않고서야 그런 말을 할 수 있는가?

그 말 때문인지 일도의 얼굴이 갑자기 심각해졌다. 하나 튀어나온 말은 전혀 상황과 다른 말이다.

"어차피 가야 하오. 가지 않으면 산매가 나를 잡아 죽이려 할지도 모르오. 유 형도 그녀의 성격을 알지 않소?"

"……."

하나 유진헌은 일도처럼 그렇게 농담으로 받아넘길 수 없었다. 천마성은 그가 태어나고 자라온 곳이기에 너무나 잘 알고 있었다. 더욱이 지금은 여러 가지 문제들로 인해 분위기도 심상치 않았다.

"그럼 일단 안으로 들어갑시다. 내 유 형에게 할 이야기가 많소. 유 형의 도움이 꼭 필요하오."

아무래도 일도는 그가 이곳에 온 이유와 몇 가지 사항에 대해 그에게 알려야겠다고 정했다. 그의 마음을 확인한 이상 그에게 부탁할 일도 있었다.

"진정한 군자는 바보 아니면 성인이라더니, 일도 형이 딱 그 짝이구나."

유진헌은 고개를 설레설레 저으며 그 뒤를 따랐다.

제2장

달빛 아래 드러나는 진실들

어둠뿐인 관도.

오늘은 달도 구름에 가려져 더 더욱 괴괴하기 이를 데 없었다. 이미 행인들의 발길도 다 끊어져 관도라는 이름과 어울리지 않을 정도로 황량하기 그지없었다.

하지만 몇몇 자들은 그런 을씨년스런 관도에 남아 치열한 공방을 벌였다.

"하압!"

"죽어!"

"흐흐."

복면을 쓴 삼 인이 중년인을 공격하는 형상인데, 오히려 공격받는 자보다 공격하는 자들이 더 치열해 보였다.

"후후후!"

셋의 공격을 받는 중년인은 느긋하게 하나 하나 받아넘기고, 아주 날카로운 공세로 상대를 몰아 붙였다.

"물러서지 마라!"

하지만 덤벼드는 자도 악착같이 덤벼드느라 쉽게 상대를 제압하지 못했다.

"음……."

중녕인은 방법을 바꾸려는지 빠르게 뒤로 물러났다. 그리고 마무리 공격을 위함인지 오른손 바닥을 허공으로 향했다.

"호월!"

우우우웅.

누런 금빛이 그의 손에 머물며 곧이어 하나의 만월로 변했다.

슈아아아앙.

황금색의 구체가 허공을 갈랐다.

어둠뿐인 숲 속에 기다란 궤적을 그리는 황금색 구체는 살아 있는 것처럼 공세 속을 노닐었다.

"모두 피해라!!"

복면인들 중 검을 쓰던 자가 소리쳤다.

그는 이미 한 번 단단히 쓴맛을 보았기에 격돌이 아닌 피하는 쪽을 선택했다.

하지만 물러나는 상대를 쫓던 중이라 셋 다 너무 거리가 가까웠다.

그중에서도 쌍검을 쓰는 호리한 체구의 인영은 가장 앞서서 쫓았던지라 곧바로 황금색 구체와 격돌했다.

펑!

"아악!"

간신히 쌍검으로 황금색 구체를 막았지만, 그 힘에 빌려 뒤로 튕겨졌다.

“사매!”

복면인들 중 소리치던 자가 호리호리한 인영을 쫓았다. 나머지 일 인은 그런 둘을 보호하며 빠르게 물러났다.

그 순간 호월을 쏘아 보낸 중년인도 그 뒤를 쫓았다.

쉬리리릭.

하지만 새롭게 쏘아져 오는 한 가닥의 음유한 기운이 중년인의 움직임을 잡았다.

파박.

중년인은 그 기운에 직접 손을 뻗어 낚아챘다.

“물러납시다.”

퍼어엉.

중년인이 멈칫거리자 물러나던 복면인이 연막탄을 던져 가뜩이나 어둠으로 시야가 좁아진 이곳을 몽환의 세계로 만들었다.

그리고 중년인은 멀어져 가는 세 가닥의 기운을 느끼면서도 움직이지 않았다. 그의 움직임을 막아선 음유지력이 쏘아져 온 곳만 바라보았다.

그리고 잠시후,

“으음…….”

손가락 끝을 자극하는 차가운 한기에 그는 참았던 한숨을 토해냈다.

그리고 그 한숨에 모든 것이 날리듯, 보름달을 가리고 있던 구름이 걷어지며 관도를 뒤덮었던 연기도 점점 엷어졌다.

관도에 홀로 서 있는 중년인.

외모만으로는 천인이 하강한 듯하고, 두 눈에 서린 기품에는 그의 성품이 그대로 드러났다. 하나 미간만은 그 모든 것과 상반되는 세 줄기의 골을 그리고 있었다.

그는 서서히 미간의 골을 펴며 손에 담긴 물체를 바라보았다.

푸르스름한 빛을 내며 여인의 가느다란 모발을 연상시키는 세침.

"빙한세우침……."

사불휘는 세침을 보며 힘겨운 한마디를 내뱉었다.

빙한세우침(氷寒細雨鍼)은 과거 동수선이라 불렸던 진청하의 독문암기다. 그렇다면, 그를 공격한 자는…

"이걸로 다섯 개인가?"

계속해서 복면인을 제압하려하면, 어김없이 이렇게 음유한 공세로 사불휘는 막아섰다.

그래서 이번만큼은 따로 준비를 해두었다.

"휘이익!"

사불휘는 기다란 휘파람을 불었다.

카오오오.

그러자 멀리서 응답하는 소리가 들리며 사불휘는 재빨리 소리가 들리는 곳으로 향했다.

그렇게 얼마를 가자 사불휘를 기다리고 있는 하얀 털의 백화가 그를 기다렸다.

"찾았느냐?"

컹컹.

"가자."

마치 인간과의 대화처럼 그들은 종적을 드러내지 않는 세우침의 주인을 쫓아 복면인들이 사라진 방향과는 조금 다른 곳으로 향했다.

'청하… 정말 당신이오?'

사불휘는 가슴 한편이 무겁게 가라앉았다.

지금까지 곳곳에서 그녀의 흔적을 보았고, 지금에 와서는 암기까지 나타난 마당이라 더 이상 부정할 수 없었다.

분명 진청하가 다시 무림에 나타났고, 그녀가 그에게 있어 딸이나 마찬가지인 은아주를 납치했다.

"이미 지난 일이거늘… 그녀는 아직도 과거의 추억으로 묻어버리지 못한 것인가?"

모든 것을 묻어두고자 일도에게 맡겼는데, 모든 것은 사불휘를 다시 현실로 끌어내고, 이렇게 과거의 정인을 쫓게 만들었다.

"일도야, 설마 너에게도 과거의 그림자가 뒤덮이는 것이 아니더냐?"

믿는 하나뿐인 제자이지만, 사불휘는 형산을 떠나고부터 마음속을 채우는 불안감을 떨칠 수 없었다.

사불휘는 은아주를 쫓으며 여러 가지 사실을 들을 수 있었다. 그가 아는 것 이상으로 무림은 변화가 되었고, 과거의 인연들은 이미 예전의 그들이 아니었다.

사문의 비도를 찾는 일이 단순하다 여기지는 않았지만, 가장 믿는 일도라면 그가 이루지 못한 과거의 연을 대신 이뤄줄 것이란 꿈을 품었다.

그런데 그 인연의 한 자락은 형산의 깊숙한 곳에 있는 원앙곡에까지 뻗어 있었다.

사불휘는 더 이상 생각을 이어나가지 않았다. 일단은 그 무엇보다 우선하는 것은 은아주의 안위였다.

"백화야. 서둘러라!"

캬오오오.

백화는 길게 포효성을 내뱉으며 냄새로 은아주의 뒤를 바싹 뒤쫓았다.

이미 호남을 지난 지 예전이고, 강서를 지나는 중인 그들은 조금 있으면 복건에 들어설 것이다. 하지만 그 거리가 어떻든 일단은 쫓는 게 우선이었다.

　　　　　　　*　　　　　*　　　　　*

"일도 형, 정말 형은 도대체 풍운아요, 아님 행운아요?"

유등 아래 드러난 유진헌의 얼굴은 도저히 믿을 수 없는 일에 대한 불신투성이었다.

잠마곡으로 돌아온 뒤 제압되어 있던 하인들을 풀어주었다. 그들은 이미 일도의 얼굴을 알기에 놀라움보다는 오히려 감사를 드리며 입구에서 벌어진 끔찍한 일들도 묵묵히 해주었다.

그 뒤 시녀들이 준비해 준 늦은 식사 후, 둘은 예전 일도가 지내던 거처로 갔다. 원래 이곳의 주인이 요산산이라 그녀의 까다로운 성품을 아는 하인들을 평상시대로 근처에 다가오지 않았다. 그래서 이곳은 잠마곡 후원의 석동만큼 조용히 이야기를 나누기 좋았다.

해서 이곳에서 차를 곁들이며 일도는 유진헌에게 지난 일들을 들려주었다.

도저히 꺼낼 수 없는 사불휘와 신주사미에 관련된 이야기는 미리 양해를 구하고 잠마곡의 사위가 된 일부터 녹림의 사위, 거기다 풍운장의 장주가 된 일까지 거의 빠짐없이 말해주었다. 이미 유진헌에게서 목숨을 거는 정도까지의 우정을 보았기에 일도로서는 오히려 숨기는 것이 미안할 정도였다.

"모르겠소. 이제 와서는 나도 모르겠소. 그저 사문의 명을 행한다는 일념 이외의 것은 생각을 해보지 않았기에 모든 것이 여기까지 흐른 것이오."

일도 자신도 알 수가 없었다.

지금까지는 오직 전진을 위해서만 살아왔지, 뒤를 돌아보지는 않았었다. 그저 다음 목표, 다음 목표를 향해서 대신 모든 이들을 행복하게 해준다는 그 신념과 사문의 가르침 외의 것은 깊이 생각해 본 적도 없었다.

만일 풍운장을 통해 하려던 일도 순탄하게 갔다면, 그저 계속해서 앞만 보고 달렸을 것이다.

"일도 형, 형이 지금 벌인 일은 무림 전체를 쑥대밭으로 만들 수도 있소. 도대체 무슨 생각으로 천하에서 가장 무섭다는 무림사강 중 셋의 사위가 될 결심을 했소?"

"그게… 꼭 사위가 되려고 한 것은 아닌데… 사문의 일을 해결하기 위해서는 어쩔 수 없었소. 그렇지 않으면 나는 책임을 회피하는 그저 그런 인간이 되지 않겠소. 사나이로서 응당 자신의 일에 책임을 져야 하지 않겠소?"

"허허허!"

유진헌은 웃었다. 아니, 웃음 말고는 다른 게 생각나지 않았다.

하나, 그렇다고 이렇게 웃고 있을 수만은 없었다. 해서 일단 찻물로 입술을 축이고 다시금 이야기를 이어나갔다.

"그럼 이 모든 것이 사전에 다 계획된 일이오?"

"그렇지는 않소. 무림에 나와서 행해진 것은 있지만, 하산을 하기 전에는 생각해 본 적도 없소."

일도는 고개를 저었다.

어찌 이 모든 것은 미리 계획을 세우고 할 수 있단 말인가? 그렇지 않았다면, 모든 것이 지금처럼 엉망으로 변하지도 않았을 것이다.

그러나 오히려 그 한마디가 유진헌은 더욱 혼란하게 만들었다.

"허참. 예전 나도 황당하단 소리를 들었지만 일도 형에게는 못 미치겠소. 어찌 그 위험한 일들을 계획도 없이 해결할 수 있단 말이오? 일도 형의 목숨이 여러 개가 아니고선 나로선 이해하기가 힘드오."

유진헌은 그저 고개를 저었다.

그 모습에 일도의 얼굴에 수많은 표정이 떠올랐다.

"다 내가 만난 분들이 모두 좋은 사람들이기 때문이오. 이 어수룩하고 세상 경험 없는 나를 위해 너무나 많은 것을 해주었소. 그렇기에 나는 더욱더 그분들에 대한 고마움을 잊을 수 없는 것이오. 하나, 나는 그분들에게 은혜 대신 고통만……."

일도는 정윤한과 전충이 떠올라 더 이상 말을 잇지 못했다.

유진헌은 잠시 일도의 그런 모습을 지켜보았다. 얼굴 표정을 숨기지 않는 일도의 표정에서 그가 보낸 시간들을 읽어갔다. 그러나 왠지 이것이 전부는 아닐 것이란 예감이 들었다.

"일도 형, 설마 이 이야기를 하려고 한 것이오?"

"아니오."

일도는 유진헌의 질문에 잠시 정신을 추슬렀다.

"그럼?"

"이번 일은 유 형의 후계자 선출 시험과 연관성이 있소."

"……?!"

유진헌은 더욱 알 수 없었다. 지금까지의 이야기와 천마성의 후계자 선출의 상관관계. 그로서는 떠올릴 수 없었다.

잠시 그 말에 무게를 실기 위함인가? 일도는 말없이 유진헌의 두 눈을 지그시 바라보았다. 그리고 한자한자 또박또박 말을 전해주었다.

"바로 유 형이 하려던 일이 내가 이곳에 오게 된 이유이오. 즉, 유 형이 만나려던 사람이 나였던 것 같소."

"뭣이오?!"

유진헌의 두 눈에 놀람이 스쳤다. 그의 얼굴엔 믿을 수 없다는 기색이 역력했다.

하나 일도는 계속해서 이야기를 이어나갔다.

“이미 내 말했다시피 나는 풍운장의 장주로 있소. 그리고 그 뒤에는 한 사람의 후견인이 있소. 그런데 그분이 어느 날 감쪽같이 납치되었소.”

“납치?”

“그렇소, 거기다 납치한 진범들은 풍운장에 한 장의 서찰을 보냈소.”

그리고 일도는 풍운장에 날아온 서찰의 내용을 유진헌에게 전해주었다.

그 이야기를 듣는 유진헌의 얼굴은 점점 경악에 휩싸여 가고, 놀람에 두 눈마저 조금씩 떨려갔다.

*   *   *

밤이 으슥해질 무렵, 천마성의 마존전(魔尊殿)은 찾아온 한 사람으로 인해 환하게 밝혀져 있었다.

요즘 들어 모든 것이 급속하게 돌아가는 천마성인지라 어둠 이후에는 처소를 잘 벗어나지 않았다.

더욱이 점점 표면화되어 가는 요중문과 유불군의 대립은 폭풍 전의 고요함처럼 천마성에 묘한 침묵을 가져왔다.

그러나 정작 당사자인 유불군은 그와는 다른 이유로 무거운 표정을 지은 채 보고를 받고 있었다.

“으음.”

유불군은 상석에 앉아 사마융의 이야기를 듣던 중 신음을 참지 못했다. 전해진 보고가 너무나 뜻밖이었기 때문이다.

“거기까지는 생각 못한 수하의 불찰입니다.”

사마융은 보고를 하면서도 그도 예상외란 표정을 지우지 못했다.

“진정 그 아이가 실패했단 말인가?”

“예.”

“실패한 이유가 무엇인가?”

“남궁세가에 예상 밖의 고수가 있었답니다. 그런데 그 고수란 자가 전혀 생각지도 못한 자였습니다.”

“그게 누군가?”

“남궁세가의 소가주… 남궁훈입니다.”

“뭐……?”

유불군은 확인 차 물었지만 믿을 수가 없었다.

황산으로 보낸 그의 세 번째 제자, 마검룡(魔劍龍) 천군성(天軍星).

천마검제 천유학(天柳鶴)의 손자로 이미 그의 독문검공인 검사(劍絲)를 뽑아낼 정도의 고수였다. 해서 무공만 놓고 봤을 때는 천마칠룡 중에서도 일, 이위를 다투었다.

“어떻게 그 아이가 남궁세가의 소가주란 아이에게 패할 수 있단 말인가? 군성이는 나 외에도 천 사백에게 직접 배운 무공도 있지 않은가?”

그 부분을 믿었기에 천마칠룡의 셋째인 천군성에게는 남궁세가를 없애란 명을 내린 것이다.

거기엔 남들에게 말하지 못한 유불군과 사마융의 비밀도 있었다.

하나 겉으로 드러난 이유는 이십 년 전부터 남궁일도의 죽음으로 인해 천마성과 껄끄러운 남궁세가를 없애자는 의미였다. 과거 황보패에게 당해도 너무 크게 당하지 않았던가?

더욱이 그 이유로 얼마 전에는 천군성이 자기 멋대로 수하들을 이끌고 가서 용문산에서 천도제를 드리는 남궁대부인을 공격하지 않았는가? 해서 이번에 아예 삭초제근(削草除根)하라는 의미로 기회를 준 것이다.

그런데 그런 것이 천군성의 실패?

"아직 정확한 것은 파악이 되지 않았습니다. 그저 흔적을 남기지 않기 위해 빠르게 물러난 천군성의 보고에 의하면, 남궁세가의 무공은 아니라고 했습니다."

"아니라면……?"

"무능제유(無能制有) 심즉진검(心卽眞劍)."

사마융은 정보를 총괄하고, 나름대로 결론을 내린 사실을 그에게 전해 주었다.

"사실인가?"

그 한마디에 유불군은 의자에서 일어났다.

여덟 자로 대변되는 한 사람. 바로 무림칠성 중에 검으로 천유학과 쌍벽을 이루는 검황 백리운을 지칭하는 말이었다.

"예, 무 형을 추구하는 무공은 많지 않습니다. 그중에서 천마검제님의 검사를 상대할 만한 무공은 오직 검황의 심형검(心形劍) 말고는 마땅한 것이 없습니다."

사마융은 조합해서 내린 결론이지만, 거의 구 할 이상의 확정을 두었다.

"그럼 이번 사태에 대한 자네의 의견은?"

"원래대로라면, 천군성이 권황 유운과 황보패의 미움을 사야 했습니다. 그래야 마제님이 손자를 보호하기 위해 은거를 깨고 나오겠지요. 한데 결과는 실패했습니다. 하지만 변하는 것은 없습니다."

"변하는 것이 없다니?"

"없습니다. 다른 아이들은 몰라도 천군성의 문제는 드러나도 괜찮습니다. 남궁세가와 천마성의 앙금을 모르는 사람도 없을 테고, 어차피 천군성의 독단으로 처리해 버리면 됩니다. 그리고 이번 일에 검황의 입김이 닿았다는 것은 분명 마제님에게도 자극이 될 것입니다. 무림칠성 중

검으로 일, 이위를 다투던 두 사람이 검황과 마제님 아닙니까? 그러니 이번 문제가 마제님의 귀에 들어가면 움직일 수밖에 없습니다.”

“알겠네. 자네가 그렇게 이야기한다면 확실하겠지. 나머지 계획은 문제가 없겠지?”

유불군은 사마융에 대해서는 이미 이십오 년 동안 같이 모든 것을 준비해오면서 그의 능력을 보아왔다. 더욱이 마지막을 위해 얼마 전에 계획했던 것들이 하나둘씩 싹을 틔우고 있었다.

“예. 현재 천마일룡, 천마이룡, 천마사룡은 그녀를 도와 그를 유인하고 있다 합니다. 그의 행보가 지금 강서를 지나는 중이라 하니 예정대로 복건성을 넘어서는 것은 시간문제입니다.”

사마융은 그 말에 자신 있게 대답했다.

“진헌이와 옥규, 위진이는 어떻게 되었나? 그의 제자를 천마성으로 끌고 올 수 있을 것 같은가?”

“예. 만에 하나 그 셋이 실패한다 해도 그의 제자가 천마성에 오는 일은 변함이 없습니다. 이곳에는 장인과 장모, 부인이 되는 산 아가씨가 있지 않습니까?”

“그렇지, 모든 것은 다 이곳에 있지. 이십오 년 전부터 준비한 모든 것들이 말이야. 이제 슬슬 모든 일에 불꽃을 당길 필요가 있겠군.”

“그렇습니다. 이제 중원의 이목을 그에게 돌릴 필요가 있습니다. 해서, 그의 행적을 흑도무림과 옥황성에 뿌리면, 그들도 가만히 있지 않을 것입니다.”

“좋아. 이렇게 된 거 주역들을 다 불러 모으면 더할 나위 없겠군. 늙어빠진 무림칠성들이야 놔두면 그들이 알아서 티격태격할 테고, 우리는 신주사미와 천하사강만 움직이면 충분하지. 하하하하!”

유불군은 마치 앞으로 다가올 결과를 예상하기라도 하듯 큰 소리로 대소를 터뜨렸다.

"그럼, 하남성에 있는 독화(毒花)에게 연락을 넣겠습니다. 그래서 주경란에게 이 이야기가 전해지도록 해 그녀를 움직이도록 하겠습니다."

사마융은 이 말을 마치고, 밖으로 향했다.

유불군은 멀어지려는 그이 뒷모습을 바라보았다.

"이십오 년… 긴 시간이다. 하지만 인내가 길면 길수록 그 열매는 달다. 비록 몇 번의 시행착오는 있었지만, 이제 계획의 마지막은 눈앞에 있다. 그리고 그 후에는……."

그 뒤를 떠올리는지 유불군은 입가에 강렬한 미소를 지으며 창 너머로 보이는 만월을 오래도록 바라보았다.

*   *   *

또 다른 자도 뒷짐을 진 채 만월을 바라보았다.

그의 주변을 흰색의 추국이 감쌌고, 밤바람은 그런 추국의 향기를 몰아 노인의 주변을 채웠다.

늦가을의 정취를 느끼는 여유로운 모습이지만, 그의 얼굴에는 오히려 고뇌가 짙게 자리잡았다.

짙은 세월의 흔적이 드러난 두 눈은 끊임없이 흔들렸고, 다 세어버린 백발은 만년설산의 그것처럼 온통 백색뿐이었다. 해서 본래보다 더욱 나이가 들어 보이는 노인은 한참이 지나도 달에서 시선을 거둘 줄 몰랐다.

"그저 모든 것이 그렇게 흘러가기를 바랐거늘… 그건 나만의 바람이었단 말인가?"

뿜어지는 기운만큼 노인의 음성도 더할 나위 없이 혼란스러웠다.

저벽.

그 순간 등 뒤로 다가서는 발자국 소리가 있었지만, 복잡한 상념에 휩싸인 그로서는 차마 느끼지 못하는 듯했다.

"바… 밤바람이 차가워요."

말을 걸던 여인은 잠시 머뭇거리다 꺼냈다.

노인은 그 소리에 천천히 달에서 시선을 거두며 여인을 바라보았다.

근 이십여 년을 넘게 부부로 지낸 사이지만, 그게 얼마전의 일로 착잡하게 변했다.

"부인……."

"예……."

잠시 둘은 서로를 바라보며 입을 열지 않았다.

노인, 아니, 전충은 자미부인을 보며 몇 번이고, 입술을 달싹거렸다. 그러나 자미부인의 얼굴을 보니 입이 떨어지지 않았다.

"들어갑시다."

전충은 그녀를 지나쳐 불이 꺼져 그림자만 드리운 건물로 다가갔다.

"알아냈어요."

"……."

전충은 발걸음이 멎었다. 그러나 몸을 돌려세우지 않았다.

"정대가는 아직도 옥황성에 있더군요. 얼마 전까지는 주경란의 손에 있었는데, 지금은 진천익의 손으로 넘어갔다고 하더군요. 그녀도 그걸 알아내기 위해 여러모로 시도를 하다 진척인과의 사이가 완전 틀어졌다고 하더군요."

"생사는 어떻게 되었소?"

"목숨에는 지장없다고 하더군요."

"알겠소."

전충은 그 말을 끝으로 멈춰 섰던 걸음을 다시 옮겨 그의 거취로 사라졌다.

자미부인은 그의 기척이 사라지고 나서야 그가 사라진 곳을 바라보았다. 그녀의 얼굴에는 고통과 후회, 괴로움이 빠르게 스쳐 지나갔다.

"제가 그를 만나기 전에 당신을 만났으면… 이런 괴로움도 없었을 것을……."

하지만 이미 모든 것을 예전으로 돌아갈 수 없었다.

그녀가 전충을 이 모종의 장소로 유인하면서 이야기는 다 드러나게 되었다. 정윤한의 일도 그녀를 통해서 벌어졌다는 사실을 전충이 다 알아버렸다. 거기다 그녀의 뒤에 있는 한 사람의 그림자까지…

변황에서 불어오는 뜨거운 바람

새벽 이슬이 풀잎에 맺혀 아직 따스한 햇살에 사라지기 직전.

십일월이라 하나 따사로운 잠마곡의 아침 공기는 봄날처럼 푸근했다.

지형적 특성 때문인지 여전히 곡 내는 화려한 화초들이 저마다 다채로운 색깔을 보였다.

"휴우……."

유진헌은 무거운 한숨을 내쉬며 거처를 벗어나 화원으로 향했다.

흐드러지게 핀 꽃들과 그곳에서 노니는 작은 짐승들. 주인이 떠나간 자리에서도 그들은 변하지 않았다. 그들은 새롭게 나타난 유진헌은 보면서 작은 눈망울을 또르륵 굴리다 고개를 갸웃거리기만 했다.

"믿어야 된단 말인가?"

긴 밤을 새운 흔적인가? 눈가에 서린 붉은 실핏줄이 그의 복잡한 심정을 여실히 내비쳤다. 일도가 전해준 이야기들이 그에게 잠들 자유조차 주지 않았다.

"요 사숙이 부성주로 있을 때와 사마 숙부가 부성주로 있을 때의 천마성은 다르다. 그러기에 요 숙부를 불러들이려는 일까지 벌어지지 않았는가? 과연 사마 숙부는 이 시험에 무엇을 원하는가? 아무리 생각해도 후계자 시험이라고 보기에 지금의 일은 너무나 의혹이 많다. 혹시라도 사마 숙부는 두 사형의 죽음을 알고 있었던 것은 아닌가?"

유진헌은 일도가 마지막에 꺼낸 이야기가 머리 속을 맴돌았다.

"서찰을 보낸 자는 나랑 전 노야의 사이도 알고 있었소. 그렇지 않았다면, 절대 서찰을 풍운장으로 보낼 수 없소. 그분과 풍운장의 관계는 외부인이 함부로 알 수 없는 것이오. 그 일로 인해 우리는 우리에게 주어진 또 다른 문제를 알게 되었소. 간자(間者)… 현재로써는 간자와 천마성의 관계를 떼어 생각할 수 없소."

꾸욱.

유진헌은 주먹을 불끈 쥐었다. 왠지 불길한 예감이 온몸을 엄습해 왔다.

"도대체 무슨 일이 벌어지려고 한단 말인가?"

대답해 줄 수 없는 꽃들과 미물뿐인데도 그의 질문은 그만큼 절실했다.

"설마 다른 사형들이 향한 곳에도 당사자들이 알지 못하는 숨겨진 이유가 있단 말인가?"

이 모든 것을 주관한 자가 천뇌사령이라 불리는 천마성주 사마용의 작품이란 것을 잊고 있었다.

정말 그동안 보옥의 문제로 너무 많은 것이 가려졌다. 아니, 아버지와의 불화로 인한 그의 지난 시절이 막았다는 사실이 맞으리라……

“유 형.”

그리고 그런 마음을 구원해 주려함이 아닌가? 일도의 음성과 함께 그에게 다가가는 기척이 느껴졌다.

“일도 형.”

유진헌이 본 일도는 그대로였다.

본래의 순박한 얼굴과 편안한 미소, 거기다 혼탁함이 깃들지 않은 두 눈, 분노할 때는 그 어떤 누구보다 무섭지만, 그의 모습은 늘 저렇게 한결같았다.

“일찍 일어나셨소?”

“후후. 일어난 것인지 자지 않은 것인지 나도 모르겠소.”

“음…….”

일도도 충분히 그의 신색을 느낄 수 있었다. 그 자신도 이 문제로 많은 고민을 하지 않았던가.

툭.

유진헌은 조용한 가운데 하나의 꽃을 따 들었다.

그리고 그 꽃을 코에 대고 깊게 숨을 들이쉬었다. 달콤한 향내가 폐부를 자극하니 마음 한구석이 풀어지는 느낌도 들었다.

“오늘이오.”

“그렇소.”

“일도 형은 확정하는 것 같소.”

“유 형은 아니라고 생각하오?”

“아니오, 나도 그렇게 생각하오.”

유진헌은 꽃에서 시선을 거두며 일도의 두 눈을 보았다. 그곳에는 오직 강한 신념에 대한 의지만이 타올랐다.

그리고 그 눈빛 속에서도 유진헌도 흔들림을 끝낼 수 있었다.

“갑시다.”

“어디를?”

“천마성으로 갑시다. 가서 확인해 봅시다.”

“유 형은 내 이야기를 믿는다는 말이오?”

“이젠 동문수학한 사형들의 죽음에도 아무런 복수심도 들지 않소. 일도 형은 나에게 그런 존재이오. 두 번이나 나를 혼란한 구렁텅이에서 건져 주었거늘. 사내로서 존심이란 것이 있지 않소. 나도 일도 형을 위해 무언가 도움을 주고 싶소.”

유진헌의 두 눈에서는 강한 자신감이 타올랐다.

“후후후. 그 눈빛이오. 내가 본 유 형의 눈빛이 바로 그것이오.”

“그건 피차일반이오.”

“그러오? 하하하하!”

“하하하하!”

그 둘은 어린 소년처럼 밝게 웃을 수 있었다. 둘 다 하나에 매달리면 바보가 되기에 결정이 내려지자 동화가 빨랐다.

그렇게 잠시 세상의 모든 근심을 잊고 웃던 그들은 누가 먼저랄 것도 없이 동시에 웃음을 멈추었다.

밖에서 내공을 이용해 크게 소리치는 목소리가 잠마곡의 내부에까지 들려왔다.

“진원표국의 국주 갈효군(葛梟君)! 표물관련으로 잠마곡주 요 선배님을 뵈려 하오니 허락 바랍니다!”

소리치는 자의 내공이 정순한지 그 울림이 끊이지 않고 내부까지 전해져 왔다. 거기다 정중한 어투로 보아 그 사람의 성품까지 느껴졌다.

“온 것 같소.”

“으음…….”

일도의 한마디에 결정을 내렸다 하나 신음성을 참을 수 없었다. 이제 현실은 먼 곳이 아닌 눈앞이다.

둘은 천천히 걸음을 옮겨 잠마곡을 벗어났다. 이제는 익숙해진 환림회귀진이라 빠른 시간 안에 빠져나왔다.

파라라락.

밖에 나오니 늦가을 바람에 휘날리는 표기가 제일 먼저 눈을 끌었다.

진원표국(眞元鏢局).

선두에는 갈의에 금도를 찬 덩치 좋은 중년인과 그 뒤에 늘어진 수레들과 표사, 표두, 쟁자수까지 합해진 인원은 생각보다 많은 수였다.

그러나 그들은 장소에 대한 긴장감을 지우지 못했는지 누구 하나 쉽게 입을 열어 떠들거나 하지 않았다.

갈의중년인이 소리쳤던 인물인 듯 그는 나타나는 두 사람을 보고 이쪽으로 걸음을 옮겼다. 그는 다가오면서 이쪽의 행동을 하나하나 살펴 나갔다.

"두 분은?"

그의 물음에 잠시 시선을 교환하던 일도와 유진헌은 정확한 상황 파악을 위해 일도가 한 발 물러섰다.

유진헌은 그런 일도의 행동을 이해했는지 오히려 한 발 나섰다.

"유진헌이오."

"유진헌… 그렇다면, 귀하가 천마칠룡 중 풍룡이라 불리는 유진헌이오?"

"그렇소."

"이렇게 뵙게 되어 반갑소. 나는 진원표국의 국주로 있는 갈효군이라 하오. 지금 공자가 요 곡주님을 대신에서 나온 것이오?"

"아니오, 요 사숙은 지금 잠시 용무가 있어 천마성으로 돌아간 상태라 내가 잠시 곡에 와 있는 형편이오. 갈 국주가 요 사숙에게 전할 물건이 있으면 나에게 줘도 무방하오."

"음……."

하지만 갈효군은 결정을 내리지 못했다. 신용을 필두로 하는 표국 특성상 선뜻 '예' 하고 나설 수는 없었다. 더군다나 무림에 퍼진 잠마곡과 천마성의 관계도 있고, 아직 상대에 대해 확신을 갖지 못했다.

유진헌은 그의 망설임을 보며 차라리 이쪽에서 다가서는 길을 선택했다.

"갈 국주가 가져온 물건이 풍운장에서 의탁한 물건이 맞다면, 나에게 주어도 무방하오. 어차피 수취인에 잠마곡이란 장소만 기재되었지 이름은 없지 않소?"

"귀하가 그걸 어찌……."

갈효군은 그 한마디에 놀란 표정을 감추지 못했다.

그리고 그 순간 물러나 있던 일도가 앞으로 나섰다.

"진원표국이라면, 종려혜 소저와 방연석 총관을 알고 있소?"

그 말의 여파는 무척 강했다.

"다… 당신은 누구시오!"

갈효군은 놀라움을 넘어선 경악한 표정을 지었다. 더욱이 재빨리 허리에 찬 금도에 손을 가져가는 행동에 경계심마저 보였다.

"종 소저에게 듣지 않았소? 내가 바로 일도요."

"아……."

신음성과 함께 갈효군의 손이 금도에서 떨어졌다. 그리고 재차 확인하려는 듯, 일도의 얼굴 하나하나를 눈여겨보았다. 이번 표물운송을 하달받으며 그와 더불어 일도의 인상이 그려진 한 장의 초상화도 비밀리에 전해 받았다.

　그리고 조용히 갈효군의 변화를 관찰하던 유진헌은 그가 납득했다고
여겨 본론을 꺼냈다.
　"물건을 볼 수 있소?"
　"그건……."
　갈효군의 시선이 자연스레 일도에게 향했다.
　끄덕.
　일도는 간단하게 고개를 끄덕였다.
　그걸 본 갈효군이 뒤를 향해 소리쳤다.
　"상자를 가져오너라!"
　명이 떨어지자 표두들이 쟁자수를 시켜 수레 중에서도 선두에 있는 것
을 선택해 그 위의 짐을 내렸다. 계속해서 내려지는 짐들은 바닥을 보일
때까지 계속 되고, 바닥이 드러나자 오히려 그 바닥을 뜯어냈다.
　투웅.
　나무판이 드러나며 그 안은 하나의 공간을 보였다. 그리고 그 안에서
하나의 상자를 꺼내 들고 왔다.
　쿵.
　바닥을 때리는 소리와 함께 물건이 갈효군 앞에 내려졌다.
　"물러가 있어라."
　"예."
　그들이 멀찍이 떨어지자 갈효군이 손수 상자를 열었다.
　수하들에게도 보안을 위해 직접 이야기도 하지 않고, 손수 이렇게 표
물의 호위까지 맡았던 귀한 물건이다.
　터컹.
　자물쇠가 떨어지며 상자의 뚜껑이 열렸다.
　그리고 그 순간,

“음…….”

유진헌은 신음을 터뜨렸다.

가지런히 상자를 채운 물건은 휘황찬란한 금광을 자랑하는 금원보들.

이걸로 일도가 말한 사실은 모두 진실이 되어버렸다.

“갈 국주 수고하시었소. 종 소저 말로는 자금을 모으는데 쉽지 않은 일이 될 것 같다고 했는데…….”

“단주님이 직접 나서서 이 모든 일을 지휘하셨소. 나로서는 그저 아무 일 없이 물건이 전달되어 다행이오.”

일도의 치하에 갈효군은 묵묵히 고개를 끄덕이다 추가로 질문을 던졌다.

“일도 공자, 이 물건을 여기에 있는 유 공자에게 전하면 되는 것이오?”

“아니오.”

일도는 그 말에 고개를 저었다.

“그게 무슨 말이오? 분명 잠마곡으로 물건을 전하라 명을 받았는데…….”

갈효군은 일도의 말을 쉽게 알아듣지 못했다.

“천마성으로 가져다주시오!”

“천마성?”

“일도 형!”

일도의 말이 떨어지자 유진헌은 놀랐다. 어차피 일이 이렇게 된 이상 이 물건은 무의미하다. 그런데 왜 천마성으로 가져가려고 하는가?

자연스레 모두의 시선은 일도에게 몰리고, 일도는 잠시 생각하는 표정을 짓다 입을 열었다.

“이번 일에 대해 세 번 생각하고 내린 결론이오. 아무래도 답을 찾으려면 천마성에 가야 할 것 같소.”

일도는 이 순간 종려혜가 언급한 말을 떠올렸다.

무슨 일을 하기 전에 세 번을 생각하라. 일도의 대답은 바로 이런 생각 뒤에 내려진 결론이었다.

“알겠소. 공자를 만나게 되면 의중을 따르란 명이 있었으니, 나는 그대로 행하겠소. 천마성 누구에게 전하면 되오?”

갈효군은 별다른 반발 없이 받아들였다.

하지만 일도는 질문에 대한 답변 대신 유진헌의 얼굴을 바라보았다.

“유 형을 이곳으로 보낸 사람이 누구라고 생각하시오? 유 형의 아버님이오? 아니면 부성주라는 사마융이오?”

“음…….”

유진헌도 무언가 느낀 것이 있는지 묵직한 신음을 토했다.

모든 사실이 드러난 이상, 둘 중에 한 사람이 이번 일에 대한 열쇠를 갖고 있을 것이다.

잠시 고민하던 유진헌은 말을 꺼냈다.

“아버님은 예전부터 천마성의 대소사는 모두 사마 숙부에게 맡겨두었소. 아마 이번 후계자 시험과 관계된 일도 그의 머리에서 나왔을 것이오.”

“그럼 정해졌소. 갈 국주.”

일도는 그 말 뒤에 갈효군을 찾았다.

“말하시오, 공자.”

“발송인은 풍운장의 장주 일도, 수취인은 천마성의 부성주 사마융으로 해주시오.”

“알겠소. 그럼 그렇게 알고 출발하겠소.”

“고맙소. 나도 갈 국주의 뒤를 따라 바로 천마성으로 향할 것이니 부디 서둘러주시오.”

“맡겨두시오, 그럼.”

간단한 인사 후, 갈효군은 수하들이 기다리는 곳으로 갔다. 그리고 도착한 지도 얼마 되지 않은 수하들을 추스러 다시금 표물 이동을 준비했다.

“유 형, 우리도 바로 출발합시다.”

“내가 일도 형이라면 이런 방법은 선택하지 않을 것이오. 왜 일부러 스스로를 노출시키려 하오? 차라리 나를 숨기고, 적을 양지로 끌어내는 게 가장 상책 아니오?”

“난 그런 것을 배우지 못했소. 그러기에 이런 방법 말고는 도저히 알 수가 없소. 정말 그가 전 노야를 납치한 주범이라면… 직접 내 손으로 해결할 것이오.”

“음…….”

“그럼 서두릅시다.”

일도는 그 말을 끝으로 잠마곡으로 사라졌다.

군자대도행(君子大道行)!

배운 길이 이것인 이상. 돌아갈 줄 모른다면, 아는 길로 가는 것이 원하는 곳으로 가는 가장 빠른 지름길이다.

“좋소. 이미 일도 형을 도와주기로 마음먹은 이상, 나도 더 이상의 고민은 안 하겠소.”

혼잣말을 끝으로 유진헌도 사라졌다.

“출발한다!”

드르르르.

갈효군의 출발 소리가 터지고, 수레의 바퀴가 힘들게 굴러가는 것을 시작으로 잠마곡에 머물던 진원표국은 다시금 새로운 목적지를 향해 힘차게 전진했다.

얼마 후, 길 떠날 차비를 갖춘 일도와 유진헌마저 잠마곡을 떠나자 잠마곡은 다시금 거마의 은거지답게 무거운 공기와 적막 속에 침묵 속으로 빠져들었다.

그러나 무림은 서서히 옥문관 너머로부터 전해지는 하나의 소문으로 인해 급박하게 변해가기 시작했다.

*　　　*　　　*

하나, 한곳은 그런 것과는 조금 다른 이유로 뜨겁게 타올랐다.

창을 막아놓아 실내로 들어오는 빛을 차단한 공간은 곧이라도 터질 듯한 한 사람의 분노로 일촉즉발이었다.

쾅.

결국 그는 손으로 받치고 있던 탁자를 내려쳐 분노를 토해냈다.

"무엇이라 했느냐?"

"습격당했습니다."

"습격? 아니! 어찌 옥황성 내에서 습격을 당할 수 있단 말이더냐?"

"그것이 주모가 앞장서서 어찌할 방도가……."

보고하던 자는 차마 입을 열 수 없었는지 뒷말을 흐렸다.

"으… 결국 이런 식의 결말이 나온다는 것인가?"

"죄송합니다."

보고하던 자의 부복 자세가 더욱 깊숙이 숙여졌지만, 그 정도로는 서 있는 자의 분노를 돌릴 수 없었다.

저벅저벅.

수하를 뒤로하고 그는 천천히 막혀진 창으로 다가갔다.

촤아악.

답답함을 참을 수 없었는지 그는 가려져 있던 하나의 차양을 걷어내었다.

그러자 분노를 숨기지 못하는 진천익의 얼굴이 드러났다. 그는 아랫입술을 힘껏 깨문 표정으로 두 눈에서 질투와 배신, 분노 등 여러 가지 감정들이 타올랐다.

휘익.

그는 잠시 시선을 주었던 창에서 돌아서며 부복을 취한 복면인 등영각주를 바라보았다.

"명을 내리겠다."

"하명하십시오."

"지금까지의 모든 일을 기록한 것과 습격당한 사항까지 낱낱이 원로원에게 넘기도록. 그렇다면 원로원에서도 그녀가 외부인과 내통한 것에 대해 더 이상 아무 말도 못할 것이다."

"예!"

등영각주는 진천익의 분노를 알기에 일의 여파를 알면서도 다른 말을 하지 못했다.

"그리고 빼내간 놈을 어떻게 해서든 척살해라. 만일 그 일을 하면서 그녀가 반항을 한다면 무력을 동원해도 좋다."

"성주님……."

등영각주의 고개가 들렸다. 아무리 그래도 상대는 옥황성의 안주인이며 전대 성주의 친딸인 주경란이 아니던가?

"듣지 못했단 말이냐?!"

진천익의 전신에서 매서운 기세가 그대로 등영각주에게 쏘아져 왔다.

"흐읍!"

등영각주는 급한 숨을 들이켰다.

명실공히 무림사강의 일석을 차지한 옥황성주 진천익의 기세를 그로서는 잠시라도 견디기 힘들었다.

그때였다.

"사형, 접니다."

밖에서 옥황성의 부성주 공우량의 목소리가 들렸다.

진천익은 그 소리에 등영각주에게 향했던 기세를 풀었다.

"물러가라. 그리고 나를 실망시키지 마라. 이제 나에게 실망은 배신과 같은 말이다. 알겠느냐?"

"존명! 그럼."

팟!

견디기 힘들었던가? 등영각주는 명과 함께 자리에서 사라졌다.

"들어오게."

진천익은 문을 향해 말을 꺼냈다.

공우량은 실내를 들어서며 잠시 등영각주가 있던 자리를 바라보았다. 그러나 그에 관한 이야기는 하지 않고, 잠시 흔들리는 진천익의 두 눈을 바라보았다.

"무슨 일인가? 내가 이곳에 있을 때는 방해받는 것을 싫어하는 것을 모르는가?"

"어둡군요. 일단 차양을 거두겠습니다."

공우량은 대답 대신 진천익을 지나쳐 창을 막아놓은 차양들을 걷어냈다.

촤악. 촤악.

창틀을 따라 흐르는 소리가 요란하게 흘렀다.

그에 따라 실내가 환한 빛으로 가득 채워지자 무언가 무거웠던 공기도 하나둘 사라져 갔다.

"음……."

진천익은 전신이 빛에 드러나자 그나마 심중을 어지럽혔던 번뇌에서 벗어나는 듯 보였다.

"내가 자네에게까지 성을 내고 말았네. 미안하네."

"사형, 그런 일은 작은 일입니다. 그러니 마음에 두지 마십시오. 일단 앉아서 이야기하죠. 드릴 말씀이 있습니다."

"알겠네."

바닥에 뒹구는 탁자 조각들을 무시하고, 진천익은 상석에 공우량은 하석에 자리를 잡았다. 그리고 목을 축여줄 차도 준비하지 않은 채 늘 그렇듯 공우량의 시작으로 바로 이야기를 이어나갔다.

"검황의 우려가 사실로 나타났습니다."

"우려라니?"

"사천성, 감숙성과 맞닿은 청해성에 변황의 무리들이 집결하고 있습니다."

"집결?"

진천익은 조금 갑작스럽단 생각마저 들었다.

"예. 이미 상당수의 변황문파들이 성의 접경에 모여들고 있다고 합니다. 그에 따라 구파일방이 움직였고, 당가도 가세한 형국입니다."

"사실인가? 그렇다면, 우리가 쫓고 있는 패천무적대주는?"

현재 변황일통의 주역으로 통하는 패천무적대주를 지금 옥황성에서 추적 중이다. 그런데 인솔자가 빠진 무리가 어찌 집결을 한단 말인가?

"그로 인해 더욱 확정할 수 있게 되었습니다. 아마 이런 갑작스런 움직임이 양동작전의 일환이라면, 그들의 움직임은 상당히 잘 맞아떨어진다 할 수 있습니다."

“음……”

얼마 전까지 내부 문제로 뜨거워졌던 진천익의 머리가 그 한마디에 차게 식었다.

“현재 예상 규모는 막북을 제외한 모든 변황문파. 아무래도 구파일방의 힘만으로는 조금 무리가 있는 숫자입니다. 거기다 변황 최강 세력이라는 포달랍궁의 움직임이 없기에 구파일방의 전력도 분산될 수밖에 없습니다. 섬서의 화산과 종남, 하북의 개방도 슬슬 북으로 움직이는 추세입니다. 지형적으로 아직 소림과 무당의 행보가 정해진 것이 없는데, 상황을 봐서 북이나 서로 추가 지원을 갈 것 같습니다.”

“그 외의 곳은 이번 일에 대해 움직임이 없는가?”

진천익의 지금 생각은 다른 사강들에게 머물렀다.

“없습니다.”

“없어?”

진천익의 두 눈썹이 위로 한 차례 꿈틀거렸다.

“예. 수로채나 녹림채는 잠정적으로 움직임이 정지된 상태입니다. 들어오는 정보도 그들이 크게 움직이거나 동요하는 모습이 없습니다. 예상이지만…….”

“……?”

“녹림의 전대채주 무적호왕 두공의 신변에 무슨 일이 생겼다는 것 같습니다.”

“그러면 천마성은?”

“천마성은… 지금 유불군과 요중문이 묘한 대치를 이루고 있습니다. 더욱이 가장 큰 골칫덩이였던 후계자 선정 문제로 당분간은 움직이기 힘들어 보입니다.”

“그런가?”

진천익은 잠시 생각에 잠겼다.

공우량은 잠시 그가 정리할 시간을 주었다. 항시 결정은 진천익을 통해 내려졌고, 진천익에겐 그만한 능력이 있었다.

"방법은 두 가지네."

"하명하십시오."

공우량이 공손히 명을 기다렸다.

"일단은 시간을 끌면서 변화를 지켜봐야겠군. 변황의 대응이 빠른 만큼 우리 쪽에게 시간이 필요할 것 같군. 하나, 두 가지는 해야겠네. 하나는 패천무적대주를 잡는 데 최선을 다하고……."

진천익은 여기까지 말을 하고, 공우량을 바라보았다. 그의 눈에서는 무언가 확인하려는 것이 보였다.

"한 가지는 구파일방이 버틸 여력을 만들어줘야겠군요. 그렇게 하려면 접전지가 될 수 있는 주변의 옥황무맹 소속 문파에게 연락을 넣겠습니다."

"알아서 잘 처리하리라 믿네."

진천익은 고개를 끄덕였다.

"알겠습니다."

오랜 시간을 함께해 온 사이만큼 그들은 상대의 생각을 쉽게 읽을 수 있었다.

그러나 공우량이 할 말은 이것만이 아니었다.

"그리고 드릴 말씀이 있습니다."

"또 있는가?"

"예. 현재 패천무적대주를 쫓고 있는 야준이가 일을 마치고 돌아오는 대로 아경이와의 혼인을 시키려 합니다."

공우량의 말에 진천익은 잠시 그의 두 눈을 바라보았다.

    이런 한결같은 말은 대제자 공야준도 마찬가지다. 정략결혼을 통해 복잡해진 진천익을 보면서도 그들 부자는 고집을 꺾지 않았다.

    "알겠네. 굳이 그 아이의 혼사를 원한다면, 나도 더 이상 말은 않겠네."

    "그럼, 그렇게 알겠습니다."

    "그래 혼사 후, 정식 후계자 승계 위도 마치도록 하세나. 앞으로 다음 세상은 그 아이들이 이끌어가야 하지 않겠는가? 나로서는 이번 변황의 일을 끝으로 조금 쉬고 싶은 생각도 드는군."

    왠지 진천익의 음성엔 지난 삶의 무게가 그대로 묻어 나왔다. 너무 오랜 시간 그의 마음을 어지럽혔던 주경란의 불화가 그의 완벽함을 흐려 놓았다.

    "하나, 평화 속의 호랑이는 그저 종이 호랑이일 뿐입니다. 진정으로 야준이가 옥황성을 이끌 후계자가 되려면 이번 난세에 스스로 영웅이 되는 길을 찾아야 할 것입니다. 사형과 달리 어떤 일에도 흔들리지 않는 강한 마음을 갖고 있는 그런 영웅 말입니다."

    그러나 공우량의 맑은 두 눈은 더욱 깊게 가라앉을 뿐이다.

    이렇게 옥황성에서 내려진 결론은 옥황무맹산하로 퍼지며 변황문파들이 집결하는 장소와 가까운 문파들은 구파일방의 조력자로 나서게 되었다. 또 그곳과 거리가 있어 뒤로 쳐진 문파들은 공야준의 조력자가 되어 서로 빠르게 도주하는 패천무적대주를 포위망 속에 좁혀 나갔다.

제4장

얽혀지는 운명의 실타래

남창은 강서성(江西省)의 성도답게 사람들의 발길이 잦았다.

특히 남창은 포양호를 끼고 있는 곳이라 동정호를 끼고 있는 장사와 비슷한 면을 보여 쌀과 수산물이 풍부했다.

그래서인지 성문을 지나서 중심부로 향하는 외곽 지역에는 자연스레 상로가 형성되었다. 지금도 지나가는 사람들을 잡아끄는 상인들의 호객 소리가 끊이지 않았다.

"자자! 이것을 한번 보세요. 표면에 흐르는 윤기. 이게 바로 최고 상등미인 동정미(洞庭米)입니다!"

"이 쌀로 말할 것 같으면, 너무나 기름기가 많아 숙변에 좋다는 바로 그 쌀입니다. 아주머니 한번 잡숴보세요!"

"거기 가는 아가씨, 자고로 미인의 기준은 고운 피부라는데 이 쌀은 갈아서 미백제로 사용해도 좋고, 먹으면 먹는 대로 피부에 광택이 흐르게 해줍니다."

이렇듯 저마다 특색있는 호객 행위로 사람들을 끌어들였다.

지나다니는 행인들도 그들의 그런 모습에 호기심을 느껴, 이곳저곳 둘러보기 바빴다.

그러나 두 명의 여인은 그들과는 동떨어진 자들처럼 무표정을 한 채 그사이를 지나갔다.

그러던 중 갑자기 젊은 여인이 걸음을 멈추고, 움직일 기미가 보이지 않았다.

"……?"

백발여인은 따라오지 않은 여인의 손목을 틀어쥔 채 잡아끌려 했다.

하지만 손목이 잡힌 여인은 끌리지 않으려 버텼다.

"물어볼 게 있어요."

백발여인은 그런 여인을 잠시 바라보다가 별다른 말도 없이 손에 힘을 주었다.

꾸욱.

"아—"

바로 고통을 호소하는 음성이 튀어나오고, 백발여인의 음성이 다시 들렸다.

"너와 나 사이에 질문은 필요없다. 나는 너를 해하기 싫으니 순순히 따라오도록 해라."

"아니에요. 물어봐야겠어요. 당신은 사백님을 어쩌실 생각이에요? 당신이 저를 납치한 것이 사백님을 유인하려 했다는 것을 제가 모를 줄 알아요?"

은아주는 백발여인 진청하의 두 눈을 직시했다.

"……."

진청하는 잠시 은아주의 시선을 받았으나 별말없이 하나의 행동만 보여주었다.

"으윽!"

그러자 바로 은아주의 고통 섞인 비명이 터져 나왔다. 팔목을 통해 전해져 오는 찬 기운이 전신을 저리도록 만들어 견디기 어려웠다.

하나, 불행히도 주변의 소란스러움은 그녀의 비명을 금방 삼켜 버렸다.

"쓸데없는 말을 하면 고통만 더해질 뿐이다."

진청하는 무심한 한마디 후, 추위로 입술이 새파래진 은아주를 이끌었다.

이번만큼은 은아주도 더 이상 어쩔 수 없었는지 힘겹게 진청하의 손에 끌리며 남창 깊은 곳으로 들어갔다.

*　　　*　　　*

해가 떨어지기 시작하자 남창으로 향하는 사람들이 분주해졌다.

이제는 엄연히 겨울의 초입이라 해마저 빨리 떨어지니 성문을 닫는 시간도 일러졌다. 그래서인지 성문을 통과하려는 사람들의 발길은 더욱더 빨라졌다.

그런 사람들 틈에 몸을 맡긴 삼 인은 한 여인을 가운데 두고, 두 사람이 보호하는 형세였다. 그들은 먼 길을 달려온 듯, 얼굴엔 피로가 묻어나왔다.

"사매, 괜찮느냐?"

"괜찮아요."

걱정되어서 던진 질문이지만, 말을 건넨 자가 무안해질 정도로 여인의 말은 차가웠다. 눈매도 날카로운 편인데 말투까지 냉랭하니 얼굴 전체가 하나의 얼음 덩어리를 보는 듯했다.

"크큭. 대사형, 사매는 단전에 칼을 꽂고도 괜찮다고 할 여인이오. 그러니 냅두시오, 그냥."

그 둘의 이야기를 듣던 사내는 칼자국이 있는 입술을 달싹거려 말했다.

한데, 그의 말이 떨어지자 여인의 차가운 얼굴이 바로 날아와 꽂혔다.

"흥! 그런 일이 있다면 사형 때문에 생긴 거겠죠."

"사매 그러길 원하는 거야? 흐흐."

몇 마디밖에 오가지 않은 상황이지만, 둘의 눈엔 벌써부터 살기가 어렸다.

그러자 둘을 바라보던 사내는 굵은 눈썹을 꿈틀거렸다.

대략 삼십대는 넘은 듯한 생김새는 평범했지만, 무언가 범접하기 힘든 그런 기운이 뿜어져 나왔다.

"그만 해라. 지금 우리끼리 이럴 때가 아니지 않느냐?"

"흥!"

말이 떨어지기 무섭게 여인은 콧방귀를 끼며 고개를 돌려 버렸다.

"크크큭."

그녀와 대치를 이루던 사내도 대답 대신 웃음으로 마무리 지어버렸다.

대사형이란 자는 그런 둘을 보며 굳어진 미간을 더욱 찌푸렸다. 그러다 점점 불어나는 사람들을 둘러보다 곧 성문 쪽에 시선이 다다랐다.

"멈춰라!"

"……?"

"……?"

그의 말이 떨어지자 두 사람은 곧 신형을 멈추었다. 그리고 자연스레 대사형이 향한 곳에 시선을 두더니 둘도 마찬가지로 얼굴이 굳어졌다.

관병들의 뒤쪽으로 어둠을 밀어내려는 듯, 횃불이 타오르기 시작했다.

그리고 그런 불빛 사이로 관병들과 이야기하는 청수한 중년인의 모습이 보였다.

그의 주변에는 늑대를 연상시키는 거대한 한 마리의 개가 있었는데, 그 때문에 중년인과 관병이 실랑이를 벌이는 것이었다.

"이거 혹시 늑대 아니오? 이렇게 위험한 짐승을 성에 들여보낼 수 없소."

"늑대는 맞지만, 위험하지는 않소. 자 보시오."

사불휘는 손을 뻗어 백화의 갈기를 쓰다듬어 주었다.

크르릉.

그러자 곧 백화는 기분 좋은 소리를 내며, 머리를 사불휘의 허벅지에 비벼댔다. 그 모습이 영락없는 주인을 따르는 개의 모습이었다.

하지만 관병은 그 모습에도 표정을 풀지 않았다. 오히려 기가 차다는 헛기침을 토해냈다.

"허어."

"잘 보셨소?"

사불휘는 상대의 침묵이 허락인 줄 알았다.

그러나 관병은 곧 얼굴이 붉어진 채 소리쳤다.

"불가하오! 늑대를 개라고 우겨도 될까 말까 할 일을 늑대라 하며 허락을 바라오? 들어가고 싶으면, 당신 혼자 들어가던가? 아님 돌아가시오. 그 외에는 절대 불가하오!"

"이보시오. 나는 꼭 이놈과 들어가야 하오. 그렇지 않으면 딸아이의 행방을 찾을 수 없소."

"길게 말할 것 없소. 안 되는 것은 안 되는 것이오. 비키시오!"

관병은 창을 내밀어 사불휘를 한쪽으로 밀어냈다.

그렇게 되자 잠시 주춤거렸던 성문의 통과가 이루어지며 사람들은 빠르게 불야성으로 변해가는 남창으로 사라졌다.

하지만 남겨진 사불휘의 표정은 좋지 않았다.

"어찌 사실을 거짓으로 말하지 않았다고 안 된다 하는가? 군자는 스스로에게 부끄럽지 않은 것이 제일이라 했거늘… 백화야 다른 방도를 찾아보자꾸나."

사불휘는 내심 간신히 거리를 좁힌 은아주와 다시 멀어질까 걱정이 되었지만, 일단 성문을 벗어나려 몸을 돌렸다.

그런데,

다가닥. 다가닥.

그 순간 멀어지려는 사불휘의 뒤로 인기척이 다가왔다.

해서 뒤를 돌아보니, 그곳에는 백화처럼 새하얀 털을 자랑하는 백마와 아름다운 여인이 서 있었다.

여인은 사불휘와 백화를 번갈아 보며 기묘한 표정을 짓는데, 마치 희한한 사람을 보는 듯하다.

"잠시만요!"

"낭자는 혹시 나에게 볼일이 있는가?"

"정말 늑대인가요?"

여인은 겁도 없이 손을 뻗어 백화의 털을 쓰다듬었다.

한데, 백화는 처음 보는 사람의 손길인데도, 경계하거나 짖지 않았다.

그르릉―

대신 얼마 전처럼 기분 좋은 소리를 내었다.

"참 좋은 아이네요."

여인은 부드러운 털을 계속 쓰다듬으며 기분 좋은 말을 내뱉었다.

"낭자의 말도 참 좋아 보이네."

"그런가요? 이 아이랑 저는 어렸을 때부터 함께 자란 사이거든요. 오히려 친인보다 제 마음을 더 잘 아는 아이죠. 그래서 저는 인간보다 동물이 더 좋더군요."

"으음……."

사불휘는 상대의 말에서 왠지 서글픔을 맛보았다.

"그보다… 성에 들어갈 거예요?"

갑자기 분위기가 달라진 여인이 이렇게 물어왔다.

"그렇네."

"따라오세요."

여인은 그 말을 끝으로 앞장서서 성문으로 향했다.

이젠 북적거리던 사람들도 많이 줄었고, 얼마 전 사불휘를 보며 굳은 표정을 짓던 자들도 벌써 안으로 사라진 듯했다.

그들이 그렇게 다시 성문에 다다랐을 때, 조금 전 길을 막던 관병이 벌써부터 인상을 찌푸렸다.

"멈추시오!"

"왜 그러시죠?"

여인이 그의 말을 받아치며 지긋한 시선으로 바라보았다.

그런데 불빛에 드러난 여인의 미모는 그 어떤 꽃도 따라올 수 없었다. 붉은 음영에 더 도드라진 양 볼과 횃불에 더욱 붉어진 입술은 여인에게 요염함을 덧씌웠다.

"그게……."

"부탁을 드리면 안 될까요?"

여인이 한발 나서자 달콤한 향기가 관병을 덮어씌웠다.

"흠흠!!"

재빨리 마른기침을 토했지만, 두 눈은 여인의 얼굴에 못이 박힌 채 벗어날 줄 몰랐다.

그리고 그 순간 여인은 나긋나긋한 손길로 관병의 손을 잡았다.

"허업!"

부드럽게 감싸오는 느낌에 관병은 다급한 숨을 들이켰다. 그리곤 아무런 힘도 없는 자처럼 그대로 여인의 손길에 이끌렸다.

척.

그리고 마지막 종착지.

관병의 두 눈이 찢어질 듯 부릅떠졌다. 그의 손은 여인의 가슴 위에 닿아 있었다.

"여기서 제가 소리치면 어떻게 될까요?"

"……."

하나, 들려오는 차가운 한 소리는 관병에게 찬물을 뒤집어씌운 듯한 효과를 가져왔다.

"들어가도 되죠?"

"그… 그렇게 하시오."

"고마워요. 대신 이건 선물이에요."

여인은 예쁘게 웃어주며 잡고 있던 관병의 손에 작은 주머니를 쥐어주었다. 그녀는 모든 일을 마치고, 뒤에서 지켜보던 사불휘를 향해 말을 건넸다.

"들어가요."

"음……."

그런데 사불휘는 인상을 찌푸리며 무거운 신음만 토했다.

그 모습에 여인의 두 눈이 찌푸려졌다.

"왜, 제가 부정한 여자로 보이나요?"

쓸쓸한 미소와 슬픔이 교차되는 여인의 얼굴.

“……!”

그런데 그 얼굴을 보는 순간 사불휘는 머리 속에 강렬한 번개가 치는 환상을 경험했다. 왠지 어디선간 본 듯한 얼굴…

“가자꾸나.”

어느샌가 여인은 잠시 굳어 있는 사불휘를 지나쳐 백화에게 다가갔다. 그리곤 백화와 애마 백로를 이끌고 먼저 열려진 성문을 통해 안으로 향했다.

“안 갈 거예요?”

들어가기 전, 여인은 다시 한 번 사불휘를 불렀다.

사불휘는 그 순간 정신을 차리고, 빠르게 여인의 뒤를 쫓았다.

지금까지 이렇게 쉽게 흔들리지 않았거늘 왠지 이상한 예감이 그의 몸을 엄습해 왔다.

둘은 하나둘 불빛으로 변해가는 남창성으로 들어가며 잠시 말이 없었다.

백화와 백로도 주인의 마음을 아는지 별다른 소리도 내지 않았다.

사불휘는 잠시 여인의 옆모습을 바라보았다. 그러자 점점 모든 것이 하나둘씩, 선명해져 갔다.

갑자기 여인이 입을 열었다.

“처음 봤을 때, 아저씨… 아니, 아저씨라고 불러도 되나요?”

“그렇게 하게. 어차피 내 딸아이가 낭자만 하니 조카라 해도 이상하지 않네.”

“고마워요. 왠지 아저씨가 성문에서 딸아이를 찾는다는 이야기를 들었을 때, 그냥 지나칠 수 없더군요. 저는 어디를 간다 해도 아버지가 한 번도 찾아주지 않았거든요. 해서 아저씨의 그런 모습을 보자 도와주고 싶었어요.”

“나도 낭자를 보니 잃어버린 딸아이가 더 걱정되는군.”

“아… 그보다 소개를 안 했군요. 제 이름은 진아경이에요.”

진아경은 친부모에게도 지어주지 않던 맑은 미소를 지으며 자신의 이름을 밝혔다.

‘역시… 이 아이는 란매의 딸이었구나. 그런데 왜 이 아이가 옥황성이 아닌 이곳에 있단 말인가? 일도와 만났을까? 란매는……’

사불휘는 그녀의 한마디에 자신의 예감이 현실이 되는 것을 경험해야 했다. 거기다 줄줄이 이어지는 생각들은 잠시 그에게 말을 앗아갔다.

“왜 그러시죠? 무슨 일이 있으신가요?”

“아, 아닐세, 잠시 무얼 좀 생각하느라.”

“너무 걱정하지 마세요. 찾으려는 따님은 금방 찾을 수 있을 거예요. 그럼, 저는 여기서…….”

진아경은 사불휘와 작별 인사를 건넸다.

“그, 그러게.”

“그럼.”

진아경은 인사 후, 백로를 이끌고 동편으로 걸음을 옮겼다.

‘이대로 헤어지면… 혹시 저 아이는 란매와 나와의…….’

사불휘는 이제는 묻어놓았다고 생각했던 것들이 우후죽순처럼 자라났다. 이제는 잊었다 여겨 일도를 대신 무림에 내보냈거늘, 그건 그만의 착각이었다.

“백화야, 어느 쪽이냐?”

킁킁. 킁.

백화는 코를 킁킁대며 성문 주변을 돌아다녔다. 그러다 고개를 발딱 들고 짖었다.

컹.

그런데 백화가 바라보는 방향이란?

"음······."

사불휘는 백화가 진아경이 사라진 반대를 가리키자 자신도 모르게 신음을 흘렸다.

'하매라면, 아주를 어쩌지는 않을 것이다. 분명 그녀는 나를 유인하려는 목적으로 이 일을 벌인 것 같지 않은가? 더욱이 방해꾼으로 이미 몇 번이고 나의 손아귀를 벗어날 수 있었는데 그녀는 그렇게 하지 않았다. 일단은 아주에겐 별다른 일은 없을 것이다.'

내심 스스로에게 결심을 내리고, 걸음을 옮겼다.

"가자!"

컹.

그런데 그와 백화의 발길은 은아주의 흔적이 있는 서편이 아닌 진아경이 사라진 동편으로 향했다.

*　　　*　　　*

"먹어라."

"싫어요."

"먹지 않으면 너만 힘들어진다."

"먹기 싫은 것은 싫은 것이에요."

은아주는 고개를 외면하면서까지 거절했다.

"그럼, 먹지 마라."

진청하는 더 이상 말하기도 싫다는 듯, 자기 혼자서만 식사를 시작했다. 음식을 조금씩 한참을 씹다 삼키는 동작으로 느긋이 식사를 즐겼다.

은아주는 더 이상 그녀가 신경을 쓰지 않자 슬며시 그 모습을 살피다 잠시 주변을 둘러보았다.

객잔에 붙은 식점이라 그런지 주로 봇짐을 멘 자들이 대부분이다. 개중에는 무기를 찬 무인들도 있지만, 대부분 장사치들이 전부를 차지했다.

그리고 그때 새로운 손님이 안으로 들어섰다.

'저들은?'

은아주는 들어오는 사람들을 보면서 눈을 빛냈다.

차가운 인상의 여인과 굵은 눈썹의 사내, 그리고 그들 뒤를 따르는 입술 위로 긴 상처를 갖고 있는 사내. 오늘까지 치면 벌써 일곱 번째가 되어가고 있는 것이다.

그들은 실내로 들어서며 잠시 주변을 훑어보다가 은아주와 눈이 마주쳤다.

그러나 곧 고개를 다른 곳으로 돌리며 자리를 잡아갔다.

은아주는 혹시나 해서 진청하를 바라보았지만, 여전히 그녀는 다른 일에는 관심도 없다는 듯 식사 중이었다.

'우연… 아님, 필연? 만약 같은 방향이라고 쳐도 너무 공교롭지 않은가?'

왠지 은아주는 그들이 주변을 맴돈다는 느낌을 받았다.

탁.

"돌아가자."

젓가락을 놓는 소리와 함께 진청하가 자리에서 일어났다.

"벌써요?"

은아주는 혹시나 해서 식탁을 바라보았지만, 아직 음식은 많이 남았다. 더욱이 막 관찰하기 시작한 삼 인 조에 대한 생각을 여기서 끊기 싫었다.

"나는 식사가 끝났다. 그럼, 더 있을 필요가 없지."

"아… 아니에요. 나는 이제부터예요."

은아주는 그녀가 뭐라 하기 전에 젓가락을 들어 음식을 집어갔다.

진청하는 그 모습에 미간을 모았다가 그대로 의자에 앉았다. 대신 앉기 전에 삼 인이 있는 곳에 잠시 시선을 주었다.

그러나 삼 인은 자기들끼리의 이야기에 이미 빠져 있었다.

"대사형, 더 이상 가만히 있을 수 없습니다."

입술에 상처가 있는 사내는 굵은 눈썹의 사내에게 말을 전했다.

"으음."

하나 대사형이란 자는 신음만 흘렸다.

이들은 천마성의 삼 인으로,

눈썹이 굵은 자가 천마일룡 무찰마웅(無察魔雄) 독고진(獨孤 晋).

입술에 상처가 있는 자가 천마이룡 심중흉(心中凶) 노직(盧稷).

차가운 얼굴을 가진 여인이 천마칠룡 중 유일한 여인 천마사룡 냉면빙심(冷面氷心) 궁보미(弓寶美)였다.

그들은 이번 후계자 시험을 위해 성을 떠나며 받은 명은 절대 모습을 드러내지 말라는 거였다. 그렇기에 한시도 그들의 주위를 떠나지 않은 호위대조차 두고 오지 않았는가?

거기다 그들이 보호해야 할 대상인 백발여인과 젊은 여인과 거리를 두었다.

한데, 지금 그들이 지연시켜야 할 대상이 같은 성내에 들어와 있었다.

"알려야 해요. 이러다가는 여기서 마주치는 일이 생겨요."

궁보비는 독고진의 침묵에 결론을 내버렸다.

독고진은 잠시 그를 바라보는 사매와 사제의 얼굴을 보았다.

"너희들도 알다시피 사부님은 실패를 용납하는 분이 아니다. 이번의 일. 후계자 시험이란 의미 외에 우리에게 내려진 한 가지 명이다. 성의 명령은 절대적! 어길 수 없다. 그러니 우리끼리 한다."

"우리끼리라… 크큭!"

"흥!"

둘은 그의 결론에 냉소적인 반응을 보였다.

지금까지 그들은 상대를 지연시키려 혼신의 노력을 다하지 않았는가?

다른 이들도 아닌 천마칠룡의 첫째, 둘째, 넷째인 그들의 합심을 해서라도 못 막은 자라면 그의 능력은 무림사강 이상일 수도 있었다.

"잊지 마라, 결과가 좋다 해도 과정이 문제가 되면, 우리가 다른 사제들보다 후계자 시험에 유리할 것은 없다."

독고진은 세상 누구보다 사부인 백의마제 유불군을 존경하기에 그의 성격을 잘 알고 있었다.

그러나 궁보미는 물러날 기미가 없었다.

"그렇다고 만일 그와 그녀가 이곳에서 만나면, 애초의 우리의 시험 과제인 성으로 유인하는 일은 어려워져요. 무슨 일을 내지 않으면, 실패하고 다른 사제들에게 웃음거리가 될 뿐이에요."

"그건 사매 말이 맞습니다, 지금 다른 사제들이 어디로 갔는지 알 수 없는 마당에. 칠제가 제일 유리한 입장 아닙니까? 막말로 그는 이미 시험을 마치고, 성으로 돌아갔을지 누가 압니까?"

지금까지 늘 평행을 그었던 궁보미와 노직의 의견이 맞아 들어갔다.

"오늘은 이미 날이 어두워졌으니, 다른 곳으로 이동할 일도 없다. 더욱이 그는 우리처럼 그녀를 쫓기 쉬운 방법이 있는 것도 아니다. 일단은 주변을 경계하며, 만일 그가 근처에 오는 일이 생기면 그때 결정한다. 이건 대사형으로서 명이다.”

독고진의 두 눈이 둘의 얼굴에 내리 꽂혔다.

“그럼, 일단은 대사형의 의견을 한번 따라보겠소.”

“만일 일이 틀어지면, 그건 다 대사형의 책임져야 할 것이에요.”

마지막 그들의 말은 책임을 독고진에게 넘기는 말로 마무리를 지었다.

“다 먹었으면, 들어가자.”

“에?”

어떻게든 음식을 먹으면서 삼 인의 동정을 살피려던 은아주는 멍하니 고개를 들어야 했다.

“일찍 쉬고, 내일 날 밝으면 바로 출발한다.”

그리고 머뭇거리는 은아주의 팔을 잡아끌고 일어났다.

“아… 알았어요.”

은아주는 너무나 강한 상대의 힘에 결국 할 수 없이 끌려 일어났다.

이미 진청하의 특별한 금제에 당한 그녀로서는 내공을 쓸 수 없는 몸이 되어버려 반항은 무리였다. 해서 그녀는 진청하의 손에 이끌려, 객잔 안으로 사라졌다

그리고 그녀들이 사라지는 모습을 바라보는 천마칠룡 중 삼 인.

그들은 잠시 서로의 얼굴을 확인하며 제법 크게 들린 이른 아침에 떠난다는 말에 내심 안도의 한숨을 쉬었다.

제5장

두 장의 비도와 두 명의 여인

하나둘 등을 걸어놓고 지나가는 사람들을 잡는 남창의 동편에 펼쳐진 유흥로. 주로 있는 것들이 주루와 음식점이 전부인지라 오가는 자들이 많았다.

백마를 끌고 가는 진아경과 늑대를 끌고 가는 사불휘도 그들의 틈에 묻힌 채 걸음을 옮겼다.

그들은 어느 정도 거리가 있는지라 전방에 있는 진아경은 뒤를 따르는 사불휘를 보지 못했다.

그리고 한순간,

"잠깐! 잠깐만 기다리게, 진 낭자!"

사불휘는 멀찍이 떨어져 진아경을 따르다 끝내 마음의 결정을 내리고 그녀를 불러 세웠다.

"어? 아저씨!"

주변을 둘러보며 늦은 저녁을 때우려던 진아경은 고개를 돌렸다.

"진 낭자, 초면에 실례지만, 잠시 이야기 좀 할 수 있을까?"

사불휘는 머뭇거리다 이야기를 꺼냈다.

이유야 어떻든 상대는 그가 누구인지 모르지 않는가? 이상하게 생각할 수 있는 문제였다.

"혹시 아저씨 저에게……."

"아, 아닐세. 내 이미 말했다시피 낭자만 한 딸이 있는 사람으로 그런 마음은 없네."

진아경의 표정이 조금 변한다 싶자 사불휘는 정색을 했다.

"무슨 말씀이신가요? 저는 저에게 맛있는 저녁이라도 사주려 불렀냐고 물어보려고 했는데."

"그, 그게……."

"호호호. 비록 아저씨에 비하면 많이 어린 나이지만, 그래도 나름대로 남자 보는 눈은 있어요. 첫눈에 상대가 무슨 생각을 하는지 알고 있어요."

"으음……."

"자! 가요. 어차피 저도 아저씨랑 그렇게 헤어진 게 아쉬웠으니까요. 대신 성문에서의 노고가 있으니 싸게 넘어갈 생각은 마세요."

"알겠네. 나도 은인에게 하는 대접에 주머니를 걱정하는 사람은 아닐세."

그렇게 둘은 몇 마디에 모든 것을 결정하고, 자리를 옮겼다.

어차피 시간도 시간이고, 장소도 장소인지라 자연스레 음식과 술을 같이 할 수 있는 곳으로 향했다. 이미 주변은 그런 장소가 지천이고, 그중에서 제법 고급스러운 곳으로 들어갔다.

일부러 그런 것을 생각한 것인가? 들어가고 나서도 진아경은 다른 사람과 섞이지 않은 조용한 곳을 찾았다.

해서 점소이의 안내로 그들은 제법 운치도 있는 수상 정자 위에 자리를 잡았다.

"긴장 좀 하셔야 할 거예요."

"허허허, 낭자는 나이에 비해 너무 노련한 것 같네. 미리 그렇게 겁을 주지 않아도 내 이미 마음 단단히 먹고 있네."

"그런가요? 호호호."

잠시 둘은 편안한 분위기에 빠져들 수 있었다.

그리고 대충 분위기가 풀어졌다 싶자 사불휘는 슬슬 본래 목적을 상기했다.

"내 아까 말을 하지 않았지만, 진 낭자의 이름을 듣기 전부터 나는 낭자를 알고 있었네."

"왠지 그럴 거란 느낌이 들었어요. 특히 성문을 지나고 나서 보여줬던 아저씨의 얼굴 표정. 더 더욱 내 느낌이 맞다는 확신을 주더군요."

"……!"

나름대로 생각하고 말한 것인데, 상대는 사불휘의 말에 금방 수긍해 버렸다.

그러자 진아경은 그런 사불휘를 보며 말을 이었다.

"금방 잊어버리셨군요. 저에겐 나름대로 남자를 보는 눈이 있다고요. 그것이 딱 두 번 실패를 보였지만, 그전까지는 십 할의 성공률을 갖고 있었어요. 상대를 보면 대충 그 사람이 나를 어떻게 생각하는지는 알 수 있어요."

"후후. 그런가? 그보다 궁금해지는군."

"그 두 남자가 누군지 말인가요?"

"그렇네. 이렇게 나이 든 사람을 난처하게 하는 능력을 갖고 있는 진 낭자의 눈을 어지럽히는 남자라… 어찌 같은 남자로서 궁금하지 않겠는가?"

"처음이에요."

"……?"

사불휘는 그녀의 말을 이해할 수 없었다.

"처음이에요. 누가 제 이야기를 이렇게 관심을 가져 주며 들어주는 것이요. 어렸을 때부터 들어주는 사람이 거의 없었거든요."

진아경은 왠지 모든 것에 지친 사람처럼 보였다.

확실히 그녀는 옥황성에서 나오고부터는 모든 것이 불안하고 힘든 나날이었다.

하지만 그 속사정을 알지 못하는 사불휘는 그녀의 어깨에 내려앉은 슬픔만으로도 가슴이 흔들렸다.

"허허허, 이렇게 한 사람이 생기지 않았는가? 비록 진 낭자와 내가 초면이라 하지만 만약 하고 싶은 이야기가 있으면 다 해보게. 내 무슨 도움을 줄 수 있을지 모르지만, 대신 성의있게 들어줄 수는 있네."

사불휘는 그녀에게 정말 그렇게 해주고 싶었다.

"정말인가요?"

"남아일언은 중천금이고, 군자일언은 억만금이네. 내 비록 스스로 군자라 칭하지 않지만, 군자의 길을 쫓으며 살아왔네. 그러니 낭자는 걱정하지 말게나."

"왠지 그 말은 서책 냄새 풀풀 나는 고리타분한 서생을 떠올리는데요?"

"뭐, 그런 이야기는 안사람에게 자주 듣네. 답답하고, 고집불통이라고……."

"그래요? 호호호."

진아경은 그렇게 한참을 즐겁게 웃었다. 그리고 어느 정도 웃음이 가시자 이야기를 시작했다.

"좋아요. 그럼, 오늘 내 가슴에 있었던 이야기를 다 할 테니 대신 어디 가서 말씀하시면 안 돼요."

"낭자는 벌써 잊었는가?"

"……?"

"군자일언은 억만금일세."

사불휘는 약간 농을 곁들였다. 그러자 다시 한 번 진아경의 입가에 예쁜 미소가 걸렸다.

그리고 그녀는 입을 열었다.

"어렸을 때부터 막무가내로 자라와 그런 것일까요? 아니면, 요즘 들어 너무나 커다란 일들만 당해서 그런 것일까요? 오히려 이야기를 할 기회가 생기니 무엇부터 시작해야 될지 모르겠어요."

"으음……."

사불휘는 왠지 그 한마디에 그녀의 어린 시절이 연상되었다.

"아저씨 그거 아세요? 저는 원래 태어나서는 안 되는 사람이었어요."

"……!"

사불휘는 그 말에 뒤통수에 번개가 내리 꽂히는 충격을 받았다. 하나, 계속 되는 이야기인지라 입을 열지는 않았다.

"그것을 깨닫게 되자 정말 모든 것이 부질없단 생각이 들더군요. 그래서 답을 얻고자 무작정 집을 뛰쳐나와 한 사람을 찾아갔어요. 유일하게 제가 아는 남자 중 저를 막 대하는 사람이요. 거기다 그는 고리타분한 말로 저를 꾸짖기만 했어요. 처음 만난 날 그는 저의 뺨을 때리면서 그런 말을 했죠."

"아무리 못난 부모라도 자식 흉을 보지 않고, 아무리 훌륭한 자식이라도 부모 앞에서는 늘 무릎을 꿇소. 그게 바로 자식과 부모의 관계요. 그런데 당신의 말은 그런 고귀한 부모 자식 간의 관계를 마치 장난같이 만들었소."

"그때의 저는 부모에 대한 증오로 제멋대로 굴었거든요. 그런데 그 말만은 계속해서 기억에 맴돌았어요. 그리고 제가 집을 떠나는 날, 저에게 커다란 일이 벌어졌어요."

그날은 언제처럼 그녀가 한 사람에 대한 기억으로 이를 갈던 나날들이었다.

무슨 일인지 공야준은 옥황성을 떠난 상태였고, 옥황성의 분위기까지 급하게 돌아갔다.

그래서 그녀는 주위를 맴돌던 대정호심단원 한 사람을 붙잡아 윽박질렀다. 그러자 그를 통해서 현 옥황성에 관한 이야기가 흘러나왔다.

변황의 무리들이 청해성에 집결해 중원에 위협을 가하려 한다는 이야기였다. 더욱이 옥황성을 떠난 공야준은 바로 먼저 잠입한 그들의 수괴를 쫓고 있다고 했다.

한데, 듣게 된 상대의 인상착의란 영락없는 그가 아는 무린의 인상착의와 똑같았다. 해서 그녀는 믿을 수 없는 사실에 평상시 웬만해서 찾아가지 않는 진척익을 찾았다.

그런데 공교롭게 그 또한, 잘 찾지 않는 주경란의 거처인 목련각으로 간 상태였다.

할 수 없이 진아경은 주경란의 거처로 향했다.

그리고 도착한 순간 그녀는 입구부터 두 사람의 언성을 높이는 목소리를 들었다. 시비들은 이미 자리를 피했는지 하나도 보이지 않고, 주변을 막는 호위들만 있었다.

처음에 호위들이 그녀까지 막으려 하자 그는 막무가내로 그들을 지나처 들어갔다. 그리고 확실히 들려온 둘의 대화를 듣고, 그 자리에 얼음처럼 굳어버렸다.

"그제야 알았어요. 두 분은 평상시도 거의 이야기를 하지 않아서 왜 그렇게 사이가 틀어졌는지 잘 몰랐는데, 그날 이유가 나오더군요. 두 분은 한 사람 때문에 싸우고 있어요."

여기까지 말하던 진아경은 감정이 고조되었는지 잠시 숨을 고르고자 찻잔을 들었다.

'설마… 아직도 과거의 일에 매달려 있단 말인가? 나는 모든 것을 잊고 살았거늘.'

사불휘는 왠지 그 이유를 듣지 않아도 알 것만 같았다.

"이유는 바로 그것이었어요. 한 남자. 저로서는 처음 듣는 이름인데 그로 인해 두 분 사이가 그렇게 틀어졌을 거라고 상상도 못했죠. 한데, 아버지는 어머니에게 그런 말까지 하더군요. '아경이가 혹시 그놈의 자식 아니오? 그렇지 않다면 당신이 그렇게 집착할 일이 있소. 그놈의 행적을 알고 있는 유일한 놈인 색마나 다름없는 정윤한 그놈을 성에 끌어들일 이유가 있었소? 여기까지 듣고 나니 세상이 하얗게 보이더군요."

"지금 정윤한, 정윤한이라고 했는가? 지금 그는 어떻게 되었는가?"

"혹시 그를 아세요?"

"아니, 그보다 진 낭자, 지금 나이가 어떻게 되는가? 스물둘인가? 아님 스물넷인가?"

사불휘는 계속해서 대답도 듣지 않고 질문만 던졌다.

"스물셋이요."

"으음……."

진아경의 반문에 사불휘는 눈을 감았다.

'어찌 이런 낭패가 있나? 스물둘도 넷도 아닌 셋이라니…….'

만일 진아경의 나이가 스물넷이라면, 분명 진아경은 사불휘의 딸이었다. 그리고 스물둘이라면, 진천익과 결혼한 후에 바로 잉태가 되었다치면 말이 되었다. 하지만 스물셋이라면 이야기는 완전 달라진다.

그러나 그 부분은 더 이상 깊게 파고들지 않았다. 그저 숫자만의 차이일 뿐이라 여겼다.

사불휘는 잠시 마음을 추스르고, 눈을 떴다.

"혹시 낭자의 몸에 이상한 문신 같은 것이 있지 않은가? 마치 그 모양이 여러 가지 선을 그려놓은 지도 같은 것인데……."

그런데 그 말의 효과는 무척 컸다.

진아경의 두 눈은 크게 뜨여진 채 갑자기 몸까지 부들부들 떨었다.

세상에서 그 사실을 아는 자는 많지 않다. 그녀와 몸을 섞은 남자들과 그게 뭐냐고 물어봤던 주경란 말고는 알 수 없어야 했다. 그만큼 그 문양은 은밀하게 나타나는 것으로 함부로 볼 수 없는 것이었다.

"다… 당신 도대체 누구세요?"

*   *   *

남창에서 북으로 가면 넓게 자리하게 되는 포양호.

그 포양호의 서편에서 보면 구강에서 남으로 뻗어나가 노산을 볼 수 있었다. 노산은 늘 사라지지 않는 안개로 그 안개가 백여 개의 봉우리 전체를 감쌀 정도라 인근에서는 영산이라고까지 불렀다.

그중 노산자락의 최남단에 자리한 무로봉(霧露峰)은 무슨 일인지 안개가 다 걷힐 정도로 요란스러웠다.

콰가가강.

강렬한 폭음 뒤에 뜨거운 열기가 주변을 감싸 버렸다.

"지겨운 놈들. 으음……."

한 사람이 폭음 속에서 몸을 비틀거렸다.

그는 동여맨 상투가 풀어져 새하얀 은발이 어깨를 뒤덮었다. 거기에 의복도 군데군데 찢겨져 나가고, 흐트러져 낭패한 모습을 보였다.

지금 그의 주변은 한바탕 화탄이 폭발한 것처럼 주변의 풍경이 제 모습을 상실했다. 깨어진 돌 조각이 사방에 퍼졌고, 군데군데 속내를 드러낸 시커먼 구덩이도 만들어져 있었다. 거기다 화탄이라도 터졌는지 매캐한 연기와 달구워진 공기가 주변에 떠다녔다.

그리고 그사이를 열기에 타오르는 시체의 매캐한 냄새까지 가미되어 과연 이곳이 영산인지 지옥도인지 분간이 안 갈 정도였다.

"후후후. 그러나 감히 이 정도로 패천무적대주 묵갑패천(墨甲覇天) 철무린(鐵武麟)을 잡으려 하다니. 아무리 무림사강의 하나라는 옥황성이지만 나를 너무 얕보는군."

그는 자세를 바로잡고, 주변을 둘러보았다.

이미 옥황성이 자랑하던 대정호심단원 중 서 있는 자는 하나도 없었다. 자랑인 백의, 백검, 백색 면사는 타버렸고, 중원에서 가장 강한 무력대 중 하나라는 자부심도 다 사라져 죽기 직전의 고통과 괴로움에 몸부림친 흔적만 남겼다.

철무린, 아니, 얼마 전까지는 무린이란 이름으로 중원에 모습을 보였던 그는 지겹도록 그를 쫓는 옥황성의 무리들로 인해 더 이상 신분을 숨길 수 없었다.

"역시 이 모습으로는 제 실력을 낼 수 없구나."

언제나 그의 전신을 가렸던 묵갑(墨甲)과 애병인 방천화극 천화(天火)가 없자 그의 능력의 많은 부분이 상실되었다.

무슨 일인지 그가 중원으로 향할 때 포달랍궁의 달라이라마 달단척뢰는 그에게 두 가지 금제를 내렸다.

한 가지는 묵갑과 천화를 두고 갈 것, 나머지 하나는 절대 진신무공을 드러내지 말것. 그리고 그 상태로 옥황성을 상대하라는 명을 내렸다.

해서 그가 선택한 것이 진아경이었고, 그렇게 그녀를 통해 옥황성을 상대할 계략을 세우려다 약혼자인 공야준의 집요함으로 인해 엉망이 되어버렸다.

그 와중에 잠시 풍운장에 몸을 의탁한 것이기도 하고, 거기서 또 다른 방도를 마련하려다가 풍운장주인 일도가 갑작스레 풍운장을 떠나 버리자 잠시나마 풍운장으로 향했던 옥황성의 시선이 다시금 그에게 돌아왔다.

그리고 그 결과가 이거였다.

재빠르게 몸을 뺀다 했지만, 옥황성의 대정호심단이 그의 꽁무니에 붙었다. 거기다 옥황성을 돕는 중소문파들까지 나서 열심히 몸을 피했지만, 구강 근처에서 꽁무니가 잡혔다.

"여하튼 그분이 명하길… 혹시라도 일이 틀어졌을 때, 천마성의 권역으로 몸을 피하라 하셨으니 일단은 빨리 그곳으로 가야겠다."

철무린은 다시금 늦춰졌던 걸음을 옮겨 천마성의 세력권인 복건성으로의 일보를 내딛으려 할 때였다.

삐이이익.

야공을 찢는 기다란 호각 소리가 퍼져 나갔다.

"아니?"

철무린은 소리가 들려온 곳을 바라보았다.

그곳은 노산의 마지막 봉우리인 무로봉의 끝자락으로 그곳을 벗어나면 포양호를 따라 남으로 펼쳐지는 평야가 나타나게 되어 있었다. 그리고 이제 그곳을 내달려 빠른 탈출을 생각했는데…….

삐삑.

호각 소리는 계속해서 들려오고 그가 빠져나가려는 전방의 수림 너머
에 빠르게 인기척이 다가오는 것마저 느껴졌다.

그리고 한 사람의 목소리가 들렸다.

"들리는가, 철무린? 노산의 영기는 잘 감상했나 모르겠군. 그동안 나
를 많이 기다렸을 텐데. 이쯤에서 얼굴을 보이는 것이 어떤가?"

"공야준… 으드드득. 추적대에 안 보인다 했더니 미리 산을 돌아 끝나
는 곳에 기다리고 있었단 말인가?"

철무린은 공야준의 목소리가 들리자 이가 갈렸다. 지긋지긋한 추적도
추적이지만, 처음에만 얼굴을 비친 후, 한 번도 모습을 드러내지 않은 공
야준이 얄미울 정도였다.

'좋아, 차라리 이것이 잘 된 것일지도 모르겠군. 옥황성 후계자의 목
이 날아간다면, 이것 나름대로 옥황성에게 타격이 돌아가겠군.'

천천히 타오르는 분노의 불길이 곧이어 철무린의 전신을 뒤덮었다.

화르르륵.

뜨거운 열기는 점점 강해져 그를 불의 화신으로 바꾸어 버렸다.

얼마 전까지 변황을 공포로 물들였던 패천무적대주의 절대패공인 아
수염화기(阿修炎火氣)의 불길이 타올랐다.

치이익.

땅마저 뜨겁게 달궈져 검게 타 들어갔다.

"천화가 아쉽지만, 아수염화기만으로 팔열지옥 중 극열지옥(極熱地獄)
의 고통을 선사해 주지."

철무린은 주변의 모든 것을 하나씩 검게 태우며 천천히 포양호의 넓은
평야로 나아갔다.

틱틱.

주변은 이미 미리 준비한 횃불로 인해 대낮처럼 환하게 밝혀졌다.

거기다 철무린이 나올 법한 곳을 부채꼴 형태로 사람이 둥글게 포위한 형국이라 그는 그 포위망 속으로 일부러 걸어가는 것처럼 보였다.

그리고 천무린이 바라보는 전방.

부채꼴의 정점이라 부를 만한 곳에 백의검수들의 틈에 몸을 드러낸 한 청년이 있었다.

영준한 얼굴에 다른 자들처럼 백의를 입은 자는 철무린의 신형이 나타나자 바로 입을 열었다.

"하하, 그나마 다행이군. 나름대로 꽤나 준비한 모양인데 무 형의 모습을 보니 접대가 꽤 괜찮았던 것 같네."

"후후후. 접대라… 중원의 접대는 이런 식이더냐?"

"이런… 변황의 미개한 족속들이라 그런지 중원의 접대를 모르는군. 자네 하나를 접대하며 사라진 이들이 몇인지 아는가? 그렇게 많은 자의 목숨을 거두고도 만족을 못한다니, 역시 변방에서 피와 눈물도 없이 상대를 날려 버린 패천무적대주답군."

"네놈이야말로 대단한 놈이다. 부하들의 목숨은 아무렇게나 날리며 뒤에서 몸을 사리는 주제에 무슨 말을 할 수 있단 말이더냐? 나와라! 사내라면, 당당하게 스스로 나서라. 그렇지 않으면, 네 스스로 꼬리 만 강아지라 인정하는 꼴이 될 것이다."

철무린은 강렬한 눈빛으로 공야준을 쏘아보았다.

하나 공야준은 철무린의 그런 도발에도 눈썹 하나 꿈틀거리지 않은 채 냉소만 흘렸다.

"너무 서두를 것 없지 않은가? 아직 이쪽의 접대는 끝나지 않았으니 말이야. 준비한 것을 대령해라!"

공야준은 주변을 향해 소리쳤다.

디디디딩.

명이 떨어지기 무섭게 포위한 사람들 틈에서 활시위를 당기는 자들이 있었다.

그런데 그들은 일반적으로 쓰는 뾰족한 활촉이 아닌 둥그런 하얀 구슬을 달았다.

"겨우 이따위 것으로 나를 잡으려 하는가? 지금까지도 그렇고, 옥황성은 나를 너무 무시하는군."

"후후후. 그거야 나중에도 그런 말을 하는지 보도록 하지. 쏴라!"

공야준의 명이 떨어지자 곳곳에서 활시위를 놓는 소리가 들렸다.

팅. 팅.

쐐애애액―

제법 날카롭게 날아가는 화살들은 뒤쪽을 제외하곤 철무린의 전, 좌우를 빽빽히 채우며 날아왔다.

"이딴 것들!"

철무린은 전신에 끌어올렸던 이수염화기를 양손에 모았다.

후류르르.

그러자 뜨거운 공기가 맹렬히 그의 손 주변에 몰려들며 철무린은 기합성과 함께 양손을 놀려 주변에 뿌려댔다.

"열양폭풍(熱陽暴風)!"

이미 실력을 숨기지 않기로 결심해 예전 변황을 삼키던 위력 그대로 뿜어졌다.

콰아아아.

사막을 뒤덮는 용권풍처럼 뜨거운 폭풍은 철무린의 주변을 둥글게 감싸며 그의 주변에 어떤 것도 닿지 못하게 만들었다.

하지만,

퍼엉. 퍼버버버벙.

강한 기류에 휩싸인 화살들의 촉이 그대로 터져 나갔다.

무슨 용도로 사용되는가 의심을 불러일으켰던 백색 구슬들은 터져 나감과 동시에 주변에 새하얀 안개를 뿜어댔다.

쿠류르르.

마치 노산의 안개들이 이곳으로 넘어온 듯, 철무린을 중심으로 하얀 안개의 회오리가 몰아쳤다.

"물러나라!"

공야준이 말이 떨어지자 포위하던 자들은 진형을 유지하며 뒤로 물러났다.

그리고 그들이 만들어준 공간에는 철무린 혼자만이 점점 강렬해지는 폭풍의 권역에 혼자 남겨졌다.

"……."

모든 이들은 침묵을 지킨 채 변화가 가라앉길 기다렸다.

'성공인가?'

공야준은 뚫어질 듯 그곳을 노려보며 자신의 의도가 성공하기를 바랐다.

휘유우우.

밤하늘 깊은 곳까지 말려 올라간 수증기들은 곧,

투둑. 투둑.

쏴아아.

금방 차가운 공기에 응결되어 비처럼 내렸다.

"크… 크흐음."

그리고 세우(細雨) 속에 몸을 비틀거리던 한 사람이 신음을 터뜨렸다.

의복이 터져 나가 군데군데 맨살을 드러냈다.

특별히 살이 갈라져 피가 터지진 않았지만 그의 상태는 극도로 위태로운 상황을 보였다.

그런데 그의 모습이 점점 횃불 속에 드러나자 포위하던 자들이 놀라움에 자기네들끼리 웅성거렸다.

“여자?”

그걸 보고 있던 공야준도 마찬가지로 그의 두 눈은 크게 뜨여졌다.

탄탄하다고 여겨졌던 가슴은 하얀 천으로 단단히 감싸져 있었을 뿐, 얼마 전의 일로 앞섶이 헤쳐져 숨겨왔던 그녀의 봉긋한 가슴이 드러났다.

“흐흐… 흐흐흐! 으하하하!”

철무린이 갑자기 앙천광소를 터뜨리며 밤하늘을 바라보았다.

그 순간 한줄기 유성을 본 것은 우연이었을까? 마치 그의 머리 속에 그려지는 한줄기의 빛처럼 잠시 흔들렸던 정신이 확 깨었다.

‘나의 비밀을 알게 되다니… 절대 알려지지 말아야 할 나의 비밀을……’

조금씩 떨리기 시작하던 그녀의 몸이 눈에 띄게 흔들렸다. 그리고 전방으로 향하는 그녀의 얼굴엔 미소가 서렸다.

“보지 말아야 할 것을 보았으니, 가야 할 곳은 오직 한 곳…….”

치직. 치지지직.

조금씩 철무린의 몸에서 작은 빛줄기들이 뿜어졌다.

“아직까지 아무도 보지 못한 나의 최후의 무공을 보는 것을 영광으로 알아라.”

파지지직.

작은 빛줄기들은 이제 거의 몸 전신에 뒤덮어져 그의 주변을 맴돌았

다. 마치 벼락이라도 맞은 사람처럼 그의 전신에선 작은 벼락들이 튀었
다.

'저런 무공이 있었단 말인가? 분명 철무린의 무학은 주로 화기를 다루
는 열양지공이라 했거늘. 뇌기라니⋯⋯.'

공야준은 갑작스레 무언가 일이 잘못 돌아간다는 느낌이 들었다.

"아무도 살아 돌아갈 생각을 마라!"

철무린은 말이 끝남과 동시에 손가락을 들어 한 대정호심단을 가리켰
다.

콰지직.

"크아아악!"

백광이 허공을 지났는가 했더니 한 사람이 머리에 구멍이 뚫린 채 바
닥에 쓰러졌다.

콰직. 콰지직.

계속해서 허공을 가르는 백광은 계속해서 주변으로 쏘아져 나갔다.

"크악!"

"컥!"

모두들 온몸이 감전된 것처럼 괴롭게 몸을 떨었다.

공야준은 그 광경에 입이 벌어졌다. 인간의 몸으로 벼락이라니? 아직
까지 들어보지 못했다.

"물러서지 마라. 상대는 혼자이고, 우리는 중원의 정기를 지키는 옥황
성의 무사들이다. 오늘 저 악마를 없애 중원의 의기를 높이고, 옥황성의
저력을 보여준다! 대정호심단 모두 공격해라."

"존명!"

명이 떨어지자 과연 중원의 이대무력대란 말이 무색하도록 그들의 움
직임은 빨랐다.

모두 손에 들린 백색검을 단단히 움켜쥐고, 하얀 면사를 나부끼며 달려들었다. 마치 불빛을 보고 달려드는 불나방처럼도 느껴졌지만, 그들은 누가 뭐라 해도 대정호심단이었다.

파지직.

"큭!"

한 검수가 날아로는 뇌정지기에 검을 들이대고도 고통을 못 이길 때, 그를 타 넘으며 또 다른 검수가 하늘을 날았다.

철무린은 다시 한 번 뇌정지기를 쏘아내었다.

콰지지직.

"으아아악!"

백의검수는 그대로 공세에 당했지만, 그는 옥황성의 제자답게 비천검공에 의지해 그대로 상대에게 달려들었다.

그리고 그를 방패 삼아 달려드는 무리들.

철무린을 중앙에 두고, 동료를 방패 삼아 달려드는 그들의 공세는 거의 광기까지 내보일 정도였다.

"그렇게 죽기를 원한다면 모조리 죽여주겠다."

철무린은 이제는 모든 것이 거추장스럽다는 듯 여자의 수치도 잊고 상체를 가린 천 조각을 다 날려 버렸다. 그리고 그 상태로 검수들의 사이를 휘저으며 하나둘 뇌정지기의 재물로 만들었다.

그리고 무슨 일인지 그녀의 뇌정지기가 점점 강해지자 하나의 변화가 찾아왔다.

이마부터 하나둘씩, 선을 그어지며 마치 그녀의 얼굴을 흉신악살로 만드는 흔적들. 일부러 새겨 넣은 것이라고 부르기에는 너무나 모양이 없었다. 마치 아무렇게 선을 그려놓은 흔적들처럼 환상처럼 나타나는 선들은 그녀에게 가면이 되어 진정한 나찰마녀의 화신으로 만들어갔다.

시간이 흐를수록 포양호에서 벌어지는 싸움은 치열해져 갔다.

아직은 수적으로 공야준 쪽에 유리했지만, 그건 아무도 장담할 수 없었다. 그만큼 철무린의 뇌정지기는 유래가 없는 파괴력으로 모든 것을 부수었다.

스르릉.

공야준은 검을 뽑아 들었다.

웬만해선 검을 뽑지 않지만, 그가 검을 뽑았을 때는 늘 승리의 그림자 아래에 있었다. 그만큼 완벽하게 모든 것을 준비해 처리해 오는 사부 진천익을 닮은 그였다.

하지만 지금은 그런 때와는 조금 달랐다.

'사매는 결국 여자를 좋아했던 것인가? 그래서 그렇게 옥황성에 반(反)했던 것인가? 그리고 나란 인간은… 겨우 여자에게 질투를 느껴야 했단 말인가?'

분노보다도 허탈함이 더욱 컸다. 그나 진아경이나 결국 철무린에 농락당한 꼴이었다.

공야준은 검집을 버렸다.

툭.

"오늘 이 자리에 남는 것은 둘 중 하나다. 그래야 나와 사매는 다시 예전으로 돌아갈 수 있다."

휘익.

그도 곧 혼전 속으로 파고들며 근 백오십이 넘는 인원과 한 명의 처절한 혈투가 벌어졌다.

제6장

움직이기 시작하는 무림의 영웅들

태양이 중천을 지나 점점 서편으로 기울어지는 시각.

이제 푸르름이 다 걷혀진 산길은 붉은 빛깔의 추색(秋色)마저도 하나 둘 떨어져 나가 무언가 쓸쓸함을 풍겼다. 그것이 이미 십일월도 하순으로 치달리다 보니 더욱 크게 다가왔다.

오악 중 하나인 이곳도 앞으로 다가올 겨울을 준비하려는지 슬슬 산이 하나둘 옷을 바꿔 입어 새로운 계절을 준비해 나갔다.

하나 경사진 산길을 벗어나는 두 사내는 그런 것에 별 관심이 없었다.

"정말 성질 불같네."

그중 갑자기 덩치가 일반인보다 배는 큰 금발의 사내는 끝내 참지 못하고 불만을 터뜨렸다.

"흘흘흘. 이놈아, 그러기에 네놈이 평생 노총각으로 늙어 죽을 팔자라는 것이다. 여인이 보여주는 그 정도의 성질이야 아량으로 넘어가야지."

금발 사내의 허리 어림에 오는 중늙은이는 그런 사내를 보며 웃음을 터뜨렸다.

"사부! 정말 그 말 좀 안 하면 안 됩니까?"

"어쭈, 이놈 봐라!"

퍽.

중늙은이는 냅다 금발사내의 종아리를 걷어찼다.

"윽!"

제법 고통이 느껴지는지 다리를 어루만지며 중늙이를 노려보았다.

"눈 깔아라."

"예."

중늙이의 한마디에 곧 고개를 떨구었다.

그들 사제는 그렇게 티격태격하며 형산을 벗어나고 있었다.

원래 그들은 수로채주 용각과 일도와의 약속으로 형산을 찾아왔다. 무림칠성 중 둘이나 관계되는 일이라 권황 자신이 직접 나서게 된 것이다.

작은 덩치인 중늙은이 권황 유운과 그의 제자 금모사황 황보패는 일도의 설명에도 형산을 헤맨 끝에 목적지인 원왕곡에 도착할 수 있었다.

한데, 그들이 도착한 원왕곡엔 이상한 기류가 돌았다.

사람이 사는 것 같지 않은 적막감에 무슨 일인지 묵직한 공기마저 곡내를 가득 채웠다.

그리고 거기서 둘은 아름다운 중년 미부를 만나 제일 먼저 서찰을 건넸다. 그런데 서찰을 받은 중년 미부는 읽으면서 얼굴이 상당히 험악하게 변했었다.

그때 일이 생각난다는 듯 유운이 황보패의 다리를 다시 걷어찼다.

퍽.

"왜 자꾸 걷어차십니까?"

방금 전의 고통이 가시지 않았기에 황보패의 음성은 더욱 퉁명스러왔다.

"이놈아, 그보다 네놈 혹시 그 서찰을 받으며 일도에게 무슨 이야기를 듣지 않았느냐?"

'윽!'

황보패는 그 한마디에 잠시지만 몸이 뻣뻣하게 굳었다.

"흐음……."

바로 뒤이어 터지는 유운의 한숨은 그에게 있어 지옥의 손길 그 자체였다.

"그저 원앙곡에 있는 사부나 사모에게 전해달라고 했을 뿐, 별다른 이야기는 없었습니다."

"그러느냐? 흐으음……."

"정말이라니까요. 정말 이 제자를 못 믿으십니까?!"

"누가 뭐라느냐? 왜 찔려?"

"찌, 찔리긴 누가 찔린단 말입니까?"

하지만 말을 하고 황보패는 '아차' 싶었다.

"말까지 더듬고……."

우두두둑.

"사… 사부, 지금 뭐 하시려고?"

황보패는 유운이 손가락 관절을 푸는 모습을 보이자 거대한 덩치가 어울리지 않게 떨었다.

그에게 있어 세상에서 제일 무서운 두 가지가 남궁대부인의 눈물과 유운의 분노였다.

"뭐 하긴? 그저 북어와 제자는 삼 일에 한 번씩 패야 한다는 만고 진리를 실천하려는 것이지."

"사부!!"

“왜?”

“갑자기 생각났습니다, 일도가 저에게 서찰을 주며 한 말이.”

“그래? 네가 아직도 나의 교육을 잊지 않고 있으니, 뭐 다음으로 미루지.”

탁탁.

유운은 풀어대던 손을 털어댔다.

“휴우······.”

황보패는 그의 뒤에서 깊은 한숨을 토하며 안도를 했다.

그러나 앞으로 이 이야기를 전해도 어떤 반응이 나올까 걱정이었다.

잠시 둘 사이에 침묵이 흘렀다.

딴에는 이야기를 정리한다고 황보패의 머리에서는 허연 김이 솟아오르기 직전이었다.

“날 샌 다음에 하려느냐? 형산을 벗어나고부터는 빠르게 수로채로 가야 한다. 잊었느냐?”

“예, 좋습니다. 뭐 대단한 일도 아니고. 일도가 저에게 서찰을 줄 때 ‘오직 사부에게만 주십시오. 다른 자는 안 됩니다’. 이렇게 말하더군요.”

“그런데 그걸 일도의 사부가 아닌 사모에게 줬다?”

“예. 어차피 원앙곡에는 사모란 사람뿐이 더 있었습니까? 게다가 사부나 사모나 일도에게 있어······.”

“에라! 이놈아!”

갑자기 앞장서며 길을 걷던 유운의 그림자가 사라졌다.

그리고,

따악.

“컥!”

　황보패는 뒤통수를 울리는 강렬한 힘에 그대로 산길에 나자빠질 뻔했다.

“이 멍청한 놈아!”

“예?”

“너는 머리를 장식으로 달고 다니냐? 수로채에서 이야기를 들으며 졸았느냐? 그 당시 용가의 비사를 들으면서도 아무 생각도 하지 않았느냐?”

“아니, 그거랑 이거랑 무슨 관계가 있습니까?”

“갈!”

“이크!”

황보패의 커다란 머리가 자라처럼 들어갔다.

덩치는 작다 하나 유운은 권황이란 어마어마한 이름을 갖고 있는 자였다. 그의 분노는 단순한 호통으로도 형산 전체를 떨어 울렸다.

“우리가 찾으려는 잃어버린 쌍둥이 여아가 누구의 아이더냐?”

“그거야 일도 사부와 용왕 어르신의 따님 사이에서…….”

하나 아직 황보패는 감을 잡지 못한 모습이다.

“그럼, 서찰에 무슨 내용이 적혀 있겠느냐? 사질로 알았던 여아가 사실은 일도 사부의 친딸이고, 실질적으로 여아의 사부가 되는 일도 사모는 결과적으로 젊었을 적 남편의 외도로 생긴 아이를 제자로 키운 꼴이 아니더냐?”

“아…….”

“뭐가 이제야 이해했다는 듯 긴 숨을 토해내느냐?”

딱!

“윽!”

여지없이 뒤통수에 불이 났지만, 황보패는 비명조차 제대로 지를 수 없었다. 이제야 왜 중년 미부가 화를 냈는지 그제야 깨달았다.

"그보다 마음에 걸리는 것이 있구나."

갑자기 유운은 심각한 얼굴을 지었다.

"……?"

"일도 사모가 보여준 얼굴. 왠지 어둠이 짙게 깔리지 않았더냐?"

"그건 그렇습니다. 아무리 곡 내에 사람이 적게 산다 해도 그런 무거운 분위기는 의외였습니다."

"아무래도 찾으려는 여아와 일도 사부가 곡 내를 떠났다는 말이 걸리는구나. 일도가 그러지 않았느냐? 특별한 일이 없으면 사부나 사모, 사저는 절대 곡 내를 벗어나지 않는다고…….."

"사부, 그렇다면……?"

황보패도 무언가 불길한 기운이 느껴졌다.

"서두르도록 하자. 아무래도 무언가 무림이 요상하게 변해가는 것 같다. 일단 용왕을 만나 이야기를 전하고, 우리도 남궁세가로 가야겠다."

"예."

그리고 두 사제는 한줄기 바람이 되어 형산을 점점 벗어났다.

*   *   *

한편,

원왕곡의 거처인 초옥 앞에서는 얼이 나간 듯 한 사람이 서 있었다.

그녀는 세월의 흔적 속에서도 빼어난 아름다움을 보여주는 여인으로 무림에 잘 알려지진 않았지만, 신비문과 숙녀문의 문주인 홍민이었다.

얼마 전까지는 갑작스레 사라진 제자로 인해 가슴을 졸였는데, 지금은 새로운 사실에 가슴이 미칠 듯이 뛰었다.

원왕곡이 생기고, 처음이라 할 수 있는 무림인의 방문.

처음에는 그저 곡을 잘못 찾아온 자들이려니 했는데, 그들이 가지고 온 이야기는 너무나 엄청난 것이었다.

"아……."

홍민의 입에서 무거운 신음이 터졌다.

'어찌 이 모든 것을 받아들여야 하는가. 젊었을 적 사형의 풍류는 이미 알고 있는 사실이었지만, 아주가… 아주가…….'

사불휘와 결혼하고 살아온 이십여 년의 시간.

칠거지악(七去之惡) 중 하나인 자식을 못 낳는 몸이라, 사불휘의 젊었을 적 풍류를 알았을 때 더욱 분노한 것 아닌가? 혹시라도 옛 사랑을 찾아 떠나가지 않을까 전전긍긍한 것도 바로 그런 이유였다.

해서 무림 주유 당시 혼자가 되어버린 여아를 거둔 것이 지금의 유일한 제자 은아주였고, 지금까지 홍민은 그녀를 친딸 못지않게 키웠다.

그런데 그렇게 지냈다 하지만 막상 은아주가 사불휘와 다른 사람 사이에 태어난 딸이란 사실을 알고 나니 하늘이 무너지는 듯했다.

"도대체 어디서부터 일이 꼬였단 말이더냐? 하늘은 나와 사형에게 무엇을 주려고 이렇게 복잡한 운명을 부여했단 말이더냐!"

홍민은 아무도 대답해 주지 않는 허공을 향해 소리쳤다.

주르륵.

심중의 고통을 못 이겨 깨문 입술이 결국 터져 붉은 핏물을 토해냈다.

그래서일까? 피가 빠져나오며 그녀의 가슴을 가득 채웠던 혼란도 빠져나가는 느낌이 들었다.

'사람의 마음이 이리도 간사할 수 있단 말인가? 얼마 전까지도 아주가 납치된 것에 마음을 졸였던 나이거늘, 어찌 이리도 빨리 마음이 변할 수 있단 말인가?'

더욱이 얼마 전까지 가슴과 머리를 가득 채웠던 것은 은아주의 걱정이
었다.

아주가 사라짐. 백화(白花)와 뒤를 쫓으니 꼭 찾아오겠음. 그러니 너무 걱
정하지 말기 바람.

사불휘가 급하게 휘갈겨 새겨 놓은 흔적을 보고, 바로 따라나서지 못
한 것도 혹시라도 납치가 아니라 잠시 자리를 비웠을지도 모른단 마음
때문 아닌가?

벌써 은아주가 사라지고, 사불휘가 떠난 지 여러 날이 흘렀다.

"망설일 이유는 없다. 내 스스로 사형의 풍류를 인정했기에 아이들을
무림으로 보내지 않았더냐? 그렇게 마음을 먹고, 이제 와서 망설이면 어
찌 아이들을 볼 낯이 있더냐? 더욱이 아주에게 친부모를 찾아주기로 해
놓고……."

더욱이 은아주를 제자로 맞아들이면서 이런 말을 한 것도 자신이었다.

"그래, 아주가 누구의 딸이든 그 아이는 나의 하나뿐인 제자이다. 더
욱이 친부모가 찾는다는 소식까지 접한 마당에 못난 여인의 고집으로 일
을 망칠 수 없다. 일도가 떠나는 날도 나의 고집으로 인해 그 아이가 죽
을 고비를 넘기지 않았던가?"

부르르르.

그때의 일이 떠오르자 홍민의 몸은 잘게 떨렸다.

"지난 일에 연연하는 것은 나로 충분하다. 그 아이들에겐 그 아이들의
미래가 있다. 그리고 그 아이들은 나의 자식들이다."

점점 모든 것은 하나의 결론으로 내달렸다.

홍민은 결심이 서자 마음속의 혼란도 서서히 제 자리를 찾아가는 것을

느꼈다.

그녀는 그대로 신형을 돌려 안으로 들어갔다.

그리고 잠시 후.

홍민은 작은 봇짐과 한 자루의 검을 들고 나왔다. 이미 미리 준비해 놓은 것인지 그녀가 다시 나서는 데는 얼마 시간도 걸리지 않았다.

검은 군자검처럼 소박한 문양이나 그 풍기는 기운은 투박한 것이 아니라 섬세했다. 거기다 검갑에는 여성스러운 글씨로 세 자가 적혀 있었다.

숙녀검(淑女劍).

그녀는 숙녀검과 봇짐을 챙겼다.

"가자! 가서 내 아이들을 지키는 거다. 그리고 그 아이들에게 밝은 미래를 만들어주는 거다!"

파앗.

다짐 후에 그녀는 숙녀문의 절기인 숙녀화유행을 펼쳐 원앙곡을 떠났다.

그렇게 모든 이들이 형산을 떠났듯이 각지의 무림인들도 한곳으로 떠나가기 시작했다.

목적지는 바로 중원무림과 변황무림이 대치를 하고 있는 사천성과 감숙성.

지리적인 위치상 제일 먼저 변황무림을 맞이해야 하는 구파일방은 옥황성과 그 산하의 옥황무맹의 도움으로 조금 숨통을 트일 수 있었다.

그동안은 같은 정파이면서도 알력 싸움으로 조금 껄끄러웠던 것도 잊고 서로 힘을 합쳤다.

그렇게 되자 다른 곳의 무림인들도 술렁이기 시작했다.

섬서성과 산서성, 하북성의 하북의 무인들은 막북과의 관계로 인해 자신의 자리를 굳건히 지켰지만, 비교적 안전하다 생각되던 강남 무림인들은 중원의 정기를 외치며 북으로 움직였다.

하나, 천마성 산하의 세력들은 무슨 일인지 이번 일에 움직임이 없었다.

대신 움직이지 않을 줄 알았던 흑도의 양대세력인 녹림과 수로채가 구파일방에 먼저 손을 뻗었다.

지금까지 무림을 삼 등분하는 정도, 마도, 흑도 중 비교적 약세라 여겨져 다른 두 곳에 무시를 당하는 형편이었는데도 그들은 오히려 강하다는 마도보다 먼저 이 일에 앞장섰다.

＊　　　　＊　　　　＊

요즘 들어 무림에 새롭게 인식되어 가는 동정호 군산의 수로채.

웬만해서는 외인의 방문을 꺼려한다는 이곳에 다른 곳도 아닌 구파일방의 인물이 찾아왔다.

그는 구파일방에서도 다른 어떤 자보다는 강한 영향력을 가지고 있는 자로 특이하게 다른 자들은 물리고, 자신의 손녀와 단둘뿐이었다.

지금 그 조손은 잠시 객청에 둘만 남겨진 채 사람을 기다렸다.

그런데 그 둘의 외양이 너무나 눈에 띄었다. 외양만 눈에 띄는 것이 아니라 그들 주변을 감싼 공기마저 특이했다.

다 헤진 누더기와 봉두난발, 거기다 얼마나 안 씻었는지 땟국물이 줄줄 흐르는 용모는 그들 주변에 묘한 악취까지 풍기게 만들었다.

그런데 특이하게 한 사람은 여자임에도 불구하고, 그런 거지 모양새가 너무나 자연스레 여겨졌다.

천하에 여자 거지가 없는 것은 아니지만, 무림에 속하고 어느 누구도 따라 올 수 없는 자연스러움을 풍긴다면 오직 하나다.

바로 풍파호녀라 불리는 조패림뿐, 그렇다면 그녀에게 할아버지라고 불리는 자는 단 하나였다.

개방의 태상방주이며, 정도삼황 중 개황으로 불린다는 바로 개황(丐皇) 조곡(曺谷).

지금 조패림과 동석을 하고 있는 볼품없는 늙은 거지가 바로 그 유명한 개황 조곡이었다.

지금 그들의 앞에는 기다리는 동안 무료함을 달래라 간단하게 주안상이 차려졌지만, 조곡만 손을 댈 뿐 조패림은 손도 대지 않았다.

명색이 거지가 음식 나두고 구경하는 것도 우스웠지만 조패림의 입장으로서는 이곳은 그럴 만한 곳이었다.

"할아버지."

"왜 그러느냐?"

"우리 너무 긴장감이 없는 거 아니에요? 아무리 현재 변황 일로 정도와 흑도가 손을 잡기로 했다지만 흑도의 중심지인 수로채에 둘만 온다는 것이 말이 돼요?"

조패림은 지금까지 불만을 참고 있었지만 그 성격상 더 이상은 무리였다.

그런데 조곡은 손녀의 투덜거림에도 심드렁한 표정이다. 대신 술잔만 집어 들었다.

"할아버지, 말씀 좀 해보세요. 정말 이래도 되는 거예요?"

"된다."

"끙."

말을 걸었던 조패림은 얼굴이 와락 구겨졌다.

과거 범불신개란 별호가 우습게 여겨질 정도로 지금의 조곡은 상대를 너무 쉽게 밀어버렸다.

"할아버지, 도대체 뭘 믿고 이렇게 여유가 있을 수 있어요? 이곳은 적진에 더 가까운 곳이에요. 잊었어요?"

"쯧쯧, 계집이 이리 시끄러워 어디 쓸꼬. 생각해 봐라. 적의 적은 우리에게 무엇이 되느냐?"

"그거야……."

"그보다 내가 전에 이야기해 준 무림칠성의 숨겨진 과거지사를 잊었느냐?"

"당연히 알고 있죠. 포달랍궁의 달라이라마 한 사람 상대로 무림칠성 중 여섯이 깨지고, 하나가 비겼다는 이야기요. 그 창피한 이야기를 어찌 잊겠어요."

조패림은 불편한 심기를 드러내며 그대로 이죽거렸다.

"에효……."

조곡은 한숨과 더불어 고개를 설레설레 저었다. 정말 날이 갈수록 조패림은 말리기 힘들 정도로 변해간다 느껴졌다.

"이렇게 이야기해도 모르겠느냐? 네 말대로 나나 쌍왕이나 그런 기억이 있기에 당면한 문제가 더욱 크다. 그나마 그때는 혼자서 왔지만, 지금은 휘하에 있는 애들이 난리를 부리지 않더냐? 그 속을 알 수 없는 늙은 중이 아직 움직이지 않았다 해도 답은 뻔하다. 분명 조만간 막북에 웅크리고 있을 그도 움직일 터. 우리끼리 싸워봐야 남 좋은 일 시켜주는 꼴이지."

"할아버지 말은 그래서 무사태평하게 단둘이 왔다는 거예요?"

"너는 평상시 머리가 잘 돌아간다 하면서 오늘은 왜 그러느냐? 우리가 애들 줄줄이 달고 온다고 해서 무엇이 달라질까? 차라리 이렇게 오는 것이 상대에게 더 믿음을 줄 수 있지.”

“음…….”

결국 조곡의 설명에 조패림은 입을 다물었다. 이렇게까지 설명을 듣고도 모르면 스스로 바보라 알리는 꼴이나 다름없지 않은가?

조곡은 슬쩍 조패림을 보면서 대충 납득하는 표정을 보면서 미소를 지었다.

“그보다 림아, 나도 하나만 물어보자.”

“예?”

“듣기로 네가 요즘 풍운장에 관한 자료를 모은다고 하던데, 무슨 바람이 불었더냐? 그것도 주로 장주인 삼경대협인가 하는 아이에 관한 것이던데… 혹시?”

조곡의 눈이 게슴츠레해졌다.

“할아버지, 혹시라니요. 무슨 뜻이죠?”

조패림은 갑자기 너무나 급작스런 공격에 얼굴이 화끈거렸다.

하나 일차적으로 숯검정이 가려줘 들키는 불상사는 벌어지지 않았다.

“뜻이라니? 그냥… 지금까지 남자라면 아무에게도 관심이 없던 네가 관심을 두어 혹시나 했지. 그렇지 않고는 공문제자 광진이란 아이에게 심한 말까지 했겠느냐?”

“쳇! 쪼잔하긴.”

“쪼잔한 것이 아니라 이제 사고 좀 그만 치거라. 이 할아비가 언제까지 네 뒤치다꺼리를 해야 하느냐?”

“사고라니요. 사실 그렇지 않아요. 소림이 음흉하지 않고는 왜 풍운장에 호법이란 명분으로 제자를 보냈겠어요. 거기다 잠시 천마성 때문에 신경을 못 �쓴 사이 장주는 사라지고, 풍운장은 완전 소림사 판이 되었더군요."

"여하튼 풍운장은 좀 묘한 곳이다. 할아비도 대충 알아보았지만, 그 정체가 드러나지 않는다. 오죽하면 얼마 전에는 그곳에 호법으로 있던 무린이란 아이가 묵갑패천 철무린이라고까지 밝혀지지 않았더냐? 만일 소림이 중재하지 않았으면, 풍운장은 변황 무림의 비밀기지라 오해를 산 옥황성의 손에 사라질 뻔했다."

"흥! 무슨 말도 안 되는 소리예요? 옥황성이 괜히 풍운장하고 소림이 가까워지니 배가 아파서 그런 거죠. 저도 몇 번 만나봐서 아는데, 장주가 그럴 사람은 아니에요."

"흐음… 그래서 이 할아비를 부추겨 소림을 도와주라 한 거냐?"

"무슨 소리예요! 그냥 아경이가 있는 옥황성이 소림과 문제가 생기지 않기를 바랐던 거죠. 저는 친구를 위해서 그런 거예요."

"허허허."

조곡은 그냥 웃었다.

손녀의 앙큼한 마음을 모르는 것도 아니지만, 더욱 건들면 폭발할 것이기에 이쯤에서 거두었다.

그리고 그제야 기다리던 자들이 나타나는지 밖에서 알리는 소리가 들렸다.

"총채주님 드십니다."

덜커덩.

문이 열리는 소리와 함께 실내로 몇 사람이 들어왔다.

드르르.

그런데 한 사람은 바퀴가 달린 의자에 몸을 실은 상태였다. 더욱이 얼굴 혈색도 좋지 않은 게 마치 중병을 앓은 모습이었다.

조곡은 특히 그의 얼굴을 보며 얼굴이 심각하게 변했다.

잠시 사람들은 상대를 보느라 침묵을 유지했다.

이미 자리하고 있던 조곡과 조패림을 제외하고 들어온 자들은 용각과 용리연, 그리고 바퀴 달린 의자에 앉아 있는 늙은이였다.

"내 눈이 잘못 되지 않았으면, 귀하는 무적호왕 두공이 아니시오?"

조곡은 놀람을 감추지 못하고, 앉아 있는 늙은이에게 말했다.

"허허, 잊지 않으셨구려, 그렇게 오래 시간이 흘렀는데도."

"으음……."

"자, 일단 앉아서 이야기합시다."

주인인 용각이 자리를 권하고, 의자를 밀고 들어온 용리연만 서 있었다.

용리연은 의자에 앉지 않고, 조패림을 바라보았다.

"조 낭자는 나랑 이야기는 하는 것이 어떤가요? 내 딸아이가 낭자랑 동갑인데, 만나면 좋아할 거 같군요."

조패림은 그녀의 말에 조곡을 바라보았다.

"그렇게 하려무나."

"예, 할아버지. 말씀 나누세요. 그럼, 소녀 물러갑니다."

조패림은 자리가 자리인지라 최대한 공손한 자세로 물러났다.

"가요."

용리연은 조패림을 이끌고, 객청에서 벗어났다.

그녀들이 사라지고, 실내는 잠시 묘한 정적에 빠졌다. 분명 이야기를 하기 위해 모였지만, 누가 선뜻 입을 열지 않았다.

"지금 내 모습을 이상하게 생각할 것이오."

두공이 씁쓸한 음성을 토하며 분위기를 바꾸었다.

"사실… 그렇소."

조곡은 고개를 끄덕였다.

“우리가 조 방주를 부른 것도 이것 때문이오.”

두공은 과거의 호칭대로 조곡을 조 방주라 칭했다.

“내가 알기로 두 채주가 잠시 막북으로 향했다 하던데, 그것이 이유이오?”

“허허, 역시 개방의 인물답소. 맞소. 내 잠시 늙은 중이 어떻게 지내나 궁금해 포달랍궁에 다녀왔소. 역시 그곳은 늙은 중이 지내는 곳답게 만만한 곳이 아니오. 이렇게 된 것도 사실 그를 만나서 이렇게 된 것도 아니고, 그의 휘하에 있다는 십대존자라는 자들을 상대하며 이렇게 되었소. 하나라면 모르겠지만, 확실히 둘, 셋이 되면 견딜 재간이 없더구려.”

“아무리 그렇다 해도 충분히 몸을 빼낼 수 있을 텐데…….”

“잠시 그 안에서 숨바꼭질 좀 했소. 이왕지사 가는 김에 제대로 된 정보를 얻자고 한 것인데, 그대로 올 수 있겠소? 해서 조금 무리해서 몇 가지를 알아왔소.”

“몇 가지라면…….”

“십대존자 중 열 번째 존자는 애초부터 포달랍궁이 아닌 중원에 있다는 것, 그리고 막북 저 너머에 있다는 신비문파 북해빙궁과 포달랍궁의 관계에 대한 것.”

이 말을 하는 동안은 병자라 볼 수 없을 정도로 두공의 눈빛은 뜨겁게 타올랐다.

“그럼, 그것을 전해주기 위해서 나를 불렀소?”

“그것만이 아니오.”

지금까지 침묵을 지키던 용각이 처음으로 입을 열었다.

조곡의 시선은 잠시 두공에게서 용각에게로 향하며 그의 말을 기다렸다.

“이십 년 전 혈세무림을 일으킬 뻔했던 남궁세가의 남궁일도의 죽음

에 관한 이야기, 그리고 이 친구가 가져온 이야기와 나의 이야기가 한 곳
으로 연결되는 이야기요."

용각의 눈은 잠시 두공에게 향했다 돌아왔다.

"……."

조곡은 신음조차 내기 어려웠다.

그저 앞으로 그들이 늙은 중이라 부르는 포달랍궁의 궁주, 달단척뢰에
관한 이야기를 들을 것이라 생각했는데…….

"아무래도 내가 이곳에 오며 생각한 것과는 많이 다른 것 같소."

"그 외에도 여러 가지 들려줄 이야기가 있소. 작금에 모두 활동하고
있는 무림칠성과 이차 천하영웅논검대회의 우승자, 이무영에 관한 이야
기. 조 방주가 어느 정도 정보를 제공한다면 향후 무림 정국에 관한 이야
기까지 할 수 있소."

"물론, 그만한 값어치가 있어야 하는 것 같소."

"그렇소."

"알겠소. 그럼, 시작해 봅시다."

그리고 수적으로 가장 커다란 세력을 가지고 있다는 개방과 녹림, 수
로채의 이야기는 이렇게 시작되었다.

"일도 형, 이제부터는 정말 천마성의 세력권이오. 앞으로는 신경을 써야 될 것이오."

"후후. 걱정 마시오. 유 형은 잠마곡을 떠나고부터 꼭 내가 죽으러 가는 사람처럼 보는 것 같소."

"지나가는 사람을 잡고 물어보시오, 내 걱정이 잘못된 것인가."

"근심은 안으로부터 찾아온다고 했소. 내가 근심이 없는 이상, 모든 것은 잘될 것이오."

일도는 그냥 본래의 웃음으로 모든 것을 마무리 지었다.

늘 하듯이 유진헌은 고개를 흔들며 자신의 생각을 털어버렸다. 스스로 부족하다 여기지 않았는데, 요즘 들어 부쩍 일도의 말에 대해 아무런 말도 할 수 없었다.

그것은 회계산 잠마곡을 떠나고부터 시작되어 복건성의 경계를 넘어 포성(浦城)으로 향하는 지금도 마찬가지였다.

“자! 서두릅시다. 그렇지 않으면 십이월에 노숙을 해야 하는 불상사가
생길지도 모르오. 더욱이 하늘을 보니 한바탕 비라도 올 것 같소.”

일도는 잠시 검게 물드는 하늘을 보았다.

“아니, 근심이 없는 일도 형이 그런 것도 걱정하오? 나는 늘 일도 형의
잘될 것이란 말만 듣다 보니 그것도 나쁜 것은 아니란 생각이 드오.”

“그거야……”

“하하하. 일도 형에게 말로써 이긴 것은 처음인 것 같소.”

“놀리지 마시오. 어디까지나 나는 형산에만 틀어박혀 살아온 촌놈일
뿐이오. 감히 천마성의 대공자와 비교할 수 있겠소? 후후.”

둘은 잠시 웃음 속에서 그동안의 피로에서 벗어날 수 있었다.

근 반달 동안의 여정.

서로에게 호감이 있던 사이이고, 거기다 비밀까지 공유한지라 둘의 관
계는 죽마고우 이상이 되어버렸다. 그렇다 보니 둘에게 있어 살아온 곳
이나 환경 따위는 문제도 아니었다.

그러나 그들의 웃음도 곧 바람을 타고 온 소리에 끊어져야 했다.

“무슨 소리지? 메아리 같기도 하고…….”

분명 소리는 들린 것 같은데, 그게 산을 타고 흐르는 메아리가 같아서
마치 환청처럼 들리기도 했다.

복건성 자체가 대부분 산지와 구릉으로 이어지다 보니 가깝다 여겨지
는 소리가 실상 꽤나 멀리서 들릴 수도 있었다.

“분명 여인의 비명 소리 같았소.”

일도는 말을 마치자 바로 몸을 날렸다.

“이… 일도 형!”

유진헌은 멀어지는 그를 불렀지만, 이미 까마득히 멀어지는 일도의 신
형은 곧 나무 틈새로 사라졌다.

“휴우… 어찌 사람이 이리도 조심성이 없단 말인가?”

툴툴거렸지만, 놓칠 수는 없기에 유진헌도 곧 최고의 속도를 내어 일도가 사라진 곳으로 몸을 날렸다.

갈색 나뭇잎이 대지를 덮고 있는 수림.

빽빽하다 할 순 없지만, 제법 곧게 자란 나무들과 그 아래 작은 가지를 드리운 묘목들까지 더해지니, 산짐승 말고는 아무도 다닐 수 없는 곳으로 만들었다. 그나마 그 나무들도 하나둘 옷을 벗어가는 모습이라 분위기는 스산한 느낌을 주었다.

거기에 점점 어둡게 변하는 주위는 나뭇가지 사이로 보이는 검은 하늘빛을 따라가 산 짐승도 잘 눈에 띄지 않았다.

그런데 이곳에 사람의 그림자가 비쳤다.

한 사람은 쫓고, 한 사람은 멀어지려고 했다.

쫓는 자는 한 손에 검을 든 채로 서두르지 않고 천천히 그 뒤를 따랐다. 마치 사냥감을 가지고 놀다 죽이는 맹수와 다를 바가 없었다.

도망치는 자는 여인으로 조금 특이한 머리색을 가지고 있었다. 분명 끝은 새하얀색을 띠었지만, 그 아래에서는 검은 머리가 새롭게 자라고 있었다

그런데 여인은 어떻게든 도망치려 했지만, 자꾸 옷자락을 잡아끄는 잔가지들에 의해 뜻대로 할 수 없었다.

“지금이라도 늦지 않았다. 나를 돌려보내 주면, 지금까지의 죄에 대해서는 아무 말도 하지 않겠다.”

중년 미부는 거리를 벌리면서도 마지막 희망을 버리지 않았다. 아무도 도와주는 이가 없지만, 그녀에게는 죽을 수 없는 커다란 이유가 있었다.

“죄? 남궁대부인, 당신의 입에서 그런 말이 나오다니 우습군. 잊어버

렀나? 이십 년 전, 당신으로 인해 사라져 간 그 수많은 고수들. 비록 당신이 저지르지 않았다 하나 당신의 사형이란 인간이 보여준 그 잔인한 도륙! 정말 잊었다고 할 수 있냔 말이야?!"

"그건……."

"후후후. 내가 왜 남궁세가를 증오하고, 당신을 씹어 먹어버리고 싶은지 알아?"

사내는 한자한자 피를 토하듯 내뱉었다.

유문영은 뒷걸음질치면서도 두 눈만은 상대를 살폈다.

그런데 상대가 보여지는 눈빛은 단순히 과거의 혈세에 대해서 분노하는 것 같지 않았다.

"알 리가 없지. 당신은 그저 눈물이나 뿌려대며 비통해 젖어 있을 때, 그 미친 살인마는 당신을 위한답시고 닥치는 대로 사람들의 목숨을 앗아갔단 말이야."

"그 일은 나로서도… 비록 소용없을 줄 모르는 천도제를 드리는 것도 그 일에 대한 작은 속죄라도 하기 위함……."

"닥쳐!"

사아아악.

사내가 분노에 손을 떨구자 무언가 하얀 실 같은 것이 검끝에서 뻗어나왔다. 그 하얀 실은 허공을 그대로 가르며 유문영이 지나가려는 앞의 나무를 휘감았다.

서거거걱.

쿵.

단지 잠시 감겼다 싶은데, 제법 굵은 나무는 깨끗이 잘려 나갔다.

"……."

유문영은 걸음을 옮기려던 자세로 그대로 멈춰 섰다.

참는다 참는다 했지만 지금 보여준 모습은 남궁대부인이라 불리는 그녀로서도 너무나 두려운 일이었다.

"후후후. 왜, 두려운가? 죽음이 바로 눈앞에서 손짓하니 죽음이란 것이 단지 절 백 번, 천 번 하는 것보다 힘든 일이라는 것을 느꼈나?"

"으음……."

유문영은 신음을 삼키며 뒤에 서 있는 사내를 바라보았다.

사내는 지금 눈가에 휘번득거리는 살기를 담았다. 거기다 입꼬리는 묘하게 말려져 올라간 것이 현 상황을 즐기는 것처럼 보였다.

그 모습에 유문영은 잠시 숨을 고르며 품속으로 손을 넣었다. 그러자 그녀의 손끝에 무언가 딱딱한 것이 만져졌다.

'예전에는 죽음은 곧 사랑하는 이들에게 다가가는 것이라 여겼는데, 이제는 그렇게 되지 않는구나. 옥패가 돌아오고 나서 사라졌다던 모든 것이 돌아왔다.'

유문영은 옥패에 양각된 일도라는 두 글자를 만지작거렸다.

"포기한 것인가? 시작도 안 했는데 벌써?"

쉬익.

다시 검끝에 매달린 검사가 허공을 갈랐다. 그건 마치 살아 있는 생명처럼 사내와 유문영을 막고 있는 나무를 지나쳤다.

유문영은 그것을 보면서도 눈을 감지 않았다.

'한 번만 그 아이의 얼굴을 볼 수 있으면… 분명 자랐으면, 저 청년만큼의 나이가 되었을거늘…….'

오히려 그녀의 얼굴에는 한줄기 미소가 걸렸다.

그 모습에 사내는 손목을 틀었다.

찌이이익.

분명 유문영의 미간을 노렸던 것이 방향을 틀어 어깨에 머물렀다.

"으윽."

금방 핏물이 배어 올라 의복을 적셨다.

"그런 표정을 지으면 점점 괴로워지기만 할 뿐이다. 공포에 절망하고, 두려움에 울부짖는 모습을 보이란 말이야!"

휘릭.

다시금 검사가 허공을 갈랐다.

찌익.

이번에는 유문영의 치맛자락을 찢었다.

휘청.

하나 이번에는 비명을 토하지 않았다.

"후후후, 좋아. 계속 그렇게 버티나 보지."

쉬익. 쉭쉭.

빠르게 움직여대는 손목을 따라 검사가 미친 듯 춤을 췄다.

찍. 찌익. 찌지직.

난도질당하듯, 유문영은 아무것도 하지 못한 채, 검사가 뛰노는 벌판이 되었다. 곳곳의 의복이 터지고, 피는 점점 온 전신을 휘감아갔다.

그렇게 되자 점점 유문영의 신형은 휘청거리며 곧이라도 무너질 것 같았다.

휘릭.

사내는 그 모습에 손을 움직여 검사를 거둬들였다.

꽉.

유문영은 쓰러지기 직전 옆의 나무를 잡았다.

대신 비명을 삼키느라 꽉 깨문 입술을 열어 한마디를 내뱉었다.

"아직 이 정도로 쓰러지지 않는다."

"호오? 역시 천하의 남궁대부인답군. 하긴 그 정도로 쓰러져서는 안 되지. 이십 년 전 아버지와 어머니를 동시에 잃어버린 나의 복수를 위해서라면 그 정도로 쓰러져서는 안 되지.”

“……!”

그 한마디에 유문영의 눈이 크게 뜨였다.

“왜? 그 말을 들으니 이제야 내가 이러는 것이 납득이 가는가? 그것만이 아니지. 그 일로 인해 우리 천씨 집안은 엉망이 되었거든. 할아버지는 그날 이후로 갑자기 은거를 시작했고, 나는 천마성의 후계자의 일인이 되었지만, 가장 배경이 없는 놈이 되어버렸지. 자, 입이 있으면 한번 말을 해보지? 이런 일을 당한 내가 어떻게 해야 하지? 그냥 참고 있어야 하느냐 말이야!”

유문영을 괴롭히던 사내, 천군성은 자라오며 가슴에 담고 있던 증오를 터뜨렸다.

천마칠성이라는 할아버지를 두고도, 졸지에 고아 신세가 된 그는 다른 후계자와 달리 처절한 약육강식을 벌여와야 했다. 그렇게 버텨온 것이 한순간의 실수로 모든 것이 날아가게 되었다.

나름대로 계획을 세우고 벌였던 용문산의 일은 요상한 무공을 쓰는 놈에게 저지당했고, 갑자기 등장한 검황에 의해 물거품이 되어버렸다.

결과적으로 그 일은 애꿎은 수하들만 희생시키고, 정파무림을 들쑤시는 불상사만 낳았다.

해서 그에게 떨어진 명령은 남궁세가의 멸망. 하지만 그것도 남궁훈이라는 한 인물에 의해 실패로 끝났다.

지금 천군성은 유문영을 통해 풀려 하고 있었다.

하지만 그를 바라보는 유문영의 눈빛은 슬픔에 잠겼다. 이 모든 것에 누가 피해자고 누가 가해자인지 알 수 없었다.

“네가 나를 죽이려는 이유가 그렇다면… 나로서는 더 이상 불만을 갖지 않겠다. 부디 나의 죽음을 통해서 그 지독한 이십 년 전의 기억에서 벗어날 수 있길 바란다."

그 말을 끝으로 눈을 감았다. 모든 것을 받아들인다는 무언의 행동이었다.

천군성은 그 모습에 입술이 부들부들 떨렸다.

"끝까지 건방진 소리! 아직 정신을 못 차렸군. 좋아. 그럼 방향을 바꿔서 사지를 하나씩 떼어내 주지."

진한 살기와 함께 사라졌던 검사가 다시금 검끝에 매달렸다. 그리고 뻗어 나옴과 동시에 그대로 허공을 갈랐다.

쉬익. 쉭쉭.

독사의 숨결 같은 소리를 동반한 검사가 이리저리 꿈틀거렸다. 그 끝에는 간신히 신형을 유지하는 유문영의 가녀린 팔이 곧 덮쳐 올 검사에 무방비로 노출되었다.

"후후후."

천군성은 곧 상대의 팔이 허공으로 떨어져 나가는 상상을 하며 입가에 진한 흉소를 배어 물었다.

그리고 그 순간.

"호월!"

숲을 떨어 울리는 외침과 함께,

슈아아앙.

무언가 공기를 가르는 소리가 터지며 금빛 빛줄기가 유문영의 앞을 막아갔다.

쉬이이익.

슈아아앙.

검사와 금빛 줄기는 그대로 요란한 소리를 내며 부딪쳤다.

퍼버버벅.

무언가 불꽃을 일으키는 소리와 함께 둘은 허공에서 격렬한 싸움을 벌였다.

"으윽."

그 여파인지 가까이 있던 유문영이 그 힘을 못 이기고, 한곳으로 날아갔다.

"크윽! 웬 놈이냐!"

천군성은 검사를 통해 전해져 오는 충격에 자기도 모르게 뒷걸음질쳤다.

그리고 하나의 인영이 빠르게 허공을 가르며 날아가는 유문영의 신형을 쫓았다.

탁.

일도는 품에 유문영을 안아 든 채 조심스레 바닥에 내려섰다. 그리고 막 그 상태를 물으려는데, 상대의 얼굴이 너무나 낯이 익었다.

"괜찮습니까? 어?"

"누… 누구?"

유문영은 누군가의 품에 안겨 있는 느낌에 눈을 떴다. 그런데 상대는 자신의 얼굴을 보며 놀라는 표정을 짓지 않는가?

"이… 일도 형!"

그리고 곧이어 일도를 부르며 장내에 유진헌이 도착했다. 그는 도착하고 나서 한 여인을 품고 있는 일도를 보다 그들과 떨어진 곳에 서 있는 한 사람을 보고 두 눈이 휘둥그레졌다.

"삼사형!"

"너는?"

천군성도 새로 나타난 유진헌을 보고 놀란 표정을 지었다.

"이게 다 무슨 일인지……."

유진헌은 아직 상황을 제대로 알 수 없었지만, 일도의 품에 안겨 있는 중년 미부의 전신이 피투성이인 것을 보고 따지듯 물었다.

"사형이 벌인 일입니까?"

"그보다 네놈이 왜 여기에 있느냐?"

"사형, 진정한 마도를 쫓는다는 천마성의 제자가 정녕 저 여인을 저 지경으로 만든 것입니까?"

"저 여자가 누군지 아느냐? 과거 사형이란 자를 시켜 마도의 많은 형제들을 죽음으로 내몬 바로 그 여인이다. 너도 들어봤을 거다. 가주가 없는 남궁세가를 이끄는 남궁대부인이란 여인을 말이다!"

"저 여인이?"

유진헌은 놀라고 말았다.

이십 년 전의 그 혈사와 관계되는 금모사황과 남궁대부인에 관한 것은 천마성의 제자라면 다들 아는 이야기였다.

유문영은 몇몇 눈을 깜빡거렸다. 잠시간의 출혈도 그랬지만, 폭발의 여파에 휘둘리며 충격을 받은 상태였다.

"괜찮으십니까?"

일도는 다시금 상대의 상태를 살폈다.

전에도 그랬지만, 무슨 인연이지 꼭 위험한 순간에 구하는 역할을 하게 되었다.

그리고 잠시 일도의 얼굴에 초점을 맞추던 유문영의 두 눈에 놀람이 스쳤다.

"당신은 용문산의?"

“음······.”

설마 알아볼 거란 생각을 못 했는데, 유문영은 일도를 금방 알아보았다.

“기억하시는군요.”

“어찌 은공의 얼굴을 잊을 수 있나요? 그때도 지금처럼 이렇게 구해주었는데, 소협과 저는 인연이 있는 것 같군요.”

이 상황에서도 유문영은 한줄기를 미소를 지었다.

“은공이란 말은 과합니다. 그저 할 일을 했을 뿐입니다.”

“그보다 저 좀 일으켜 주세요. 계속해서 이렇게 있을 수는 없군요.”

“일어나실 수 있겠습니까?”

일도의 얼굴에 걱정이 서렸다. 예전에도 그랬지만, 이렇게 있으면 무슨 이유인지 편안함을 느꼈다.

“이 정도에 쓰러질 것 같았으면, 이십 년 전에 벌써 쓰러졌어요.”

당찬 그 한마디에 일도는 유문영을 부축해서 일으켜 세웠다. 그러나 안심이 되지 않아 옆에서 계속 부축해 주었다.

그러자 유문영은 일도의 손을 밀며 천천히 앞으로 나섰다.

이미 이쪽을 바라고 있던 두 사람은 그녀의 모습에 조금 놀란 모습이다.

전신에 피칠을 하고도 눈썹 하나 찡그리지도 않고, 담담한 표정으로 걸음을 옮겼다. 그리고 천군성의 얼굴을 바라보았다.

천군성은 여기서 또 일이 막혔다 여겨서인지 얼굴 표정이 좋지 않다. 받은 명은 실패하고, 세가에서 떨어진 그녀를 납치한 것이 한 일의 전부인데, 그녀에게 복수하는 것조차 실패로 돌아갔다.

콰르르릉.

급기야 찌푸리던 하늘이 불만을 토로했다.

그리고,

투둑. 툭.

겨울비라고 불러야 마땅할 비가 내렸다. 공기마저 쌀쌀해서 그런지 피부를 자극하는 빗줄기는 그 어느 때보다 차가웠다.

"내 하나만 물어보고 싶다."

"무엇이냐?"

"내 아까도 말을 했지만, 나 하나 죽으면, 그 지긋지긋한 과거에서 벗어날 수 있느냐?"

도저히 아무렇게나 내뱉을 수 없는 그 한마디를 유문영은 너무 쉽게 꺼냈다.

"부인! 저 사람이 누구인지 모르십니까? 그는 그 당시 용문산에……."

오히려 일도가 놀라고 말았다.

스윽.

유문영은 손을 들어 다음 말을 막았다.

"나도 눈이 있는 사람인데 모르겠나요? 이미 그가 용문산에 나타난 그 복면인이란 사실을 알고 있어요."

"……!"

천군성의 눈이 커졌다. 그는 그 이야기를 듣고, 일도를 매서운 눈으로 바라보았다. 분명 처음 보는 얼굴인데, 그 일을 알고 있었다.

"자, 벗어날 수 있느냐?"

유문영은 계속해서 천군성에게 물었다.

"부모에 대한 복수로 정말 죽어주기라도 하겠단 말이냐?"

"그래, 그걸로 모든 것이 지워질 수 있다면, 기꺼이 죽어주겠다."

"과연 오랜 시간 남궁세가를 지켜온 안주인답군. 좋소. 나도 살부지원(殺父之怨)만 해결할 수 있다면 다 잊겠소."

이런 상황에서도 저런 말을 하는 상대에 대해 천군성도 이 순간만큼은 감탄하지 않을 수 없었다.

"알겠다. 그럼, 잠시만 기다려 주거라."

유문영은 신형을 돌려 일도에게 다가왔다.

이미 흠뻑 젖어 왜소한 체형이 더욱 작아 보였지만, 지금만큼은 거대한 거인을 보는 것 같았다.

"은공."

"부인이 지금 하려는 것은 아무런 해결책도 되지 않습니다. 늘 최선의 선택은 차선책에 있다고 하지 않습니까?"

일도로서는 어떻게 말리고 싶었다.

옛 인연을 젖혀두고라도 그녀는 의부인 황보패와 사조인 유운에게 있어 가장 소중한 사람이다. 더욱이 남궁훈이 이 사실을 알면…….

하나 유문영은 고개를 젓는 행동으로 모든 것을 덮었다.

"은공도 젊고, 저 젊은이도 젊어요. 나와 달리 두 사람에게는 앞으로 살아가야 할 날이 많지 않나요? 과거에 매달려 사는 것이 얼마나 무의미한지 나도 얼마 전에 깨달았어요."

그리고 천천히 피어나는 그녀의 미소가 마치 부처의 그것을 닮아갔다.

"부인……."

"내 마음은 이미 정해졌어요. 아마 그들도 내 마음을 알아줄 거예요. 그들에게 이렇게 전해주세요. 나는 이제 사랑하는 이들의 곁에 가고 싶다고, 그리고 이것을 함께 전해주세요."

유문영은 천천히 목에서 하나의 물건을 꺼냈다.

'저건!'

일도는 그 물건을 보는 순간 두 눈이 찢어질 듯 부릅떠졌다.

어찌 보면 볼품없기 짝이 없는 투박한 옥패였다. 문양이라곤 앞면에는 한 자루의 장검, 뒷면에는 일도라고 쓰여진 것이 전부였다.

"이건 나에게 있어 세상 그 무엇과도 바꿀 수 없는 물건이에요. 원 주인은 이미 하늘나라로 갔겠지만, 무슨 일인지 얼마 전에 이게 내 손에 들어왔어요. 나는 이 물건 덕분에 남편과 아들을 한꺼번에 잃은 고통에서 벗어날 수 있었어요. 분명 저 젊은이도 나처럼 벗어날 수 있을 거예요."

'이… 이럴 수가!'

일도는 머리 속이 점점 하얗게 변해가는 것을 느꼈다. 거기다 너무나 예상하지 못한 순간이고, 대답이라 무엇을 어떻게 해야 할지도 몰랐다.

하나, 유문영은 알 수 없었다. 그저 일도가 그녀를 걱정해서 그런다 여기고, 멍하니 있는 일도의 손에 목걸이를 건네주었다. 그리고 천천히 천군성이 있는 곳으로 갔다.

"사형, 정말 할 것입니까?"

유진헌은 굳어진 얼굴로 천군성에게 물었다.

모든 것을 지켜본 지금에 그의 기억 속에 있던 남궁대부인이란 존재는 다른 사람으로 바뀌었다.

"한다. 하고, 모든 것을 다 잊는다. 돌아가신 부모에 대한 것도 나의 뒤틀린 인생에 대한 것도……."

"사형!!"

유진헌은 다시 한 번 그를 불렀다.

하나 이미 천군성은 내려뜨렸던 검을 들어올리고 있었다.

"자, 나는 준비되었다."

"알겠소. 고통없이 보내 드리겠소."

"고맙다."

유문영은 눈을 감았다.

천군성은 그녀의 모습에 잠시 눈빛이 흔들렸다. 그러나 오랜 시간 그를 쫓아온 망령된 기억. 여기서 끊어야 했다.

스으윽.

마치 무거운 물건을 들어올리듯 검을 들어올렸다. 그리고 검이 정점에 오르는 순간 검은 움직이지 않고 잠시 멈췄다.

"그럼, 잘 가……."

그때였다.

"멈춰라!"

불문의 사자후(獅子吼)나 도가의 창룡후(蒼龍吼)와 같은 어마어마한 소리가 숲 전체를 흔들었다.

콰르르릉.

쏴아아아아.

그와 더불어 점점 두꺼워지던 빗줄기가 미친 듯이 쏟아져 내렸다.

그리고 지금까지 꿈쩍도 하지 않던 일도의 고개가 들렸다. 그의 두 눈은 그 어느 때보다 뜨거운 불길에 휩싸여 세상 모든 것을 태워버릴 듯 타올랐다.

"그 검이 떨어지는 순간, 네놈과 나는 살모지원이 되고, 나는 네놈을 가장 처참하게 죽일 것이다."

"……."

그 말이 효과가 있었을까? 천군성은 그대로 움직이지 않았다.

"서… 설마? 설마?"

유문영의 떨리는 눈으로 일도의 전신을 살폈다. 그렇게 계속해서 살피던 그녀가…….

"으음……."

지금까지 잘 버텨오던 힘을 잃어버리고, 힘없이 그대로 바닥에 무너져 내렸다.

풀썩. 하
"어머니!"
일도의 놀란 음성이 메아리쳐지며 그의 몸이 빠르게 유문영에게로 쏘
아져 갔다.

제8장

만나게 될 사람은 반드시 만나게 된다

포성(浦城).

복건의 북부를 가르는 무이산맥(武夷山脈)의 지루산지에 붙어 생긴 소도시로 강서와 절강을 잇고, 복건 남부의 건녕, 남평, 복주까지 뻗어가는 교통의 요지이다.

그러다 보니 여행객들이 방문이 잦은 이곳에 의술이 유명해지기 시작했다. 어디를 가나 지역적 차이는 있기 마련이고, 여행객들에게 이런 것은 커다란 문제가 되었다.

그러다 보니 하나둘 생기기 시작한 의원들이 지금은 꽤나 많은 수를 이루었다. 그중에서도 용화의원(龍華醫院)은 인근 몇몇 마을까지 이름을 떨치는 광생의(廣生醫)가 기거하는 곳으로 사람의 발길이 잦았다.

용화의원은 내부에 장기간 요양을 필요로 하는 환자들이 머무는 조실(調室)도 따로 두어 오래 머물기도 했다.

근자에는 조실에 두 명의 아리따운 여인이 머무는데, 환자나 의생들

사이에서도 흑백미녀로 꽤나 유명했다. 이 중 백의미녀가 환자라 이곳에
몸을 맡긴 상태고, 흑의미녀가 그런 백의미녀를 돌봐주고 있었다.

오늘도 용화의원은 어김없이 사람들로 붐볐다.

그러다 보니 고양이의 손도 빌려야 할 정도로 모든 일이 정신없이 돌
아갔다.

그나마 늦은 오후부터 쏟아지는 비가 더 이상의 손님을 막아주지 않았
다면, 이런 여유도 없었을 것이다.

해서 노인과 젊은 여인은 창 너머로 떨어지는 겨울비를 동반 삼아 이
렇게 한가로이 담소를 나눌 수 있었다.

노인은 제법 나이가 든 듯한데, 아직 홍안이라 그 뿜어내는 생기가 젊
은이와 비슷했다.

그와 이야기를 나누는 여인은 얼굴 아래로 면사를 썼는데, 그 위로 보
이는 두 눈만으로 굉장한 미녀라는 것이 연상되었다.

이중 홍안의 노인이 인근에 명의로 유명한 광생의 마문량(馬文量)이
고, 그 앞에서 다소곳이 이야기를 받아주는 여인이 근자에 용화의원에
머물고 있다는 흑백미녀 중 흑미녀 진 낭자였다.

"허허허, 진 낭자가 이곳에 머문 지도 며칠이 지났거늘 이렇게 마주
앉아 차를 즐기는 것은 처음인 것 같소. 너무 소홀하게 대한 것 같아 미
안하오."

"저야 원주에게 신세 지고 있는 입장이니 너무 신경 쓰지 마세요. 그
나마 원주 같은 분을 만나 언니나 저나 이렇게 마음 편히 지내는 것이죠.
안 그랬으면… 제 입장에서는 이곳은 가시방석과 같은 곳이에요."

진 낭자의 두 눈에 어둠이 조금 내려왔다.

"흐음……."

마문량은 괜히 말을 꺼냈다 여겼다, 의원으로서 응당 사람을 편하게 해줘야 하는데 더욱 힘들게 하다니. 해서 그는 분위기를 바꿀 겸, 화제를 돌렸다.

"허허, 요즘 나에게 골치 아픈 일이 생겼소. 그런데 이걸 어떻게 해결해야 될지 모르겠소. 혹시 진 낭자가 나에게 도움을 주겠소?"

"도움이라니요?"

"그게… 근자에 꾀병 손님이 많이 늘은 것 같소. 해서 걱정이 이만저만이 아니오."

마문량은 걱정이 된다는 투로 이야기를 하고 있지만, 그 표정이나 눈빛은 전혀 그런 빛이 보이지 않았다.

"호호호. 설마 마 원주께선 그것이 저와 언니 때문이란 말을 하려는 것인가요?"

"허어, 이거 농이라도 한번 해보려고 했는데, 역시 진 낭자 앞에서는 무리인 것 같소."

"제가 비록 마 원주보다 환자 보는 눈은 떨어져도 남자 보는 눈은 아마 더 뛰어날 거예요."

"그렇소? 허허허."

잠시 둘은 웃음으로 그렇게 시간을 흘려보냈다.

"고마워요, 일부러 그런 말까지 해주시고."

"역시 진 낭자는 속일 수 없소. 허허허."

결과야 어떻든 나름대로 분위기 돌리는 데는 성공해서 마문량은 시원스레 너털웃음을 터뜨렸다.

그리고 그를 따라 웃던 진 낭자는 잠시 웃음을 거두었다. 그리고 눈을 아련히 하며 질문을 던졌다.

"참 이상한 것 같아요."

“뭐가 이상하오?”

“마음의 병이란 것 말이에요. 어떤 명의도 고칠 수 없다는데, 그게 한 순간에 나을 수도 있더군요.”

“맞소. 마음의 병이란 그러하오. 하지만 그 반대로 영원히 낫지 않을 수도 있소. 지금 조실에 있는 철 낭자도 분명 마음의 병이 원인인데, 의 원으로서 참으로 안타깝소.”

마문량은 안타까움을 감추지 않았다.

그 말에 잠시지만 진 낭자의 얼굴에도 씁쓸함이 스쳤다. 하나 곧 그런 기운을 거두었다.

“분명 나을 거예요. 저도 나았으니 언니도 금방 털고 일어날 거예요. 아니, 꼭 그래야 해요.”

그렇게 두 사람이 잠시 각자의 상념에 빠질 때, 회랑을 따라 이곳으로 달려오는 사람의 발자국 소리가 들렸다. 그 소리는 곧 문밖에서 멈추더 니 공손히 입을 열었다.

“사부님, 환자이옵니다.”

“환자? 이런 빗속에도 찾아온 환자가 있더냐?”

“예.”

“일단 들어오너라.”

“예.”

그 뒤 문이 열리고, 안으로 젊은 의생 한 사람이 들어왔다. 그는 마문 량과 진 낭자에게 인사를 했다.

“그런데 내가 가야 할 정도로 중환자이더냐? 연백이도 웬만한 병이라 면 다 고칠 수 있거늘 굳이 이곳으로 온 이유가 있더냐?”

“그것이 분명 병은 대사형이 아닌 다른 사형이 해도 충분합니다. 한 데, 문제는 같이 온 사람 때문입니다.”

“같이 온 사람이라니……."

마문량은 잠시 고개를 갸웃거렸다. 도대체 어떤 자가 왔기에?

“같이 온 사람이 천마성 사람으로 그중 천마칠룡 중 천마삼룡 검마룡 천군성과 천마칠룡 풍룡 유진헌입니다.”

“음……."

마문량은 신음을 흘렸다.

어디까지나 이곳 인근은 천마성의 직접적인 세력권이고, 천마칠룡이라면 차기 천마성주가 될 수 있는 자였다. 비록 그가 명의로 이름을 날린다 해도 그건 포성에서 이야기지 천마성과는 비교조차 힘들었다.

“가보시지요. 저도 언니에게 가봐야 할 것 같으니까요.”

“미안하오. 오늘 일에 대한 고마움도 제대로 표하지 못하다니, 연장자로서 부끄럽소.”

“그보다 부탁 좀 드리겠어요. 저하고, 언니는 조용히 있고 싶군요.”

“알겠소. 비록 의원 나부랭이라 하나 그래도 귀가 있고 눈이 있소. 내 낭자에게는 아무 일도 없게 하겠소.”

“그럼, 물러갈게요.”

진 낭자는 먼저 일어나서 물러났다.

그녀가 사라지는 것을 보고, 마문량도 자리를 털었다.

“가보도록 하자꾸나. 그런데 환자는 누구이더냐? 천마칠룡 중 하나더냐?”

“아닙니다.”

“그럼?”

“한 아름다운 중년 부인입니다.”

“흐음……."

전혀 의외의 인물이 튀어나오자 마문량은 신음을 흘렸다.

“일단 가보도록 하자.”

“예.”

그렇게 둘은 용화의원 내의 각 전각으로 연결되는 회랑을 따랐다.

해서 마문량은 쏟아지는 빗소리를 장단 삼아 나름대로 생각을 정리해 나갔다.

일단, 중요한 것은 용화의원 내에 있는 진 낭자에 대한 것이다. 생명을 다루는 자로서 조그마한 실수로 큰일이 벌어지게 해서는 안 되었다.

“혹시… 조실에 머무는 두 낭자에 대한 이야기는 하지 않았겠지?”

“다른 이야기를 할 분위기가 아니었습니다. 중년 미부를 데리고 온 삼 인의 분위기가 너무 무거워 다들 숨만 죽이고 있습니다.”

“알겠다. 혹시라도 모르니 아예 두 낭자에 대한 이야기는 하지 말거라. 지금 이곳을 찾은 천마성의 둘이 여색을 밝힌다는 이야기는 없지만, 사람의 마음은 모르는 것이다.”

“명심하겠습니다.”

대충 이렇게 이야기를 마칠 때쯤, 둘은 환자를 맞아들이는 곳에 당도했다.

“대사형, 사부님을 모셔왔습니다.”

“그래.”

안에서 대답이 들리고, 마문량을 데리고 온 의생이 문을 열고 안으로 들어섰다.

“흠.”

들어서기 전 마문량은 마른기침을 토했다.

무거운 분위기를 나타내던 삼 인의 시선이 머물렀지만, 얼핏 봐서는 셋 중의 누가 천마성 사람인지 알 수 없었다.

셋 다 표정이 좋은 편이 아니라 대하기 힘들어 보였다.

마문량이 보니 중년 미부는 이미 자리에 누워 있었다.

이곳에 오기 전에 상처를 입었는지 기본적인 것들은 다 처리해 놓았다. 그런데 전신의 대부분이 하얀 천으로 감싸져 있어 언뜻 보면 굉장한 중상이라도 입은 사람처럼 느껴졌다.

"사부님."

중년 미부의 곁에서 상세를 살피던 자가 자리를 비켰다.

"연백아, 상태는 어떠하냐?"

"외상은 이미 다 치료를 한 상태입니다. 피를 조금 많이 흘렸지만 생명에 지장은 없습니다. 그 외 피를 흘리고도 빗속에 오래 있어 몸이 많이 쇠약해져 있습니다."

"알겠다."

마문량은 대충 상세를 들은 후 중년 미부의 상태를 살펴 나갔다.

그러자 나머지 삼 인은 그가 입을 열기를 기다리는 듯, 조용히 숨을 죽일 뿐이다.

이곳에 올 때만 해도 무슨 위압적인 분위기를 예상했는데, 특별히 그런 부분은 없었다.

"흠……."

"어떻습니까? 괜찮겠습니까?"

"공자는?"

"여기 누어 있는 분이 제 모친 되십니다."

지금껏 침묵을 지키던 일도는 그제야 입을 열었다.

"진맥을 해보니 별다른 이상은 없소. 단지, 몸이 쇠약해진 상태에서 커다란 충격을 받은 것이 원인이니 크게 신경 쓰지 않아도 되오."

"그렇군요, 감사합니다."

일도의 얼굴에 깊은 안도가 흘렀다.

그리고 그 순간 지금까지 그런 간단한 이야기조차 하지 못하던 마문량의 제자 송연백도 한숨을 쉬었다.

"그럼 크게 신경 쓸 필요는 없다는 말이오?"

유진헌은 일도의 일이기에 그도 걱정이 되었다. 거기다 이번까지 무슨 일이 생기면 일도가 어떻게 변할지 장담할 수 없었다.

이미 회계산에 보여줬던 그의 모습은 경악할 만 것이었다. 무림칠룡 중 둘이 우습게 목숨을 잃어 천군성도 어떻게 될지 모를 문제였다.

마문량은 잠시 유진헌을 보다 그 뒤에 무표정을 짓고 있는 천군성을 돌아보았다.

"나는 이곳의 원주를 맡고 있는 마문량으로 두 분이 천마칠룡이란 사람들 같소."

"그렇소. 내가 일곱째인 유진헌이고, 여기 계신 분이 셋째인 천군성 사형이오."

"그렇구려. 일단 여기 있는 부인의 상세는 걱정 마시오. 특별히 신경 쓸 것 없이 잠시 몸조리만 하면 되오. 만일 필요하다면, 내가 조실에서 몸조리할 수 있게 해주겠소."

"고맙소. 딱히 어디에 머물기도 힘드니 그렇게 해주시오."

"알겠소. 연백아."

"예, 사부님."

"지금 당장 여기 계신 부인이 쉴 수 있는 곳을 마련해 드리거라. 되도록이면 조실 중에서도 조용한 서편으로 준비하도록 해라."

현재 두 낭자가 동편에 있으니 부딪치지 않으려면 비교적 거리를 두는 것이 좋았다. 해서 마문량은 그 외의 의미를 눈빛에 담아 보냈다.

"알겠습니다."

공연백은 그 의미를 알고 곧 물러났다.

"그럼, 나도 물러가 보겠소. 조실이 준비되는 대로 아이가 안내해 드릴 것이오."

"부탁하오."

유진헌은 다시 한 번 강조를 했다.

"걱정 마시오. 이곳과 천마성이 그리 멀지 않는 이상 최선을 다하는 것은 당연한 것이오. 그럼."

무언가 묘한 의미를 남기는 한마디를 내뱉고 사라졌다.

"의원치고 상당히 건방지군."

천군성은 내실을 벗어나는 마문량의 뒤에 대고 한마디를 했다.

"삼사형!"

유진헌은 얼른 그를 말렸다.

"어머니……."

일도는 이불 밖으로 유문영의 손을 꺼내 살며시 쥐었다.

처음 만났을 때부터 이상하게 가슴을 잡아끄는 기분이 설마 그런 것일지 그때는 몰랐다. 지금도 직접적인 말을 들은 것은 아니지만, 예전부터 남궁세가와 남궁대부인의 이야기를 들으면 무언가가 가슴을 아련히 적셔왔다.

'이제 와서 생각해 보면 형산에서 흑린독망에게 당하기 직전에 나를 구해준 목소리가 이분의 것인지도 모른다.'

거기다 늘 환청처럼 떠돌던 그 목소리가 유문영의 확신이란 생각이 들었다.

어떻게 보면 일도가 보여주는 성정은 유문영이 천군성에 보여줬던 성정과 비슷하다고 할 수 있다.

둘 다 결정하고 옳다고 믿으면 끝까지 밀고 나갔다.

이건 유문영의 남편인 남궁일도도 마찬가지였다.

"일어나십시오. 저는 들려 드릴 이야기도 많고, 듣고 싶은 이야기도 많습니다. 그러니 제발 일어나십시오."

"일도 형……."

유진헌은 그 모습을 보며 가슴이 아려왔다.

그런데 오직 천군성만은 다른 자 같았다. 그는 일도의 등을 바라보며 몇 번인가 말을 꺼낼 듯하다가 멈췄다.

그러나 이번만큼은 참지 않았다.

"하나 묻고 싶소."

"지금 나는 형장에게 아무것도 대답할 기분이 아니오."

일도의 대답은 차가웠다. 그가 이렇게 타인을 대한 것은 처음이나 다름없었다.

"남궁대부인이 당신에게 어머니일지 모르지만, 나에게는 부모를 죽게 한 원흉이오."

"그거라면 나에게 이야기하시오. 앞으로 어머니와 관련된 모든 은원은 내가 책임지겠소."

"책임이라… 그렇다면 형장이 목이라도 내놓겠다는 말인가?"

천군성은 유문영 때와 같은 말을 꺼냈다.

"삼사형, 왜 자꾸 그런 말을 하시는 것입니까?"

유진헌은 왠지 자꾸 일도와 사형들의 틈에 끼어 말리는 역할만 해야 했다.

그제야 일도는 유문영에게서 떨어지지 않던 시선을 천군성에게로 돌렸다. 그런데 지금 일도의 눈은 차고 무심하게 가라앉아 있었다.

"내가 목을 내놓은 것은 어렵지 않소. 그러나 형장이 용문산에게 빼앗은 목숨들에 대해서 목을 내놓겠소?"

“후후후. 그 말은 형장이 그 당시 용문산에 있었다는 말 같소.”

“있었소. 그리고 똑똑히 보았소. 당신의 손에 죽어가던 무고한 무림인들을 말이오.”

“무고한이라… 후후. 무림에서 무고한이란 말만큼 우스운 말이 있을까?”

“군자는 일구이언을 하지 않는다 했소. 지금 형장의 말은 어머니에게 복수를 강요할 때와 너무나 다르오.”

“맞소! 나는 지금 다른 말을 하고 있소. 하나, 지금 나에게 중요한 것은 그게 아니오. 나에겐 형장이 용문산에서 붉은 얼굴로 반검을 쓴 당사자가 맞느냐 아니냐가 중요하오.”

천군성은 그 이야기가 듣고 싶었다.

일도는 무언가 앞뒤가 안 맞는 모습을 보여주는 그 모습에 잠시 미간을 찌푸렸다. 하지만 이제 와서 감출 것은 없기에 고개를 끄덕였다.

“내가 그 당시 그 사람이 맞소.”

“그러면 그때 당신은 전력을 다했소, 아니면 전력을 다하지 않았소? 분명, 남궁대부인을 구할 때 쓰던 무공을 그때 형장은 사용하지 않았소.”

그 당시 천군성은 패배가 아니었다 해도 거의 패배에 가까웠다. 그는 최고의 무공인 검사를 사용했는데, 상대는 얼마 전 보여준 금빛 강기를 사용하는 무공을 펼치지 않았다.

유진헌은 처음에 둘을 말리려다가 흐르는 이야기에 관심이 생겼다. 해서 그냥 지켜보기로 했다.

일도는 천군성의 말에 잠시 생각을 정리했다.

“그 당시 나는 최선을 다하고 싶었소. 하나, 몇 가지 무공은 개인적인 신상으로 봉인되었소. 그러나 나는 최선을 다했다 생각하오.”

“후후후, 그렇구려. 칠제, 나는 돌아가겠다.”

"예?"

유진헌은 뜬금없는 그의 말에 고개를 갸웃거렸다.

"돌아가서 할아버님께 다시 처음부터 가르침을 받겠다."

"삼사형, 그럼 후계자 시험은?"

"실패지. 이제 그런 것에 미련을 버렸다. 스스로 천마칠룡의 수위를 차지하면 후기지수들 중에서 최고가 여겼거늘. 나는 두 번이나 상대에게 패했다. 첫 번째는 여기 있는 형장에게 두 번째는 남궁가의 소가주에게……."

"예? 남궁가의 소가주라니요. 소가주라면… 저랑 쌍벽을 이룬다는 바로 그 남궁훈?"

"후후후, 그렇다. 정마양대 탕아 중, 바로 정도의 탕아라는 남궁훈이다. 확실하진 않지만, 그는 검황의 비학을 이은 듯했다."

"검황의 비학을 잇다니 검황은 제자를 안 두지 않습니까?"

"거기까지는 모르겠고, 철저하게 깨졌다. 그래서 비겁하게 복수할 일념으로 남궁대부인을 납치한 것이고… 하나, 이제 그런 것이 다 부질없어졌다. 지금 생각해 보니 할아버지가 은거한 이유를 알 것 같다. 아버지가 권황의 후예인 금모사황에게 무참히 깨진 것을 알고, 그걸 극복할 무공을 창안하려 은거하셨던 거겠지. 나는 가겠다. 후계자는 네가 되거라."

"삼사형, 후계자라니요!"

"지금 생각해 보면 우리 일곱 중에 진정한 인물은 너다. 그러니 저런 사람을 친구로 두지 않았겠냐. 이사형이나 사사매는 너무 한쪽으로 치우쳐져서 안 되고, 오사제는 너무 교활하지. 육사제는 오직 상대를 죽이는 것밖에 모르는 무식한 자이니 능력 부족이고, 대사형이 그나마 능력이 있다지만, 대사형은 너무 사부의 그늘에 갇혀 있다. 하나 너는 나머지 사

형제들과 전혀 다르고, 사부의 그늘에 갇혀 있지도 않다. 해서 차기 성주
는 네가 되어야 한다."

"삼사형……."

유진헌은 이런 모습을 처음 보는 듯했다. 그저 천군성은 냉혹한 자이
라고만 생각했는데, 가슴 깊은 곳에는 이런 면을 숨기고 있었다.

이제 다시 천군성의 관심은 일도에게로 돌아갔다.

"아직 형장의 이름을 듣지 못했소. 나는 천군성이라 하오."

"내 이름은 일도라 하오."

"일도라… 내 그 이름 잊지 않겠소. 분명 후에 다시 형장을 찾을 것이
오. 그때는 반드시 당신을 이길 것이오."

"기다리겠소."

"그리고 남궁대부인이 깨어나면 전해주시오. 이제 지난 과거 따위는
잊겠다고… 그럼, 안녕히 계시오."

천군성은 할 이야기를 다 했는지 미련없이 몸을 돌렸다.

밖은 차가운 겨울비가 무자비하게 쏟아지는 데도 그는 망설이지 않았
다.

유진헌은 멀어지는 천군성을 보며 미처 이야기하지 못한 것을 꺼냈다.

"삼사형. 오사형, 육사형은 죽었소."

우뚝.

천군성은 문 앞에서 걸음을 멈추었다.

"어차피 약하면 죽어야 할 운명이겠지. 그리고 상대가 저 형장이라면
결과는 뻔하지."

"그것만이 문제가 아닙니다. 이번 일을 발생하게 된 뒤에는 부성주 사
마 숙부의 계략이 담긴 것 같습니다. 우리들에게 따로 시험을 준 것도 그
렇고, 같이 하게 만드는 사람도 이렇게 나눈 것을 보면 분명 무슨 음모

같습니다. 부디 성으로 돌아 가도라도 사마 숙부를 조심하십시오.”

“후후. 어차피 나는 그 사람을 애초부터 믿지 않았다. 그러니 따로 조심할 것도 없지. 그럼 안녕이다.”

천군성은 그 말을 끝으로 문을 열고 밖으로 사라졌다.

쏴아아아.

열린 문 사이로 쏟아지는 빗물 소리가 요란히 바닥을 때렸다.

잠시 일도와 유진헌은 그가 사라진 공간을 보았다.

“일도 형, 어머니를 그렇게 만든 삼사형을 미워하시오?”

“아마 그건… 어머니가 원하지 않을 것이오.”

그 말을 끝으로 각자의 상념에 빠져드는지 누구 하나 입을 열지 않았다.

쏴아아아아.

해서 침묵 속에 퍼지는 진한 빗소리만이 둘의 침묵을 대신했다.

*　　　*　　　*

약향이 침향을 대신하는 실내.

한 여인이 의자에 앉아 멍하니 밖을 내다보고 있었다.

쏴아아아.

빗줄기는 더욱 기승을 부려 온 세상을 뿌연 물 막에 가려 버릴 듯 점점 짙어졌다. 거기에 빠르게 주변을 덮어가는 땅거미가 점점 등을 필요하게 만들었다.

한데, 여인은 그런 것도 느끼지 못하는지 그저 멍하니 창밖을 볼 뿐이었다.

그 순간,

덜컹.

휘이이이.

문이 열리자 차가운 공기가 창으로 들어와 그 틈새로 빠져나갔다.

"언니……."

들어온 자는 상대의 뒷모습을 보며 한마디를 흘렸다.

하지만 창밖을 바라보는 여인은 그 말을 듣지 못했는지 전혀 반응이 없었다.

그러나 그녀는 곧 다른 말을 꺼냈다.

"이렇게 어두워서 뭐가 보이겠어요? 등이 어디 있더라?"

그리고 화접자를 꺼내 불씨를 드러냈다.

그러자 어둠뿐인 공간에 붉은 빛이 생겨나며 작게나마 어둠을 밀어냈다.

그렇게 되자 앉아 있는 여인의 머리 색깔이 드러났다. 은은한 빛을 뿜어내는 만월처럼 그녀의 머리는 영롱한 은색 빛깔을 띠었다.

"켜지 마시오."

"……?"

불을 켜려던 진 낭자는 그대로 은발의 여인을 바라보았다.

"그냥 이대로 있고 싶소."

특이하게도 여인은 사내에게나 어울릴 말투를 사용했다.

"무슨 소리예요? 밤에는 불을 밝혀야지요. 그리고… 어둠은 빛이 있어야 걷어낼 수 있어요."

"음……."

그 한마디가 깊게 다가왔는지 상대는 침음만 삼켰다.

진아경은 잠시 그녀의 반응을 살피다 화접자를 이용해 탁자 위에 세워진 유등에 불을 붙였다.

화르륵.

심지를 타고 붉은 불꽃이 피워 올리며 순식간에 어둠뿐인 실내를 환한 불빛 아래 두었다.

그러자 모든 것이 드러났다.

나란히 붙어 있는 한 쌍의 침상과 한 편에 놓여진 작은 서랍장, 그리고 작은 화병이 탁자 위에 놓여져 있었다.

그 외 벽면에 붙은 옷장과 여러 개의 고서화들.

마문량이 꽤나 신경을 써서 방을 내준 듯했다.

"언니……."

"그렇게 부르지 마시오."

은발여인은 무뚝뚝한 사내처럼 진 낭자의 말을 끊어버렸다.

"이제 받아들일 때도 되지 않았나요?"

"무얼 말이오?"

"그분을 아버지라고……."

"그만!"

콰당.

은발여인이 자리를 털고 일어나자 의자가 바닥을 굴렀다.

그녀는 밖으로 향했던 시선을 진 낭자가 있는 곳으로 향했다. 그러자 여인의 얼굴이 드러났다. 그런데 그녀는…….

진 낭자는 그녀가 자신을 바라보자 얼굴을 가리고 있던 면사를 벗었다. 그러자 그 안에 감춰진 아름다운 얼굴이 드러나며 진 낭자의 정체를 드러냈다.

진아경… 흑발미녀로 알려진 여인은 진아경이었다.

그리고 은발미녀로 알려진 사람은 다른 자가 아닌 철무린이었다. 늘 입던 사내의 복장은 벗어버리고, 지금은 여인의 옷을 걸치고 있었다.

늘씬한 체형과 보통 여자보다는 선이 굵은 모습이 진아경과는 또 다른 매력을 발산했다.

철무린은 이글거리는 눈빛으로 진아경을 바라보았다.

"나에게 부모는 없소. 오직 나를 길러주고, 무공을 전수해 준 사부만 있을 뿐이오."

"왜 그런 말을 하는 거예요? 어찌 부모없이 언니가 태어날 수 있겠어요?"

"없다면 없소!"

"언니……."

"그렇게 부르지 마시오. 그리고 잊었나 본데. 나는 예전에 당신을 농락했던 사람이오. 당신은 분노가 일어나지도 않소? 여자에게 농락당했다는 것이 화가 나지도 않소? 더욱이 당신의 사형은 나로 인해 커다란 중상을 입었소. 어쩌면 지금쯤 싸늘한 시체가 되었을지도 모르지."

철무린은 제법 싸늘한 표정을 지었다.

"그렇지는 않을 거예요. 사형은 언니가 생각하는 이상으로 강한 사람이에요. 그 정도로는 죽지 않아요. 대신 문제는 사형이 아닌 언니에게 있지 않아요? 듣기로 원주가 보내주는 탕약을 먹지 않는다고 하더군요. 지금 언니는 속이 엉망이 된 상태가 아닌가요? 그래서 지금 무공도 사용할 수 없잖아요. 만일 그분이 아니었으면 언니는 그전에 동굴에서 싸늘한 시체가 되어서 숨을 거둘 수도 있었어요."

"차라리 그때 죽었어야 했소."

횡.

철무린은 매정하게 신형을 돌렸다.

진아경은 그녀의 등을 보며 괴로운 표정을 지었다.

사실 그녀는 철무린을 증오해야 하고 미워해야 했다. 그녀로 인해 아

버지와의 반목도 심해지고, 사형에게 몹쓸 짓도 많이 하지 않았던가. 그
러나 철무린과 그녀는 같은 운명에 묵였다.

"그럼 언니의 얼굴에 나타나는 그 문양은 무엇인가요? 지금 보이지 않
는다고 사라졌는지 아세요? 그건 보이지 않다고 사라진 게 아니에요. 저
도 그 문양을 몸에 가지고 있어요. 그리고 그분이 그런 말을 하셨잖아요.
'그 문양은 나에게 있어 굉장히 중요하다. 과거 사랑하는 여인들과 징표
가 되며, 혹시라도 그 후신들이 나의 혈육일지도 모른다'. 잊었어요?"

꾸우우욱.

철무린은 주먹을 쥐었다. 아무리 그렇다해도 갑자기 튀어나온 말을 어
찌 곧이곧대로 받아들일 수 있는가?

"진 낭자가 아무리 그렇게 말해도 나에게 부모… 윽!"

갑자기 말을 잇던 철무린이 가슴을 움켜잡으며 비틀거렸다.

"언니! 언니!"

진아경은 놀란 얼굴이 되어 철무린에게 달려갔다.

"으윽. 으음……."

철무린은 고통을 참을 수 없는지 신음을 흘렸다.

고통은 점점 그녀의 몸을 잠식하며 육신을 뜨겁게 태워 나갔다.

"자리로 가요."

진아경은 그녀를 부축하고, 침대로 이끌었다. 그런데 진아경의 손을
통해 전해지는 열기가 뜨거워지지 않는가. 마치 철무린 자체가 뜨겁게
달구어진 하나의 쇳덩이로 변해가는 것 같았다.

제9장

결단코! 그 죗값을 치르게 할 것이다

어제의 비 때문인지 아침부터 짙은 안개가 스물스물 피워 올랐다.

특히 작은 강을 하나 끼고 있는 무이산 인근의 건양(建陽)은 더욱 짙은 안개에 뒤덮여 모든 것이 몽롱하게 변해 버렸다.

아직 만물이 눈을 뜨기에는 이른 시각.

강가의 갯버들과 갈대만이 살랑살랑 불어대는 밤바람에 이리저리 몸을 흔들었다. 거기다 강을 따라 피어나는 안개는 시간이 지날수록 점점 짙어져 가는 것만 같았다.

그런데 강가에 얼핏 사람의 그림자가 비쳤다. 그는 거대한 개를 한 마리 대동한 채, 가끔 주변을 살피며 누구를 기다리는 것 같았다.

"경아와 린아는 잘 지내고 있는지……."

사불휘는 두 사람에 대해 걱정이 몰려왔다.

비록 지낸 기간은 짧지만 그녀들과 그와는 진한 인연의 끈이 닿아 있었다.

아직 그녀들의 어머니에게는 그 사실을 확인하지 않았지만, 사불휘는 그녀들이 자기의 딸이라 거의 확신했다.

'린아를 만난 것은 정말 하늘이 내린 천연(天緣)이었다.'

그때 일을 생각하면 사불휘는 다시 무림에 나오게 된 것이 그런 인연 때문이란 생각이 들었다.

진아경과의 만남은 그렇다 해도 옥황성의 끈질긴 추적에 커다란 상처를 입은 철무린은 주변에 백화가 없었다면 그냥 지나쳤을 것이다. 백화가 있었기에 피를 흘리고 신음을 흘리는 그녀를 만날 수 있었고, 꽤 위험한 순간에 다다른 철무린을 용케 구할 수 있었다.

그리고 철무린이 그 상태가 되었기에 치료 차 음기를 자극하려 추궁과혈(推宮過穴)을 시도했고, 그 와중에 사문의 비도가 철무린의 얼굴 위로 드러나 사불휘는 그녀가 자신의 딸이라는 것을 확인했다.

그러나 아쉬운 것은 철무린과 사불휘는 오래 이야기를 할 수 없었다는 것이다.

정신을 차린 철무린을 무척 차가운 모습을 보였고, 그가 들려준 이야기에 대해 절대 믿지 않았다.

'그런데 그 아이는 어머니에 대한 존재도 부정했다. 분명 하매는 중원에 있는데… 역시 그녀를 만나야 모든 것이 답을 찾을 수 있단 말인가?'

사불휘는 나름대로 생각을 했지만, 답을 얻을 수 없었다.

그리고 그 순간 조용히 있던 백화가 날카로운 소리를 내었다.

크르릉.

사불휘도 백화의 시선을 따르며 갈기를 세우는 백화의 털을 쓰다듬어주었다.

시야를 막는 안개 저편에서 이쪽으로 다가오는 몇 개의 기척이 느껴졌다.

사박. 사박.

토양에 모래가 많이 섞여서인지 발자국 소리가 유난히 또렷하게 들렸다.

사불휘는 시선을 전방에 둔 채 나타날 자를 기다렸다.

그리고 대략 사 장의 거리를 두었을까? 상대는 더 이상 다가오지 않고 멈춰 섰다.

"서찰은 읽어보았소?"

건너편에서 굵은 사내의 음성이 들렸다.

"그렇네. 내 그래서 이렇게 오지 않았는가? 약속대로 그 아이를 풀어주도록 하게."

"믿어도 되겠소?"

"후후후. 나에게 그런 서찰을 보냈을 때는 이미 다 알고 있단 것이 아닌가? 그리고 그녀와 만난다는 것은 오히려 내가 부탁하고 싶을 정도네. 그러니 그런 걱정은 하지 말게."

"알겠소."

"좋네. 아이를 보내게!"

사불휘는 안개 너머를 향해 소리쳤다.

"그럼 그녀를 데려올 테니 잠시 기다리시오."

상대편에서는 그 말을 끝으로 다시금 멀어져 갔다. 그리고 그는 일행이 기다리는 곳으로 향했다.

두 사람이 이야기를 나누던 곳보다 십 장이 더 떨어진 곳.

그곳에는 이야기를 전하러 간 천마칠룡의 첫째 독고진을 기다리는 사람들이 있었다.

백발을 바람에 조심스레 날리는 여인과 그녀를 바라보는 일남일녀.

진청하와 노직, 궁보미는 누구 하나 입을 열지 않았다.

대신 진청하 옆에 있던 은아주가 참지 못하고 입을 열었다.

"약속대로 저를 보내주는 거죠."

"그래."

진청하는 은아주의 말에 멈춤없이 대답을 했다.

그러자 노직과 궁보미의 얼굴이 조금 변했다. 하지만 사전에 무슨 언질이 있었는지 그들은 진청하의 말에 토를 달지 않았다.

여전히 이야기를 하는 것은 그들을 제외한 둘이었다.

"그리고 질문이 있어요."

"너는 상당히 끈질기구나."

"그건 아주머니도 만만치 않아요."

"아주머니?"

"예. 요 며칠 곰곰이 생각해 봤는데 그 호칭이 제일 어울릴 것 같군요."

"그동안도 느꼈지만, 너는 꽤나 당돌하구나."

은아주의 그런 말에 진청하는 오히려 피식하고 웃고 말았다.

"그 말은 어렸을 때부터 너무 자주 들어 새삼스럽지 않아요. 대신 질문에나 대답해 줘요. 도대체 사백을 어떻게 하려는 거예요? 설마 그분을 해하려는 것은 아니죠?"

"그런 일은 없다."

"그렇다면 무슨 일이에요?"

"누가 그를 만나고 싶어한다. 그리고 나는 그 일을 해줌으로써 하나의 정보를 얻을 수 있고."

"아니, 그런 일이라면 아주머니가 사백을 직접 만나서 이야기하면 되지, 저를 뭐 하러 이곳까지 끌고 오는 거예요?"

"복수다. 그도 나처럼 소중한 사람을 잃은 고통을 맛봐야 한다."

진청하는 그 말에 차게 한마디를 내뱉었다.

"복수요? 두 분은 과거에 사랑하는 사람 아니었나요?"

"질문에 대해서는 이미 답을 주었다. 이제 조용히 하거라. 그렇지 않으면 돌려보내겠다는 나의 마음이 변할 수도 있다."

"음……."

차갑게 쏘아대는 그 한마디에는 은아주도 더 이상 입을 뗄 수 없었다.

그리고 그 순간 떠나갔던 독고진이 다시 돌아왔다.

그는 돌아오자마자 진청하에게 결과를 말했다.

"그는 서찰대로 이곳에 나타났소. 그는 우리의 조건을 따른다 했소."

"그럼 내가 할 일은 다했군."

진청하는 그 말에 화답하고, 은아주를 바라보다 손을 움직였다.

파바박.

여러 군데의 혈도 위로 움직이던 손이 멈추었다.

"음……."

은아주는 그녀의 손길이 닿을 때마다 막혔던 혈도들이 시원하게 뚫리는 기분을 느꼈다.

"너에게 가했던 금제를 풀었다. 이제 돌아가라."

"고맙단 말은 안 하겠어요. 대신 이번 일은 기억해 두죠. 다음번에는 절대 이렇게 맥없이 당하진 않을 거예요."

"기대하지. 그럼, 가라."

"그럼."

은아주는 가볍게 고개를 끄덕이고, 독고진이 왔던 길을 그대로 따라 안개 속으로 사라졌다.

"그럼 나도 이만 물러가겠다."

진청하는 자리를 뜨려 했다.

"그는 당신을 만나길 바라오."

"그에게 전해라. 나를 만나고 싶으면, 만나고자 하는 사람을 먼저 만나라고. 그 뒤에는 우리 둘 다 조금 편하게 이야기를 할 수 있겠지. 부디 그를 잘 인도하도록 해라."

파앗.

말이 끝나기가 무섭게 진청하의 신형이 사라졌다. 마치 신기루처럼 사라져 이 자리에 있던 어느 누구도 쫓을 수 없었다.

"역시 대단한 무위……."

독고진은 내심 감탄을 터뜨렸다.

"대사형은 그녀의 정체를 아시오?"

"모르겠구나. 단지… 예전 어디선가 들었던 소문에 의하면, 천마성 심처에 한 사람의 신비고수가 산다고 했다. 그는 현 무림의 강자라는 무림사강에 육박하는 사람이라고… 지금 생각해 보면, 저 여인이 그 고수가 아닐까 한다."

"음……."

"……."

두 사람도 나름대로 그런 비슷한 소문을 들었기에 더욱 새삼스레 그녀가 느껴졌다. 그리고 가끔 그들이 위험에 처했을 때, 상대가 머뭇거린 적이 있었다. 그렇다면 그건 혹시 그녀가 한 것은 아닐는지…….

사박. 사박.

사불휘는 두 번째 들리는 발자국 소리에 내심 기대를 했다.

그리고 안개에 비춰진 그림자가 눈에 많이 익은 모습인지라 입가에 미소가 지어졌다.

컹컹.

백화도 벌써부터 상대를 알아보고 짖어댔다.

그러자 다가오는 자의 발걸음이 빨라졌다.

"백화?"

은아주는 반색을 하며 빠르게 달려왔다. 그리고 눈으로 모든 것이 확인되어지자 그대로 사불휘에게 안겨들었다.

"사백님!"

"그래, 무사했구나."

사불휘는 품 안에 안긴 은아주의 등을 조심히 두드려 주었다.

근 이십 년을 함께 해오다 보니 그들은 사백과 사질의 관계를 떠나 이미 부녀나 다름이 없었다.

잠시 그렇게 서로를 보듬어주던 사불휘는 은아주를 살폈다.

"어디 보자, 고생은 하지 않았느냐?"

"고생은요. 그 아주머니가 나름대로 신경을 많이 써주셨어요."

은아주는 본래의 쾌활함으로 밝은 미소를 지었다.

"아주머니라니?"

"예, 사백님도 알고 계시는 분이에요. 바로 동수선 진청하… 그분과 함께 있었어요."

"음……."

예상은 했지만, 직접 그 이야기를 들으니 사불휘는 가슴 한편이 떨려왔다.

"그래… 그녀는 어떻더냐?"

"너무 무뚝뚝해 차가워 보였어요. 그러나 속은 그런 분 같지 않더군요. 비록 저를 여기까지 끌고 왔지만, 오는 동안 괴롭히고 그런 것은 없었어요. 오히려 나름대로 많이 챙겨주던 걸요."

"그렇구나."

사불휘는 그나마 다행이라 여겼다. 혹시라도 그녀가 자신을 미워해 은아주에게 무슨 짓을 했으면 어쩔까 했는데, 그건 그만의 기우였다.

크르르릉.

그 순간 이곳으로 다가오는 또 다른 인기척을 느끼고, 백화가 다시금 이빨을 세웠다.

"자! 약속대로 나와 함께 갑시다!"

멀리서 다시금 독고진의 음성이 들렸다.

"알겠네, 잠시만 기다리게. 내 이 아이에게 몇 가지 이야기할 것이 있네."

사불휘는 상대에게 이 한마디를 건넨 후, 은아주에게 빠르게 이야기를 전하기 시작했다.

"네가 무사하니 모든 것은 잘 되었다. 나는 아무래도 옛 친구를 만나서 이야기를 좀 해봐야겠다."

"사백님, 꼭 만나셔야겠어요? 아주머니가 사백님에게 해를 끼친다고 하지 않았지만, 그분과 같이 있던 자들은 천마성의 인물들이었어요. 그리고 이곳은 천마성의 영역이에요. 그러니……."

"괜찮다. 이곳이 어디라도 내 한 몸 건사할 능력은 있다. 더욱이 나와 천마성은 아무런 원한도 없거늘 무슨 상관이 있겠느냐? 그보다 너는 이곳을 떠나는 대로 즉시 포성으로 가도록 하거라."

"포성이요?"

"그래, 그곳의 용화의원이라는 곳에 가서 나의 말을 전해라. 그곳에는 두 명의 여인이 있는데……."

하며 사불휘는 용화의원에 있는 진아경과 철무린에 대해 이야기를 해주었다. 그리고 그녀들과 사불휘의 관계도 덧붙였다.

"예?"

이야기를 다 듣고 나자 은아주는 탄성을 터뜨렸다.

"너도 이미 이 사백의 과거에 대해 어느 정도 알고 있을 것이다. 그러니 더 이상 묻지 말거라. 린아에게 꼭 이 사실을 전하도록 하고, 몸 조리 잘하라고 하거라. 내 이곳의 일이 끝나는 대로 너희들을 찾아가겠다. 그리고 가능할지 모르겠지만, 최대한 빨리 일도를 찾아 그 아이들과 만나게 해줘라."

"……."

은아주는 마지막 말에는 무언가 씁쓸한 표정을 지었다.

그리고 사불휘는 그녀의 그런 표정의 의미를 충분히 알 수 있었다.

"나의 젊었을 적 실수로 너희들에게 짐을 지우는구나. 하지만 인연이란 것은 하늘이 정해진 것이니 인간의 마음대로 어떻게 할 수 없다. 너도 알다시피 나는 그것을 끊으려 했다 지금의 일을 만들었다. 부디 괴롭겠지만 네가 이해해 주기를 바란다. 나는 너마저 부인과 같은 길을 걷게 만들고 싶지 않다. 알겠느냐?"

사불휘은 오랜 시간 가슴에 담았던 모든 감정을 한자한자에 담았다.

은아주는 이야기를 들으며 버릇처럼 입술을 깨물었다. 그러나 곧 그런 행동을 멈추고, 사불휘를 바라보았다.

"걱정 마세요. 저는 이미 악양에서 나름대로 결심을 했어요. 게다가 바보 사제를 저 혼자 감당하다가는 아마 복장이 터져 죽을지도 몰라요."

"고… 고맙구나."

사불휘는 은아주의 그 한마디에 목이 메워왔다.

그리고 그때,

"아직 멀었소?"

다시금 그들의 이별을 재촉하는 상대의 목소리가 들렸다.

"자! 그럼, 백화와 함께 가거라."

"예. 그럼, 부디 보중하세요."

은아주는 인사를 한 후, 떨어지지 않던 발길을 움직여 백화와 함께 강가를 벗어났다.

'그래, 그렇게 마음속에서부터 하나씩 풀어나가면 된다. 불안하고 복잡한 마음은 일을 더 어렵게만 만들 뿐이다. 부디 너희들은 나와 같은 인생을 살지 않길 바란다.'

사불휘는 둘의 그림자가 안개에 완전 가려질 때까지 바라보았다. 그리고 그들의 그림자가 사라졌다 싶자 그도 가슴에 오랫동안 묶여놓은 운명의 실타래를 풀기 위해 그렇게 발길을 내딛었다.

*　　　*　　　*

중천에 다다른 태양 아래 모두들 활기차게 활동해도 모자를 시각.

용화원에 딸린 한 조실만은 아직도 무거운 분위기 그대로였다.

죽은 듯 움직임이 없는 철무린과 무거운 얼굴로 그녀에게 침술을 시전하는 마문량.

또, 그 뒤에서 그 모습을 지켜보는 진아경까지 누구 하나 무겁게 닫힌 입을 열 줄 몰랐다.

"휴우……."

마문량은 마지막 침을 꽂고 나서 길게 신음을 토했다. 그리고 다시 한 번 확인하듯 철무린의 맥을 짚어나갔다.

"어떤가요? 언니는 괜찮은가요?"

진아경은 더 이상 참기 힘든지 다그치듯 마문량에게 질문을 던졌다.

"음……."

하지만 마문량은 대답 대신 작게 고개를 끄덕이다 철무린의 손을 침상에 내려놓았다. 그리고 걱정스레 진아경을 바라보았다.

"일단 고비는 넘겼소. 그러나… 근본적인 것은 하나도 바뀌지 않았소."

"근본적이라니요?"

"그보다 진 낭자부터 안정을 좀 취하시오. 내 눈에는 진 낭자도 환자로 보이오."

마문량은 진아경을 보며 걱정스레 말을 꺼냈다.

어제 갑작스레 마문량을 찾아온 진아경은 거의 제정신이 아니었다. 그 뒤 지금까지 진아경은 철무린의 곁을 지키며 걱정스레 바라보았다.

그만큼 철무린의 갑작스런 상세는 곧이라도 숨이 넘어가는 게 아닌가 의심이 들 정도였다. 거의 손을 못 댈 정도로 뜨겁게 달아오른 육체는 한 줌의 재로 변할 듯 타올랐다.

그나마 마문량의 의술로 현재의 상태로 돌려놓았지만, 그의 입에서 나온 말은 별 희망적이지 않았다.

"아니에요, 저의 상태는 쉬면 나을 수 있어요. 하나, 언니는… 언니는 쉰다고 변하지 않는 것이잖아요."

"으음… 좋소. 그럼 내가 말해줄 테니 일단 앉으시오. 진 낭자에게 의자를 가져다주어라."

"예."

마문량을 돕던 의생이 진아경에게 의자를 권했다.

"고마워요."

진아경은 의자에 앉으며 감사를 표했다.

마문량은 의자를 가져온 의생에게 또 다른 명을 내렸다.

"가서 연백이에게 해라. 지금 약당에 있는 약들 중 보음에 좋은 것들로 호원대온탕(護元大氳湯)을 만들라고, 극상이 필요하니 약재를 아끼지 말라 일러라. 그리고……."

그 뒤로도 몇 가지 것들을 더 시켰다.

"예. 그럼, 이르신 대로 준비하겠습니다."

명을 받은 의생이 떠나자, 실내에는 셋 만이 남았다.

이 중 가장 편안한 얼굴은 잠든 철무린이었고, 깨어 있는 두 사람의 얼굴은 무겁기만 했다.

"이제 이야기를 해주세요. 도대체 언니의 상태가 어떤지……."

"알겠소. 차라리 알고 있는 게 더 나을 것이오."

"꿀격."

진아경은 자신도 모르게 침을 삼켰다.

복건까지의 여정 동안 사불휘는 아버지란 이런 것이란 것을 많이 보여 주었다. 비록 그의 입으로 한 번도 아버지라 말을 하지 않았지만, 아버지를 미워하며 자라온 어린 시절과 집을 떠나며 듣게 된 충격적인 말. 거기다 그녀를 바라보는 사불휘의 눈빛까지… 그녀로서는 직접 이야기한 거와 진배없다고 느꼈다.

그 뒤 철무린을 만나고, 그녀와 사불휘가 이야기를 하는 것을 듣고 이미 마음 한구석에 철무린을 친자매라 여겼다.

이 모든 것이 혼자만의 착각이라 해도 진아경에겐 자라오기까지의 혼란을 피할 수 있는 유일한 창구와 같았다.

그런데 차마 그 모든 것을 제대로 느껴보기 전에 철무린의 상태가 알 수 없게 되어버렸다.

마문량도 그녀의 그런 마음을 느꼈는지 쉽게 입을 떼지 않았다. 내심 잠시 말을 정리하려는지 눈까지 감았다.

"그럼, 결론부터 말하겠소. 지금 이대로라면 철 낭자는 그저 죽을 날만 기다려야 하오."

"예?! 그게 무슨 말인가요? 원주께서 분명 잘 정양하면 회복할 수 있다고 하지 않았나요?"

"진 낭자 그때 나와 차를 나누면서 한 말을 기억하오?"

"……?"

"철 낭자의 상세는 마음에 병이 크다는 것을 말이오. 나도 철 낭자와 자세히 이야기를 나눌 기회가 없어 단언할 수 없지만, 그녀는 꽤 오랜 시간 마음의 병을 갖고 온 것 같소. 원래 심화가 크면 장기에 화기가 쌓이게 마련이오. 이는 오래 쌓이면 쌓일수록 그 사람의 몸을 점점 좀 먹게 된다오. 그런데 철 낭자의 몸에서는 그런 흔적이 곳곳에 보였소."

"그… 그런 일이……."

진아경은 참지 못하고 안타까워했다.

"그런데다가 철 낭자는 여자에겐 맞지 않는 극양공(極陽功)을 억지로 연성하기까지 했소. 아마 내 생각에는 철 낭자도 조금씩 몸에 징후가 오는 것을 느꼈을 것이오. 하나, 그녀는 그런 것을 무시해 온 것 같소. 그렇지 않았다면 현재 상태까지 오지도 않았을 테니 말이오. 그 뒤 몸 속의 양기가 극에 달하는 일이 벌어졌던 것 같소."

"아……."

그 일이라면 아마 옥황성의 추적이었을 것이다.

옥황성의 대제자 공야준과 대정호심단의 추적.

그 일은 이미 그녀도 알고 있었던 일이다.

"하나 그때만 해도 이 정도까지는 안 되었을 것이오. 화기가 극에 달했다 해도 천천히 요양하면 다시금 갈무리되었을 것이지만, 문제는 그 뒤 무슨 정신적 충격을 입은 것 같소. 그 일로 갈 길 없던 화기는 다 장기에 스며들고, 결과적으로 장기 전체에 지독할 정도로 화독(火毒)이 쌓이게 되었소."

여기까지가 들려줄 이야기의 전부였는지 마문량은 말을 끝냈다.

"원주, 그러면 언니는 구할 방도 없이 그대로 죽어가야 한단 말인가요?"

진아경의 눈가에 어느 순간 습기가 차 올랐다.

마문량은 그 모습에 눈가를 잘게 떨었다. 의원으로 살아오면서 환자 가족들의 저런 모습이 가장 보기 힘들리라.

"방법이 없는 것은 아니오."

결국 가능성이 너무 희박해 포기한 일을 꺼내고 말았다.

"저, 정말인가요?"

"있긴 있는데, 실행하기가……."

"원주, 말 좀 해주세요. 언니를 이대로 죽게 할 수는 없잖아요."

"휴우… 알겠소. 그러나 너무 힘든 일이오. 들어도 별로 효용성이 없을 것이기에 말을 안 한 것이오."'

"그래도 이야기해 주세요. 일말의 가능성이라도 포기할 수는 없는 것이에요."

"좋소. 그럼 말해주리다. 우리 의원들은 물론, 약재상들에게는 한 가지 전설이 전해지고 있소. 바로 형산 천주봉에만 자랑하는 오행신령화(五行神靈花)에 대한 것으로 그 꽃은 천 년을 사는 이무기들에게 수호된다고 하오. 바로 그 오행화정화에서 열리는 화정이 이무기를 용으로 탈바꿈시킬 정도의 효능을 갖고 있다는 말이오."

그러나 이 말은 전해져 오기만 했을 뿐, 사실이 확인되지 않은 하나의 전설일 뿐이었다.

"원주, 그렇다면 그것만 구하면 언니가 살아날 수 있다는 말인가요?"

진아경은 그 말에 두 눈에 강렬한 빛을 담았다.

하나 마문량은 그 질문에 고개를 설레설레 내저었다.

"설사 그걸 구한다 해도 지금은 힘드오."

"예?! 원주 지금 그것만 있으면 된다고 했잖아요. 설마 지금 저를 안심시키려 거짓말을 하신 거란 말이에요?"

"그건 아니오. 그건 전설일 뿐, 거짓은 아니오. 다만……."

마문량은 잠시, 고른 숨을 내쉬는 철무린을 바라보았다.

"다만?"

"시간이 없소. 여기서 형산까지 아무리 빨라도 두세 달은 걸리오. 그런데 철 낭자의 상세는… 길어야 한 달이오."

"……."

쿵.

일순 진아경은 입을 벌린 채 그대로 굳어버렸다.

드르르륵.

잘 닦여진 백석 위로 바퀴 달린 의자가 굴러갔다.

그 위에는 아름다운 중년 미부가 앉아 있었고, 뒤를 젊은 청년이 조심스레 밀어주었다.

그 두 사람은 지금 백석로 끝에 만들어진 작은 연못으로 다가갔는데, 지금 연못 주위에는 한창 노란 물결이 일었다.

겨울에 오히려 더욱 화려함을 드러내는 수선화가 연못 주위를 아름답게 장식했다.

그러기에 조금 쌀쌀한 날씨 속에서도 두 사람은 이곳으로 찾아왔다.

꽃을 보면 마음이 포근해지고, 마음이 포근해지면 더욱 깊은 이야기를 나눌 수 있을 것 같았다.

탁.

바퀴 달린 의자는 연못 근처에서 멈춰 섰다.

"어머니, 춥지 않으십니까?"

"아니다, 일도야."

유문영의 입가에 작게 입김이 서리는데도 그녀는 아니란 말과 함께 입을 열었다.

일도는 그 모습에 다시금 유문영을 덮은 이불을 만져 주었다. 그리고 그 상태로 무릎을 꿇은 채, 유문영의 손을 잡았다.

유문영의 상태는 생각보다 심각하지 않아 용화의원에 도착하고 금방 기운을 차렸다. 비록 가볍지 않은 외상이라지만, 그 정도는 시간이 지나면 사라질 것들이다.

해서 둘은 그 긴 밤 내내 이야기를 나누다 점심때가 되서야 잠시 바깥 공기를 쐬러 나왔다.

"꿈만 같아 나는 금방이라도 깰 것 같아 너무나 두렵구나."

"두려워하지 마십시오. 절대 그럴 일은 없을 것입니다."

일도는 잡고 있는 유문영의 손을 조금 강하게 쥐었다.

"그래, 그렇게 오랜 시간이 걸렸는데… 그렇게 힘들었는데… 하늘도 이 정도는 배려해 주겠지. 너 태어난 지 얼마 안돼 내 품을 떠났고, 불행인지 그날 네 아버지는 목숨까지 잃으셨다. 너도 오랜 시간 부모도 모른 채 살아오고, 나는 남편과 너를 잃은 슬픔에 빠져 살았다. 그리고 그날로부터 근 이십 년이나 지나서야 우리가 이렇게 만나게 된 것이다. 참… 길고도 길었다."

유문영은 참으로 길고 긴 회한의 세월이란 생각에 수선화를 보며 다시금 아련한 옛 기억에 빠져들었다.

"어머니……."

일도는 그런 그녀를 보며 가슴이 아팠다.

긴 밤 내내 들었던 지나간 이야기들. 유문영은 그 모든 이야기를 힘들게 전해주고도, 저렇듯 또다시 또 기억 속에 빠져들었다.

지금으로부터 이십 년 전.

태어난 아이에게 좋은 이름을 주고자 남궁 내외는 갓난아기였던 일도를 데리고, 남궁세가의 전대 가주와 연이 있는 소림의 한 고승을 찾았다.

더욱이 남궁일도나 유문영, 모두 깊은 불심을 가진 신도이기에 황산남궁세가로부터 숭산까지라는 꽤 먼 여정에도 불구하고 길을 나섰다.

그리고 여러 날이 흐른 후, 남궁 내외는 숭산 아래에 자리잡은 등봉현(登封縣)에 오후 늦게 다다랐다. 해서 첫날은 마을에 머물고, 그들은 다음날 일찍 소실산에 있는 소림사에 올랐다.

그들은 별다른 수행원도 없이 왔기에 나름대로 조용히 풍광도 감상하며 행복에 빠져 있었다.

그런데 원래 산을 오르기 전부터 흐렸던 날씨는 끝내 비를 뿌려댔고, 결국 잠시 비를 피하러 찾았던 사당에서 일을 벌어졌다.

“지금 생각해도 나는 이해할 수 없는 일이었다.”

“무엇을 말입니까?”

“그날 사당에 도대체 무엇이 있었기에 흉수는 우리에게 다짜고짜 살수를 펼쳤는지 알 수가 없다. 그저 우리는 잠시 비를 피하기만을 원했을 뿐인데… 왜 우리가 그런 일을 당해야 했는지……. 흐윽.”

너무 억울해서일까? 유문영은 떠올리는 것 자체만으로도 흐느낌에 빠졌다.

“어머니…….”

일도는 그런 유문영을 품에 안아주었다.

“흑… 흐흑… 여보…….”

유문영은 아들의 품이어서인지 더욱 깊은 슬픔을 보였다.

일도는 그런 유문영을 보면서 마음속에 강한 다짐을 했다.

'지난번 수로채에서 권황 조사와 용 조부의 이야기를 듣는 것만으로 홍수에 대한 분노를 참을 수 없었다. 한데 그가 바로 나에게 있어 우리 가족에게 생이별의 고통을 준 원수였다. 거기다 희선이를 그렇게 만들고, 사저마저도 나처럼 부모를 모르고 자라게 만들었다. 나는 지금까지 누구를 이렇게 증오하고, 미워해 본 적은 없었다.'

그러나 한 사람만은 도저히 그렇게 하지 않을 수 없었다.

얼굴은 모르지만, 그 하나로 인해 얼마나 많은 사람들이 고통과 회환으로 살아오지 않았는가?

일도는 다시금 마음을 굳건히 가다듬었다.

'이미 결심한 바와 같이… 나는 이제 참지 않을 것이다. 특히 나의 친인에게 고통을 준 인간에 대해서는 결단코! 그 죗값을 치르게 할 것이다.'

그렇게 일도는 아직 정체도 모르는 한 사람에 대한 분노를 가슴 깊이 새겨 나갔다.

일도가 용화의원에 온 지도 벌써 이틀이 지났다.

그동안 유문영의 상세는 빠르게 회복되어 갔다. 애초에 상처라곤 피부
가 갈라진 외상이 전부라 출혈과 충격으로 인해 쇠약해진 몸은 빠르게
본래로 돌아가고 있었다.

그리고 오늘.

저녁 식사가 끝나고, 술이나 한잔하는 유진헌의 말에 일도는 그의 거
처를 찾기로 했다.

해서 일도는 유문영의 자리를 봐준 뒤, 유진헌의 방으로 찾아가고 있
었다.

용화의원에서 나름대로 신경을 썼는지 유진헌의 거처는 제법 고급스
러운 곳에 마련되었다.

여러 조실 중에서도 특별한 자들을 위한 곳인지 다른 곳과 거리를 두
고 떨어져 있었다. 그래서 어떤 이들은 이곳에 천마성주의 아들이 있는

지조차 모를 정도였다.

그러다 보니 그곳으로 이어지는 길도 무척이나 한산했다. 더욱이 가는 내내 사람의 그림자도 보이지 않아 마치 따로 격리된 듯한 인상마저 풍겼다.

'유 형에게 내가 너무 무심했던 것 같구나. 내 스스로 그를 어려운 일에 끌어들여 놓고, 어머니만 생각하느라 다른 일을 다 잊어버리다니……'

일도는 내심 자신의 이기심에 조금 부끄러워졌다.

회계산의 일이 아직도 기억에 생생하고, 풍운장을 떠나올 때 다짐한 것도 있건만 지금은 오직 유문영 곁에 있고만 싶으니…….

유문영에게 대충 듣기로 남궁세가에 혼란이 있던 날, 그녀는 잠시 세가 뒤편의 불당에 가 있었고, 돌아오는 길에 천군성을 만나 이곳까지 끌려오게 되었다 했다.

아마 지금쯤 남궁세가는 발칵 뒤집어졌을 것이다. 특히, 일도와 안면이 있는 남궁훈이나 남궁영이 걱정이 많으리라.

'일단 조만간 결정을 내려야 한다. 이곳에 어머니를 둘 수는 없다. 몸이 좋아져 가시니 일단 남궁세가로 보내 드리는 게 상책이다. 그들도 어머니의 실종을 걱정하고 있을 테니…….'

일도는 대략 생각을 정리하며 유진헌의 방 앞에 섰다.

똑똑.

"유 형."

일도는 문을 두드리며 유진헌을 불렀다.

"오셨소?"

대답 소리가 들리며 금방 문이 열렸다.

유진헌은 평상시 모습으로 일도를 받아들였다.

다른 곳과 달리 이곳은 개인용인지라 편의 시설이 어느 정도 갖춰 있었다.

나름대로 책을 읽을 수 있는 서가도 눈에 띄었고, 그 앞엔 방금 전까지 책이라도 읽었는지 그 흔적이 고스란히 탁자 위에 남아 있었다.

주변을 꾸미고 있는 물품들도 그렇고 확실히 유문영이 있던 곳보다 더 호화스러웠다.

"후후, 이곳 원주도 참 괴짜인 것 같소, 그렇게 거절을 했는데도 사람을 이런 곳에 보내다니. 말이 편의지 실상 구석에 갇혀 있는 것이나 진배없소. 하루밖에 지나지 않았는데, 벌써 몸이 거부감을 나타내오."

"하긴 나도 풍운장에서 지냈을 때 상당히 거북스럽다는 느낌을 많이 받았었소."

"어찌 그런 면은 일도 형이나 나나 같은 것 같소. 내가 집을 자꾸 뛰쳐나온 것도 실상 이런 것이 싫어서였소. 하하하."

그렇게 가볍게 이야기를 시작한 그들은 입구에서 왼편으로 자리를 옮겼다.

그곳에는 이미 준비된 주안상이 있었는데, 자리를 잡자 유진헌은 각자의 잔에 연한 황색을 띤 맑고 투명한 술을 따랐다.

조르르륵.

술이 잔을 채워지자 깊고 그윽한 향기가 금세 주변을 가득 채웠다.

"원주가 보내준 침항주(沈缸酒)라 하오. 복건에서는 꽤 유명한데, 워낙 손이 많이 가는 술이라 다른 데에서는 좀처럼 맛보기 힘들 것이오. 자! 드시오. 원주가 신경 써서 보내준 것이니 그 성의를 받아야 하지 않겠소?"

"그리고 보면, 이렇듯 여유있게 술잔을 나누는 것은 꽤 오래된 것 같소. 처음 만났을 때만 해도 이렇게 심중에 많은 생각이 없었는데……."

일도는 잔을 들며 씁쓸한 웃음을 흘렸다.

“사람은 나이를 먹고, 세월을 느끼며 그렇게 변해가지 않소? ‘선비는 사흘만 떨어져도 다시 대할 땐 눈을 비비고 대하여야 한다[士別三日 卽當刮目相對]’고, 나나 일도 형이나 처음 만났을 때와 비교하면 많이 달라졌소. 그리고 그렇게 되어야 정상 아니겠소?”

“그런 것 같소. 나에게 있어 시간은 보이지 않는 스승이란 생각이 드오. 정말 그동안 많은 일도 있었고, 배운 것도 많소.”

“참 적절한 말이오, 그 보이지 않는 스승이란 말은. 왠지 그 말을 일도 형을 통해 들으니 더욱 와 닿는 것 같소. 일단, 잔을 비웁시다. 오늘만큼은 모든 근심을 잊고 밤새 마셔봅시다.”

“좋소.”

챙.

잔의 부딪치는 소리가 맑게 들리며 그렇게 둘은 잔을 비워 나갔다.

꽤 많은 술이 보내졌는지 점점 탁자 위에 술병이 늘어갔다. 하나, 둘 다 말한 것처럼 취해가지는 않았다. 복건주가 다른 곳보다 주도(酒度)가 낮은 탓도 있지만, 그들은 취하기 위해 만난 것이 아니기에 취하지 않았다.

탁.

한참을 오가느라 정신없던 술잔이 잠시 바닥에 놓여졌다.

“일도 형.”

“말하시오.”

일도도 잠시 손을 멈추었다.

그리고 그 순간 유진헌은 지금까지 참아 놓았던 말을 꺼냈다.

“우리 여기서 잠시 헤어집시다.”

“……?”

“내 그동안 곰곰이 생각해 보았소. 하지만 몇 번을 생각해도 결론은 하나요. 이대로 천마성으로 돌아가는 것은 너무나 터무니없는 짓이오.”

“그 말은……”

“일도 형을 못 믿는 것은 아니지만… 우리는 현재 너무 안일하게 이 일을 보고 있소.”

“왜 그렇게 생각하시오?”

일단 일도는 그의 이야기를 들어보기로 했다.

“이유는 여러 가지가 있지만, 크게 세 가지요. 첫째는 천마성 내부 문제요. 이것은 이야기하려면 너무 길어지니 제외하겠소. 한마디만 일러둔다면, 요 사숙은 천마성에 있어 정파 다음으로 꺼려지는 인물이오. 요 사숙의 존재 자체가 천마성을 두 쪽으로 나누는 요인이 될 수 있기 때문이오.”

‘그래서 두 분과 산매가 잠마곡에 은거를 하게 된 것인가?’

나름대로 의문을 갖지 않은 것은 아니지만, 무언가 요중문의 은거에도 문제가 있단 느낌이 들었다.

“두 번째는 현 무림에 대한 것이오. 이곳까지 오는 동안 나는 여러 이야기를 들었소. 특히, 변황무림과 중원무림에 대한 이야기! 사천과 감숙은 이미 전화에 빠지고, 섬서, 산서, 하북은 그 북쪽에 웅크리고 있는 변황무신(邊荒武神)으로 인해 초긴장상태에 빠져 있다 하오.”

“후후후. 그 이야기를 들으니 내가 정말 내 일 외에는 무심했단 생각이 드오. 유 형이 말해주지 않았다면, 전혀 신경 쓰지도 못했을 것이오.”

일도에겐 이 일이 충격으로 다가왔다.

“그랬을 것이오. 그동안 보아하니 일도 형의 관심은 오직 전 노야란 분과 천마성에만 가 있었소. 해서 내 알면서도 일부러 이야기를 하지 않았소. 어차피 이곳에서 상당한 거리가 떨어져 있는 곳들의 이야기이기 때문이오. 얼마 전엔 녹림과 수로채가 구파일방과 손을 잡았다는 말도 들었소. 그렇게 되면, 현재 변황을 상대하는 힘은 전 중원 무림의 칠 할에 해당하는 힘이오. 아무리 변황무림이라도 함부로 어찌할 수는 없을 것이오."

"으음."

그러나 그렇다고 마냥 좋아할 수는 없는 일이었다. 일도에겐 남들이 모르는 무림칠성과 달단척뢰에 관한 비사도 알고 있고, 실질적으로 그 결과가 어떻게 되고, 후에 일도의 사조 이무영이 움직여서야 해결되었다는 것도 너무나 잘 알고 있었다.

'아무래도 모든 일을 서두를 필요가 있겠다. 내 잠시 미뤄놓은 장보도 문제도 시급하구나. 이유야 어떻든 무림칠성분들이 할아버지를 찾은 것은 다 그에 합당한 일이 있지 않겠는가? 한시라도 빨리 그분을 찾아 이번 문제에 대해 이야기할 필요가 있겠다.'

"일도 형! 일도 형!"

"아? 무슨 이야기를 하셨소?"

"아니, 무슨 생각을 그리 골몰히 하시오?"

"아니오. 내 잠시 다른 일이 떠오르느라… 일단 유 형의 이야기를 들어볼 것이니 의견을 말해주시오."

"흠… 알겠소. 한데, 이번 일에 한 가지 마음에 걸리는 것이 있소. 실상 변황무림과 중원무림의 일은 정, 마, 혹을 떠나서 중원무림인이라면 모두 관심을 가져야 할 일이오. 그런데……."

유진헌은 잠시 괴로운 표정을 지었다.

이 말엔 일도도 공감을 했다. 터전을 위협받는 것만큼 위험한 일이 어디 있는가?

그런데 유진헌이 나타내는 감정은 그런 것과 달랐다. 무언가 화가 난 듯하고, 안타까워하는 느낌도 들었다.

"왜 그러시오? 무언가 걸리는 게 있는 것 같소."

"맞소. 실제로 두 번째 이유가 바로 이것이오. 나는 그동안 이 일에 대한 이야기를 들어왔으면서도 정작 원하는 한 가지는 듣지 못했소.”

“한 가지라니?”

“마도… 마도 무림이 움직이지 않았소. 마치 현재의 일이 남의 집 불구경하는 것처럼 천마성은 물론, 그 산하 세력도 움직이지 않고 있소. 나는 이것이 마음에 걸리오. 향후 이번 일이 해결되면, 전 중원 무림인들에게 손가락질받을 수 있는 데도 아무런 움직임도 없소. 이건 우리가 부딪치려던 것보다 더 심각한 일이오. 무언가 이것에는 커다란 이유가 있는 것 같소.”

“그래서 헤어지려는 것이오? 그런 일이라면, 나와 유 형이 같이 알아볼 수 있지 않소?”

“아니오. 실상 제일 중요한 것은 세 번째 이유요. 바로 일도 형 어머니에 대한 것이오. 알지 모르지만, 마도 무림인에게 이십 년 전 비사는 거의 치욕에 가까운 것이오. 형의 어머니가 이곳에 있다는 것이 발각된다면, 그 뒤는 형도 대충 예상은 할 것이오.”

“……”

일도는 할 말을 잃었다.

어머니란 단어가 연관되다 보니 일도의 머리 속은 점점 복잡하게만 얽혀갔다.

유진헌은 수차례 표정의 변화를 보이는 일도의 얼굴을 보았다.

“효야말로 인간의 가장 으뜸 되는 덕목이라 했소. 길게 생각할 것 없소. 이럴 때는 마음이 이끄는 감정에 가장 충실하면 되오. 그리고 내 일도 형이 올 때까지 내 최선을 다해 정보를 모아보겠소. 그리고 일도 형이 오는 날 모든 것을 밝혀냅시다.”

“……”

하나 한 번 닫혀진 일도의 입술은 열리지 않은 채, 얼굴은 점점 심각하게 굳어져 갔다.

                              *   *   *

　차가운 아침 공기가 이제 슬슬 옷 속을 파고들었다. 거기다 겨울은 아
침해까지 늑장에 빠뜨려 이미 묘시말(卯時末:아침 7시)인데도, 아직 주변
은 한밤중이나 다름이 없었다.

　끼이이익.

　무겁게 닫혔던 용화의원의 문이 열렸다.

　분명 진시말(辰時末:아침 9시)은 되야 본격적인 진료를 시작하는데 오
늘은 평상시와는 사뭇 다른 모습이었다.

　그리고 열려진 문틈으로 두 개의 그림자가 빠져나왔다.

　"그럼, 가겠소."

　유진헌은 일도에게 작별 인사를 건넸다.

　"으음… 너무 이른 것 같은데, 날이 훤해진 다음에 가는 게 어떻소?"

　"하하하. 원래 결정 후 행동은 빠를수록 좋은 것 아니오? 나는 이미
일도 형을 통해서 그것을 보았고, 지금이야말로 그것을 보여줄 때라고
생각하오. 그러니 너무 신경 쓰지 마시오. 일도 형이 지금 생각해야 할
것은 어서 빨리 어머니를 안전한 곳으로 모셔다 드리는 것이오. 나도 천
마성에 복귀하는 대로 할 수 있는 최대한의 조치를 취하겠소."

　"그저 유 형에게는 고맙다는 말뿐이 드릴 게 없소."

　일도는 조금 미안하단 생각이 들었다. 이유야 어쨌든 자신의 할 일을
남에게 미룬 꼴이 아닌가.

　"일도 형… 나는 형을 친구라 생각하오. 그리고 친구 사이에는 고맙단
말은 하지 않는 법이라오."

　"후후후. 확실히 유 형은 유 형이오. 그러면 부탁드리겠소. 대신 나를

위해 너무 무리하진 마시오. 어디까지나 내 할 일은 내가 할 것이니, 그저 유 형은 자신의 안위를 최선으로 생각하시오. 부디 나로 인해 누군가가 고통받지 않았으면 좋겠소."

일도는 굳은 얼굴로 유진헌을 바라보았다.

"걱정 마시오. 일도 형은 내가 누군지 잊었소? 천마성은 내 집이오. 내 집에서 누가 나에게 위해를 가하겠소. 그보다 내 이번에 요 숙부를 만나 이야기를 해볼 생각인데, 따로 전할 이야기는 없소?"

"없소. 그저 그동안 찾아뵙지 못해 죄송하단 것과 조만간 찾아뵙겠다는 말만 전해주시오. 그리고 산매에게는……."

일도의 얼굴에 잠시 곤혹스러움이 생겨났다. 그 부분에 대해서는 딱히 답을 찾을 수 없었다.

"하하하, 천하의 사내대장부도 여자 앞에서는 꿀 먹은 벙어리가 되는구려. 내 산매의 성질을 받아줘서라도 일도 형 이야기 잘 해줄 테니 걱정 마시오. 그럼, 만나는 그날까지 보중하시오."

유진헌은 그렇게 웃으며 마지막을 알렸다.

"그럼, 조심해서 가시오."

"일도 형도."

그렇게 두 사람 중 한 사람은 떠나고, 한 사람은 남게 되었다.

일도는 유진헌이 어둠 속에 사라져 보이지 않을 때까지 움직이지 않았다. 왠지 유진헌의 몸을 뒤덮는 어둠이 가슴을 무겁게 짓눌러 온다는 생각이 들었다.

'이번 결정은 세 번의 고심 끝에 내린 것이다. 후회는 하지 말고, 빨리 처리하는 게 우선이다. 그의 말대로 결정 후, 행동은 빠를수록 좋다. 그건 이미 풍운장에서 뼈저리게 느끼지 않았던가?

일도는 신형을 돌리며 다시 용화의원으로 들어서려 했다.

컹컹!

그런데 개 짖는 소리가 잠시 귓가에 맴돌았다.

일도는 고개를 돌려 잠시 어둠뿐인 주변을 살폈다. 그러나 어디서도 개의 그림자는 보이지 않았다.

컹컹! 컹컹컹!!

그러나 점점 이쪽으로 다가오는 개 짖는 소리는 일도의 다리를 잡아끌었다.

그리고 그 순간 바람결에 너무나 귀에 익어 잊지 못하는 음성이 들려왔다.

"백화야, 멈춰! 왜 이러는 거야? 같이 가. 같이 가자고!!"

컹컹.

그러나 개는 더 빨리 다가오며 부르는 소리를 무시하는 듯했다.

"서, 설마?"

일도는 들어가려던 신형을 완전히 멈춰 세웠다. 그리고 두 눈이 강렬하게 떨리며 점점 이쪽으로 빠르게 다가오는 기척을 찾았다.

커어엉.

길게 울부짖는 소리와 함께 어둠 속에서 하얀 그림자가 비쳤다.

도저히 일반 개는 따라오지 못할 거대한 덩치와 목덜미를 뒤덮고 있는 하얀 갈기. 영락없는 늑대지만, 그 어떤 개보다도 강한 충성심을 보이는 짐승이었다.

"백화야!"

일도는 그 모습에 그대로 달려들었다.

컹컹.

거대한 덩치가 일도의 품에 안겼다. 이게 얼마 만인지 비록 덩치는 예전보다 자랐지만, 그렇다고 몰라볼 일도가 아니었다.

“하하하!”

일도는 아이처럼 얼굴을 핥아대는 백화로 인해 맑은 웃음을 터뜨렸다. 그런데 그런 것도 바로 이어지는 여인의 목소리에 사라졌다.

“사, 사제?”

“서… 설마?!”

그러나 일도는 곧 상대의 얼굴을 확인하고 자리에서 벌떡 일어났다.

“사제!”

은아주는 백화가 반긴 게 일도란 사실에 그대로 그의 품에 안겨들었다.

“어? 사저!!”

일도는 달려드는 그녀를 본능적으로 꽉 끌어안았다.

근 반년 만의 만남. 둘이 헤어지고 벌써 두 번이나 계절이 바뀌어갔다.

“어디 보자… 우리 바보 사제 맞느냐? 정말 바보 사제 맞느냔 말이다!”

은아주는 떨리는 손으로 일도의 얼굴을 더듬었다. 떨어진 기간 동안 하루라도 생각지 않은 날이 없었다. 이젠 사형제 전에 백 년을 함께할 약속까지 한 사이다.

그런 그들이 사문의 명이라지만, 떨어져 있었다는 것은 참을 수 없는 고통이었다.

“후후후. 세상에 저 같은 바보 사제가 또 있을 것 같습니까? 것보다 사저는 점점 울보가 되어가는 것 같습니다.”

일도는 은아주의 양 볼에 흐르는 눈물을 훔쳐 손끝에 느껴보았다. 세상 어떤 눈물보다 따뜻하고, 세상 어떤 눈물보다 진실됨이 그 안에 다 담겨 있었다.

“흥! 누가 울보야? 감히 사저를 놀리겠다는 거야?”

“제가 어찌 감히 하늘 같은 사저를 놀리겠습니까? 단지…….”

일도는 말 끝에 은아주의 눈을 깊게 바라보았다.

"단지?"

은아주는 시술에라도 걸린 듯 그 눈빛에 빠져들었다.

"하늘 같은 남편을 바보라고 놀리는 아내에겐 응당 벌을 줘야 한다는 생각은 하고 있습니다. 바로 이렇게 말입니다."

"어? 읍……."

두 눈이 커지기 전에 은아주의 눈은 스스르 감겼다.

그녀의 붉은 입술을 통해 전해오는 일도의 뜨거움은 그동안의 외로움을 일시에 녹일 듯 강렬했다. 거기다 허리를 감아오는 탄탄한 두 팔뚝은 과거보다 더욱 믿음직스러웠다.

끼잉.

백화는 두 사람이 떨어질 기미가 보이지 않자 잠시 투정을 부렸다.

그러나 오랜 시간 뒤의 입맞춤이라 그런지 그들은 더욱 깊게 상대를 찾을 뿐이다.

"하……."

은아주가 더 이상 참기 힘들었는지 먼저 입을 떼었다. 그리고 바로 쏘아댔다.

"흥! 어찌 예전의 바보 사제가 아닌데, 도대체 안 본 사이에 이런 기술만 는 것이냐?"

아직도 숨이 가라앉지 않은 은아주는 말을 하면서도 조금 헐떡였다.

"기술이라면, 늘긴 늘었습니다. 아마 사저가 저에게 여인을 가르쳐 줄 때와 비교하면 천양지차일 것입니다."

와락.

일도가 갑자기 은아주의 품에 손을 넣었다.

"어멋!"

은아주는 너무나 갑작스런 일에 자신도 모르게 비명을 토했으나, 행복한 표정을 짓는 일도로 인해 잠시 그대로 있었다.

"역시 사저의 가슴이 제일 따뜻합니다. 그리고 사저 앞에서는 저는 영원한 바보사제이니 걱정 마십시오."

일도는 아쉬움을 느끼며 손을 빼냈다.

은아주는 그런 일도의 얼굴과 눈빛을 바라보았다.

"잠시 떨어져 보거라."

"싫습니다. 얼마 만에 안아보는 사저인데, 아무리 사저의 말이라도 이것은 따를 수 없습니다."

"정말 애처럼 이럴 것이냐? 예전처럼 사저한테 볼기를 맞아야 정신차리겠느냐?"

미간까지 굳히고, 쳐대는 호통에 일도도 견딜 재간이 없었다.

"알겠습니다."

일도는 싫다는 기운을 풀풀 풍기며 한 발자국 물러났다.

"흐음……."

그리고 은아주가 소 품평회라도 하듯, 천천히 일도의 주변을 둘러보며 꼼꼼히 살폈다.

"언제 끝납니까?"

"곧 끝난다."

'키가 큰 것인가? 아님 살이 찐 것인가? 일도가 무척 커 보인다는 것은 나만의 착각인가?

은아주는 나름대로 이것저것 생각해 보았지만, 딱히 뭐라 결론을 내릴 수 없었다. 해서 직접적인 방법을 택했다.

"일도!"

"예."

"너 혹시 머리를 다친 적이 있느냐?"

“예에?”

일도는 황당한 얼굴이 되었다.

“그렇지 않으면, 이상하지 않느냐? 내가 아는 사제는 늘 바보 같은 모습에 얼굴에 순진이 뚝뚝 떨어졌었는데, 지금은 순진은 다 어디 가고 훤칠한 사내대장부가 있으니 내 어찌 이상하게 느끼지 않겠느냐?”

그런데 말을 하면서 은아주의 코끝이 찡끗거렸다.

그 모습에 일도는 무릎을 쳤다.

“이런, 제가 전에 머리를 다쳤던 것 같습니다. 지금까지 할머니를 보고 사저라 했으니… 죄송합니다, 할머님.”

일도는 정중하게 사죄의 인사를 올렸다.

“끙… 완전 능구렁이 다 되었어.”

“그래도 속은 아직 바보사제 그대로입니다.”

제법 진지한 얼굴이 되어 은아주를 바라보았다.

“그래.”

그 모습에 은아주도 더 이상 장난을 치지 않았다.

어느샌가 어둠은 물러나 버리고, 슬슬 동녘이 환하게 밝아오기 시작했다. 그렇게 둘은 기쁨 속에 본격적인 하루를 맞아갔다.

“자! 사저, 어머니를 뵈러 가죠.”

“어? 어머니?”

은아주의 두 눈이 동그래졌다.

“예! 가시죠. 어머니도 사저를 보면 무척 좋아하실 것입니다.”

“……?”

그러나 은아주는 그 말을 직접 들으면서도 아직까지 그게 꿈인가 생시인가 분간을 할 수 없었다. 일도나 그녀나 부모의 얼굴도 모르는 천애고 가아 아닌가.

제11장

어찌! 당신이 이런 곳에…

일도 손에 이끌려 간 곳은 아름다운 중년 부인이 머무는 곳이었다.

그곳에 도착하니 일도는 그 여인과 다정스레 이야기를 하는 모습을 보여주었다. 분명 거짓 하나 없는 진실된 모습인데, 은아주로서는 도저히 이 일을 쉽게 받아들일 수 없었다.

처음에는 혹시라도 어디가 이상한 여인이 아닐까 했지만, 그녀를 바라보는 두 눈빛은 맑고 그윽해 정신이상자로 보이지는 않았다. 거기다 단아한 외모와 풍기는 기품은 어느 정도 신분이 있는 사람이란 생각마저 들게 만들었다.

"사저, 인사드리세요. 제 어머니이십니다."

"……."

일도가 은아주에게 중년 여인을 소개했지만, 은아주는 아직 생각 속에 빠져 있었다.

"사저? 사저!"

"아……!"

그제야 정신을 차린 은아주는 성급히 인사를 올렸다.

"처… 처음 뵙겠습니다. 소녀 은아주라 합니다."

"참으로 아름다운 낭자군요. 더욱이 일도와 사저제관계(師姐弟關係)라니… 이렇게 만나게 되어 반가워요."

은아주가 멍해져 있는 사이 일도가 대충 소개를 마친 듯했다. 그래서 그런지 유문영은 꽤 유심히 은아주를 살폈다.

그 순간, 그 모습을 즐겁게 바라보던 일도가 무심코 한마디를 던졌다.

"어머니, 게다가 사저는 저하고 혼인을 약속한 사이입니다."

"그래? 그럼, 이 낭자가 네가 말했던 혼약하기로 한 낭자들 중 한 사람이란 말이더냐?"

"에? 그게……."

하지만 유문영의 반문에 일도는 자신이 무슨 말을 떠벌렸는지 금방 깨달을 수 있었다.

거기다 뒤이어 이어지는 은아주의 한마디에 일도의 몸이 뻣뻣하게 굳어갔다.

"흐음… 낭자들 중 한 사람이라……."

조용히 혼잣말하는 은아주였지만, 그 의미는 이미 일도의 귀 깊숙이 박혀들었다.

일도는 조심히 은아주를 바라보았다.

'헉!'

눈이 딱 마주치는 순간, 은아주의 눈에 이는 차가운 빛을 볼 수 있었다.

"어머니, 잠시 사저하고 이야기 좀 나눠야 할 것 같습니다."

"그러느냐?"

유문영은 둘의 변화를 눈치채지 못했는지 그저 가볍게 고개를 끄덕였
다.

"예. 그럼, 잠시 물러가겠습니다."

"그러려무나. 그럼, 낭자 조금 있다 다시 뵐 수 있을까요? 왠지 낭자와
하던 이야기를 여기서 그만두려니 무척 아쉽군요."

유문영의 시선이 은아주에게 향했다.

"그럼, 잠시 후에 다시 찾아오겠습니다."

"가시죠, 사저."

일도는 은아주를 끌고, 잽싸게 장소를 옮겨 내실이 딸린 작은 방으로
들어갔다.

유문영은 잠시 그들이 사라지는 모습을 보다 자리에서 일어났다. 얼마
전까지 바퀴 달린 의자에 의지하던 모습과 달리 많이 호전된 모습이다.

"세존의 자비가 너무나 크나크구나. 아들을 찾은 것도 분에 넘치거늘.
거기에 저리 아름다운 며느리까지 보내주다니……."

그녀의 얼굴에는 자연스레 행복한 미소가 지어졌다.

"그럼, 젊은이들이 이야기를 나눌 수 있게 잠시 자리를 비켜줘야겠구
나."

그 말을 끝으로 그녀는 밖으로 천천히 걸음을 옮겼다.

예전에는 무엇을 봐도 아름다움을 느끼지 못했는데, 요즘 들어 연못에
흐드러지게 핀 수선화가 너무 고아 자주 찾아갔다.

한편.

자리를 옮긴 둘은 건물 안에 딸린 작은 방으로 들어갔다.

덜컹.

일도는 마지막에 들어서며 문을 닫았다.

실내에 들어서니 은아주는 창가에 시선을 고정한 채, 일도에게 시선 한번 주지 않았다.

'사저……'

일도는 그녀의 뒷모습이 굉장히 슬퍼 보인단 생각이 들었다.

"사저… 이 일은 제가 미리 말씀을……."

"일도야."

"예?"

"나는 괜찮다."

"사저……."

오히려 은아주가 웃고 있자 일도는 현 상황에 대해 감을 잡을 수 없었다.

"이미 서로 알고 있던 일이지 않느냐? 이렇게 될 줄 알면서 우리는 이런 일을 한 것이고 그러니 서로 후회는 하지 말자꾸나. 그렇게 되면, 지금까지 애써 결심한 것이 모두 흔들릴 것 같다."

웃고 있지만 두 눈 속에는 깊은 슬픔이 담겨 있었다.

일도는 그 모습에 딱히 할 말이 생각나지 않았다. 거짓으로라도 달랠 수 있지만, 그건 그가 원하는 답이 아니었다. 그렇게 되면, 다른 여인들이 슬퍼질 수 있지 않은가?

"우리 그보다 다른 이야기를 하자꾸나. 내 너에게 긴히 들려줄 이야기도 있고, 너에게 듣고 싶은 말도 있다. 반년이지만… 너무 많은 것이 변했다."

"예, 저도 사저에게 꼭 들려주어야 할 이야기가 있습니다."

"그래."

해서 둘은 편하게 자리를 잡고, 떨어진 기간 동안의 이야기를 상대에게 들려주기 시작했다.

정윤한을 만난 일부터 시작해 잠마곡에서 있었던 일, 다시 수로채에 찾아가고, 옥황성으로 향한 일. 그리고 풍운장에서 지내며 다시 이곳까지 오게 된 이야기. 그러나 무림칠성과 사조 이무영에 대한 이야기는 별 중요하지 않다 여겨 하지 않았다.

그녀는 이야기를 들으며 시종일관 일도와 같이 숨을 쉬었다. 분노하면 같이 분노하고, 슬퍼하면 같이 슬퍼했다.

"예정대로라면 저는 천마성으로 향해야 했습니다. 그래서 그곳에 가서 전 노야의 행방도 알아보고, 그곳에 있는 산매와 두 분도 만나보려 했습니다."

"그렇구나. 그보다 네가 어머니를 만나게 된 것은 정말 하늘이 도운 것 같다. 네가 만일 용문산에서 옥패를 잃어버리지 않았던들, 아니, 그걸 그분이 줍지 않았던들 어찌 이렇게 두 모자가 만날 수 있었겠느냐?"

이미 옥패에 관련된 이야기도 다 들어, 은아주는 어리둥절하던 처음과 달리 두 사람의 만남에 대해 이해할 수 있었다.

"맞습니다. 만일 어머니가 이곳까지 끌려오지 않고, 그 전해달란 부탁을 하지 않으셨으면 저는 절대 제가 알고 있던 남궁대부인이 어머니라 생각을 하지 못했을 것입니다. 지금까지 저는 옥패는 옥황성의 진 부인에게 있다고 믿었습니다."

"그래, 네 이야기를 들으니 나도 이상하게 생각되는구나. 확실히 그 부분은 이상한 점이 많다."

은아주는 잠시 생각에 잠겼다.

"혹시 옥황성을 상대하는 저의 마음이 흔들릴까 자미부인이 거짓말을 한 것은 아닐까요?"

"그건 아닐 것이다. 그건 잠시 시간을 끌 미봉책이지, 네가 진 부인을 만나면 금방 해결될 수 있다. 그렇게 되면 자미부인의 거짓말이 금방 탄로나지 않겠느냐?"

"하지만 사저, 저는 풍운장 이후로는 자미부인을 만날 기회가 없었습니다. 거기다 옥황성을 상대하려던 순간, 전 노야의 갑작스런 실종으로 진 부인을 만날 기회조차 사라졌습니다."

"그럼, 일도야, 방향을 바꿔… 혹시 자미부인에 대해 이상한 이야기는 들어본 적은 없느냐? 그녀가 아니라도 그녀의 주변과 관계된 일 중에 이상한 일이 있으면 이야기해 보거라."

"으음……."

일도는 은아주가 자꾸 그쪽으로 방향을 잡자 다시 한 번 기억을 더듬어보았다.

"아… 그리고 보니 전 노야가 실종되던 날, 그분의 실종을 알리러 온 자가 준 서찰이 생각나는군요."

"무슨 내용이더냐?"

"그 서찰에는 이런 내용이 적혀 있었습니다. '이 서찰이 개봉되는 순간, 만금상단과 천도방은 별개로 흘러가며, 모든 연락 수단을 봉한다'. 이렇게 적혀 있었습니다."

"그래?"

은아주는 그 말에 눈을 빛냈다.

"예."

"그 다음 이야기는… 다른 이야기는 더 없느냐?"

은아주는 일도에게 또 다른 부분을 물어왔다.

"그 뒤, 종 낭자가 이 일로 본가에 다녀온 적이 있습니다. 그리고 본가를 다녀온 그녀는 심각한 얼굴로 우리 쪽에 간자가 있다는 말만 했습니다. 그런데 그녀는 그것에 대해 물어봐도 알아서 좋을 것이 없다고 끝내 말을 하지 않았습니다."

일도의 말이 끝나자 은아주는 고개를 끄덕였다.

무언가 실마리를 잡았는지 잠시 생각을 정리하던 운아주가 입을 열었다.

"그렇구나. 이제 연결고리가 생기는구나. 아마 지금 보니 좀 낭자는 너의 성격을 알기에 그 일을 함구한 것 같다."

"예?"

일도는 그녀의 말을 쉽게 이해할 수 없었다.

"그보다 너는 왜 이곳까지 왔느냐? 이번 일이 천마성하고 연결이 있다고 생각하느냐?"

"예. 유 형이 전해준 이야기, 그리고 잠마곡에서 우리를 기다리던 천마성의 제자들… 분명 천마성에 무언가 있을 것입니다."

"그럼, 모든 것의 연결고리는 확실해진다. 거기다 우리는 자미부인이 천마성과 관계가 있다는 가능성도 함께 얻을 수 있다."

"사저! 그게 정말입니까?!"

일도는 자리에서 벌떡 일어났다. 그것은 지금까지 한 번도 생각해 본 적이 없는 말이었다.

"그렇다. 아무래도 좀 낭자가 말한 내부의 간자는… 자미부인 같다."

쾅!

은아주의 말에 일도의 머리 속에는 커다란 폭발이 있었다.

"그건 말이 안 됩니다. 좀 낭자는 이번 일의 배후를 알 수 없다고 했는데……."

"그 부분은 아마 거기까지 생각을 하지 않았기 때문일 거다. 아마 그녀도 거기까지는 생각하지 못했을 것이다. 어느 누가 잠마곡에서 기다리는 자들이 천마성 사람일 거라고 생각했겠느냐? 만일 내가 그들을 만나지 못했다면, 어느 누구도 이 일에 천마성이 관련되었단 생각은 하지 못할 것이다."

"으음……."

일도는 깊은 신음을 흘렸다.

이미 은아주의 총명함을 너무나 잘 알고 있었다. 사불휘와 홍민에게 인정받은 그녀는 종려혜보다 뛰어나면 뛰어났지 못하지는 않을 것이다.

"하지만 왜 자미부인이 천마성과 손을 잡고 전 노야를 납치하겠습니까? 분명 그분들은 부부 사이인데……."

은아주는 좌우로 고개를 저었다.

"그 부분에 대해서는 나도 더 이상 모르겠다. 다만, 옥황성에 불만이 있던 그들이라면 천마성과 손을 잡을 수 있지 않겠느냐? 만일 전 노야가 남긴 서찰이 아니라면, 전 노야 스스로 사라졌다고도 생각할 수 있다. 그러나 그 일은 너무 크나큰 비약이고, 그저 자미부인이 주범이라면 이번 일은 흔적도 없이 할 수 있지 않겠느냐? 뭐니 뭐니 해도 그 둘은 부부 사이니까 말이다."

"알 수 없군요, 도저히 알 수 없군요. 왜! 자미부인이 이런 일을 합니까? 그렇게 사이가 좋아 보이던 분들이 무슨 이유로 이런 일을 벌인단 말입니까?"

털썩.

벌떡 일어났던 일도는 다시금 주저앉았다. 도저히 온몸을 잠식하는 허탈감을 참을 수 없었다.

"이건 내 생각이지만, 천마성에 찾아가도 전 노야를 볼 수 없을 것 같다. 그렇다면 자미부인과 함께 있는 전 노야의 신변에는 문제가 없을 것이다."

"정말 전 노야의 신변에 이상이 없을 것 같습니까?"

"없을 것이다. 그러니 너는 더 이상 천마성에 가지 않아도 될 것이다. 대신 너는 그보다 더 중요한 사문의 일을 해야 한다."

"예? 무슨 말입니까? 그럴 순 없습니다. 아무리 사문의 일이 중요하다 해도 사람의 목숨이 달린 일이 아닙니까? 지금이라도 당장 자미부인을 찾아 천도방으로 가겠습니다. 가서 전 노야의 행방을 찾아야 합니다. 그게 바로 제가 배워온 대의이며 정의입니다!"

일도는 이해할 수 없었다. 분명 사문의 일이 중요하지만 한 사람의 안전과 놓고 본다면 분명 무게가 후자 쪽으로 쏠리기 마련이다.

그러나 무슨 일인지 은아주는 완강했다. 거기다 언성까지 높여 일도에게 소리쳤다.

"사제!!"

지금 은아주의 눈빛은 일도의 눈빛보다 더욱 뜨거웠다.

"아무리 어려운 사람을 돕는 것이 대의며 정의라 하나, 사람이 근본을 따르는 것은 무엇보다 중요하다. 그러기에 네가 다른 일을 젖혀두고 어머니와 함께 있지 않느냐?"

"윽."

너무나 정곡을 찌르는 한마디에 일도는 입술을 깨물었다.

"너는 지금 너의 행동에 후회를 하느냐? 만일 내가 그렇게 떠났으면, 어찌 나를 만날 수 있을 것이며, 사백이 너에게 전한 이야기를 들을 수 있겠느냐?"

"사부님이요?"

사불휘의 이야기가 나오자 일도는 정신이 번쩍 들었다.

"그래, 원래 내가 이곳에 찾아온 것은 사백의 명을 완수하기 위함이었다. 그리고 그 일 후, 너를 찾아 다른 명을 전하려 했다. 한데 우리는 우연하게도 이곳에서 만날 수 있었다. 그렇다면 그것이 무엇을 뜻하겠느냐? 사문의 명을 우선으로 두란 하늘의 뜻이 아니고 무엇이겠느냐?"

이 순간 은아주는 장난기가 많은 사저가 아닌, 일문의 존장으로 탈바꿈되었다.

"사저… 죄송합니다. 제가 경솔했습니다."

일도는 자신의 잘못을 고개 숙여 사과했다.

언제부터인가 적화열염진기의 영향으로 성격이 점점 급하게 변해갔다. 지금도 일도는 단전에서 들끓는 뜨거운 기운에 곧이라도 뛰쳐나가고 싶은 충동을 느꼈다.

'사제, 나도 그 마음을 모르는 것은 아니다. 하나, 사백도 그 일로 인해 스스로 험지로 들어가셨다. 사백은 우리에게 있어 아버지와 같은 존재다. 그러니 그분이 재삼 재사 말씀하신 그 일을 빨리 이뤄 드리고 싶구나. 그렇기에 나는 사백의 이야기는 하지 않겠다. 그분의 능력이면 험지에 가더라도 괜찮을 것이다.'

은아주는 고개 숙이는 일도의 모습에 가슴이 아팠다. 하나, 내색은 하지 않고 계속해서 말을 이어나갔다.

"일도야… 분명 너의 그 마음과 생각은 틀린 것이 아니다. 하지만 사문이 우리에게 내린 명은 반드시 지켜져야 한다. 해서 나는 모든 것을 다 받아들이기로 했다. 그래서 명을 완수하는 과정에 다른 여인과 연을 맺게 된다 해도 이해할 것이다. 오히려 나는 사제가 여인을 버리는 사내가 되지 않기 바란다."

"사저……."

일도는 더욱 죄송한 마음이 깊어졌다.

"그리고 이 일은 너무 신경 쓰지 말거라. 내 스스로 바보사제를 혼자 감당한다는 것이 무리라는 것을 깨달았다. 그러니 앞으로도 그녀들에게 잘해주도록 하거라."

"사저!"

일도는 더 이상 참지 못하고, 은아주를 안았다. 이런 것이 그가 제일 좋아하는 은아주의 마음이고, 사랑이었다.

"그저 이 사저는… 내가 너무 나를 소홀히 하지 않는다면 그것으로 만족할 것이다."

"사저 무슨 말입니까? 사저야말로 저에게 첫사랑이라고, 앞으로도 계속될 사랑이니 절대 그럴 일은 없습니다."

그렇게 둘은 잠시 맞닿은 가슴을 통해 상대의 심장박동을 느꼈다. 백 마디의 말보다 더한 말들이 닿은 그곳을 통해서 상대에게 전해졌다.

그러나 그렇게 둘의 사랑을 음미하던 순간이 한 사람에 의해 깨어졌다.

"자… 이러고 있을 때가 아니다. 일단 만일을 위해서라도 당면한 일부터 처리해야 한다."

은아주는 말을 하며 일도를 밀어내기까지 했다.

"사저 잠시……."

일도는 그녀의 행동에 강한 아쉬움을 보였다.

"그렇게 아쉬워하지 않아도 된다. 내가 지금부터 들려줄 이야기는 바보사제에게 너무도 좋은 이야기니까."

"예?!'

"내가 이곳에 온 것은 사백의 명을 받아서이다. 그분은 이곳에서 두 명의 아름다운 낭자를 만나라 했다. 원래 사백과 나는 이곳에서 같이 그녀들을 만나려 했는데……."

은아주는 일도에게 사불휘의 일을 조금 바꿔서 이야기를 꺼냈다. 아무래도 그 일을 알면 일도가 조금보다 더 격하게 받아들일 수 있었다.

"사저! 사부님이 원앙곡을 나오셨습니까?"

"그래, 나와 같이 곡을 벗어난 사백은 따로 볼일이……."

"아니, 그것보다 언제 나오셨습니까? 혹시 원앙곡으로 찾아간 사람들을 만나지 못했습니까?"

일도는 계속해서 말을 끊으며 질문을 던졌다.

자꾸 그렇게 되자 은아주도 무언가 이상한 생각이 들었다.

“손님? 내가 곡을 떠나는 날까지 아무도 오지 않았다. 거기다 원앙곡에 찾아오는 자들이 없었거늘 너는 도대체 무슨 말을 하는 것이냐?”

“아…….”

일도는 허탈했다. 원래대로라면 은아주가 그보다 먼저 부모를 만나 지금 그곳에서 행복을 찾아야 했다.

“사저!”

“무슨 일이냐? 왠지 너를 보고 있으니 별로 좋지 않은 예감이…….”

“좋지 않은 예감이 아닙니다. 사저에게도 저처럼 그토록 갈망하던 하늘의 뜻이 내려진 것입니다.”

“……?”

하지만 은아주는 도통 일도의 말을 알아들을 수 없었다.

“사저! 원앙곡으로 찾아간 자들은 바로… 사저의 부모님에 대한 단서를 갖고 있는 사람들입니다!”

“뭐?! 사제… 그 말이 정말이야? 부모님? 나의 부모님을 찾았단 말이야?”

“예, 사저가 상향의 노 의원에 맡겨진 여자 아이가 확실하다면… 제가 만난 그분들이 바로 사저의 부모님입니다.”

“아…….”

일순 은아주의 머리 속은 하얗게 변해갔다.

“그리고 원앙곡으로 찾아갔던 두 분 중 한 분이 바로 사저를 노 의원에게 맡긴 분입니다. 그분은 저의 외조부로 사저의 부모님은 바로…….”

‘부모님… 부모님…….’

하나 이미 은아주의 머리 속에 이 세 자만 가득 차, 이어지는 이야기는 제대로 듣지도 못했다.

＊　　　　＊　　　　＊

“휴우……..”

깊은 한숨이 붉은 입술을 뒤덮었다.

분명 진아경의 시선은 연못 주변을 꾸민 노란 수선화에 가 있건만 무슨 일인지 그런 아름다운 경치에도 감흥 대신 시름이 느껴졌다.

“아름다움이란 눈으로 보는 것이 아니고, 마음으로 보는 것이구나. 꽃을 보면 이 무거운 마음이 가벼워질까 했더니 저 피어 있는 자태가 이리도 슬프게 느껴지다니……..”

철무린을 간호하다 잠시 무거운 마음을 날리려 했지만, 여전히 마문량이 남긴 말은 귓가에 맴돌았다.

“분명 오행정령화라면 고칠 수 있소. 하나, 철 낭자의 상세는… 길어야 한 달이오.”

분명 방법은 찾았지만, 그걸 할 수 있는 시간이 없었다.

“정말 언니는 이렇게 아무것도 알 수 없게 된 상태로 끝을 내야 한단 말인가?”

주르르륵.

그렇게 참아보려 했지만, 생각하는 것만으로 눈물을 참을 수 없었다.

“내가 이렇게 눈물이 많았던가?”

진아경은 왠지 불행한 운명의 철무린이 너무나 불쌍하다 여겨졌다.

부모가 있지만, 그 부모를 부정하며 자라온 자신이나 부모가 무엇인지도 알지 못한 채 자라온 철무린.

결국 둘은 같은 모습이었다.

과거에는 애정이 미움으로도 바뀌었지만, 그래도 아직 가슴 깊은 곳에는 그 감정이 사라지지 않았다.

"이대로 언니가 사라지면, 나는 견딜 수 없을 것이다. 비록 그녀는 나를 이용하고 속였지만, 그녀나 나나 둘 다 불행한 운명 아닌가? 거기다 이제 다시 집으로 돌아가고 싶지도 않다. 사 아저씨를 다시 보지 못하는 것이 아쉽지만, 차라리 그게 그분에게도 좋을 것이다. 떠나자! 가다가 끝날 운명이라면 거기서 언니와 함께 끝내는 것도 나쁘지 않다."

결론을 내리자 모든 것이 홀가분해졌다.

비록 그 종착지가 죽음이라도 그곳에는 혼자가 아닌 다른 자가 있었다.

"일단 언니 곁으로 가자."

그렇게 진아경이 철무린에게 돌아가려 결심할 때였다.

새롭게 연못가로 다가오는 기척이 느껴지며 말을 걸어오는 중년 여인의 음성이 있었다.

"사람이 있었군요."

"……?"

한데, 그 목소리를 듣는 순간 진아경은 무언가 친근함을 느꼈다.

그래서 혹시나 하는 심정으로 상대를 바라보았다.

"……."

얼굴을 보는 순간 진아경은 친근함의 정체를 알았다. 상대는 도저히 이곳에서 만날 것이라 생각하지 않은 사람이다.

"낭자도 수선화를 좋아하나요?"

나타난 여인은 유문영으로, 그녀는 면사로 인해 진아경을 알아보지 못했는지, 다시 한 번 친근하게 말을 건넸다.

"아……."

진아경은 결국 탄성을 터뜨렸다.

그러나 이미 반가움을 이기지 못한 그녀는 그대로 유문영의 품으로 파고들었다.

"이모님!"

"어?"

유문영은 갑작스레 안겨오는 여인에 놀란 표정을 지었다.

하나 면사가 사라지며 환하게 드러나는 얼굴로 인해 유문영도 상대를 확인할 수 있었다.

"너… 안 본 사이 몰라보게 달라졌구나."

이 순간 유문영은 그가 알던 진아경과 지금의 진아경이 다르다는 것을 깨달았다.

"흐윽!"

진아경은 다른 말은 하지 않고, 눈물을 뿌리며 유문영의 품속으로 파고들 뿐이다.

유문영은 잠시 의혹을 띠었으나, 곧 그걸 지우고 부드러운 음성으로 진아경을 달래 나갔다.

"정말… 너를 여기에서 만나다니… 옥황성이 아닌 이곳에서 만날 줄은 정말 꿈에도 몰랐다. 그런데 얼굴이 왜 이리 상했느냐? 혹시 무슨 안 좋은 일이라도 있더냐? 이곳이 의원이거늘… 어디 몸이 좋지 않은 것이냐?"

유문영은 손을 들어 상기된 진아경의 얼굴을 쓰다듬어 주었다.

그런 행동에 유문영의 슬픔을 더욱 커져만 갔다.

"흑흑! 이모님!"

"흐음……."

처음에 반가움인가 여겼던 유문영도 무엇을 눈치채고, 그저 조용히 부드럽게 그녀의 등을 쓰다듬어 주었다.

그렇게 둘은 잠시 만남의 회포를 푼 후, 진아경의 손에 이끌려 그녀가 머물고 있는 동편으로 향했다.

그렇게 동편의 한 조실에 다다랐을 때,

유문영은 자신이 머물던 곳보다 더 진한 약향이 맴도는 실내에 들어설 수 있었다.

그곳은 가려진 창으로 인해 어둠뿐이었지만, 진아경이 차양을 걷어내며 실내에 빛을 만들었다.

그러자 침상에 누워 있는 한 여인이 보였다. 그런데 보기에도 중병이란 것이 느껴질 정도로 여인의 안색은 너무나 창백했다.

"아경아, 이 낭자는……."

유문영은 궁금함에 질문을 던졌다.

그런데 진아경은 누워 있는 철무란을 보더니 벌써부터 눈물을 글썽였다.

"불쌍한 여인이에요. 지금까지 홀로 쓸쓸히 지내다 너무나 갑작스레 혼자가 아닌 사실을 깨달았죠. 하지만 그녀는 자라온 환경으로 인해 그것을 쉽게 받아들이지 못해요. 분명 모든 것을 깨닫고 받아들일 수 있는데, 불행히도 시간은 그것을 허락하지 않으려나 봐요. 흑."

진아경은 결국 차 오르는 슬픔을 참지 못하고 양손을 얼굴로 가져갔다.

유문영은 그 모습에 살며시 그녀를 끌어당겨 품에 안았다. 그리고 손으로 부드럽게 쓰다듬으며 그녀의 귓가에 조용히 속삭였다.

"아경아 무슨 일인지 모르지만, 나에게 다 이야기해 보거라. 슬픔이란 것은 속으로 감추면 감출수록 더욱 커다란 상처만 남기 마련이다. 그러니 어디 나에게 한번 이야기해 보려무나."

"이모님… 흑흑."

진아경은 부드러운 한마디에 더욱 서럽게 울었다.

어렸을 때는 이렇게 유문영이 진아경을 품에 자주 안아주었다. 늘 외로움에 슬픈 표정을 짓고 있는 어린아이가 안쓰러워 잃어버린 자식 생각에 이렇게 해주었다.

그러나 세월이 흘러 진아경이 철이 들면서부터는 슬픔을 부모에 대한 반항으로 표현해 유문영과의 사이도 잠시 소원해졌었다.

지금은 모두 각자의 슬픔을 덜어낸 후라 이렇게 예전으로 돌아갈 수 있었다.

"이모님, 언니가 너무나 불쌍해요, 아직 저렇게 젊고 아름다운데 죽음을 향해서 다가가야 한다니. 거기다 그녀는 지금까지 여자로서 느껴야 할 것은 하나도 느껴보지도 못하고 왜 죽어야 할까요?"

"아경아, 찬찬히 잘 이야기해 보거라. 듣기로 이곳 원주의 의술은 하늘도 놀랄 것이라 하던데, 그도 못 고치는 병이더냐?"

"원주도 못 고치는 병은 아니라 했어요. 하지만 언니에게 시간이 없어요. 분명 형산 천주봉에 있다는 오행정령화만 구할 수 있다면, 살아날 수 있는데, 언니에게 남은 기간은 한 달이 고작이에요. 결국 그 말은 못 고친다는 말과 무엇이 다르겠어요? 흑흑."

"잠깐! 지금 형산 천주봉이라 했느냐?!"

유문영은 진아경의 말에 무언가 머리 속을 스쳤다.

"예, 이모님. 혹시 방법을 아시나요?"

진아경은 강한 유문영의 말에 잠시 슬픔도 잊었다.

그러나 유문영은 얼마 전 일도와 나누었던 대화를 떠올리느라 답할 수 없었다.

"일도야. 지금 뭐 하는 것이냐?"

"치료하는 것입니다."

"아니… 치료라니? 네가 의술도 익히고 있었더냐?"

"예. 제가 잠시 잠마곡에 머문 적이 있습니다. 그때 운이 좋아 의술을 익힐 수 있었습니다."

"그런데 치료를 한다면서 내공을 주입하려고 하느냐? 이 어미는 지금 내상이 아니고, 외상을 입은 것 아니더냐?"

"하하하. 어머니, 오히려 저의 치료는 이렇게 해야 합니다. 제가 형산 천주봉에서 기연을 얻은 적이 있습니다. 오색을 띤 꽃의 화정을 취한 적이 있는데, 그 뒤로 몸에 신비한 다섯 가지 힘이 생겼습니다. 그중 녹목생령진기란 힘은 어떤 의술이나 영약보다 뛰어난 공능을 보여줍니다."

"정말 나로서는 너에게 직접 듣고도 그런 신비한 일이 있다는 것은 믿을 수 없구나."

"그럼, 잘 보십시오. 금방 아시게 될 것입니다."

그 뒤 그녀는 빠르게 건강을 찾아갔다. 아직 완벽히 아문 것은 아니지만, 외상도 거의 나은 상태였다. 해서 이렇게 몸을 움직여 산책을 할 수 있게 되지 않았던가.

"아경아, 가자!"

유문영은 결론이 내려지자 진아경을 이끌었다.

"이, 이모님."

"따라와 보면 아느니라. 인명은 재천이라 했다. 분명 우리가 이곳에서 만난 것은 다 그런 하늘의 뜻이 있었기에 가능하다고 본다."

그리고 그녀는 슬픔과 얼떨떨함이 교차되는 진아경을 이끌고 원래 머물던 거처로 향했다.

*   *   *

"사제… 혹시 나의 몸에 비도가 없으면 어떻게 되느냐?"

은아주는 그 사실이 너무나 두려웠다.

결국 이 사실 하나로 지금까지의 모든 이야기가 물거품이냐, 아니냐로 갈라질 수 있었다.

"반드시 있습니다."

"하지만 분명 그때… 그때는……."

하지만 이미 그녀는 일도와 하룻밤을 지낸 사이였다. 게다가 그때는 전혀 비도를 찾을 수 없었다.

"사저, 그때는 불을 껐습니다. 거기다 우리 둘 다 부끄러움에 다른 생각을 못하지 않았습니까? 그러니, 걱정하지 마십시오."

"두렵구나, 너무나 두렵구나. 사제, 나는 지금 너무나 두렵다."

"두려워하지 마십시오. 비도는 사저의 몸에 반드시 있습니다."

일도의 두 눈에 확신에 대한 강한 신념이 서렸다.

은아주는 그 눈빛 속에서 모든 불안이 가라앉는 것을 느꼈다.

"그러나 사실 나는 비도가 없기를 바란다."

"사저! 그게 무슨 소리입니까?"

은아주가 자꾸 나약해지자 일도는 조금 목청을 돋우었다.

"후후. 사제, 만일 나의 몸에 비도가 있다면 사백은 나의 아버지가 되지 않느냐?"

"예."

"만일 내가 사백의 딸이 되면, 사부님은 어떻게 되는 것이냐? 지금까지 고아라 여기고, 나를 이날까지 키워주신 사부님이 얼마나 충격이 크시겠느냐? 사제, 그럼 나는 어떻게 해야 될까?"

"그건……."

막상 입을 열려니 일도는 정말 답을 찾기 힘든 문제란 생각이 들었다. 이 상황에선 어디를 선택해도 정답이 아니게 되었다.

그 순간,

똑똑.

"일도야, 이야기는 끝이 났느냐? 아무래도 너의 도움이 필요할 것 같구나."

다행인지 그때 문밖에서 부르는 소리가 들렸다.

"어머니, 무슨 일이라도 있습니까?"

"일단 나와보거라. 나와서 직접 보고 듣는 것이 나을 것 같다."

"예."

일도는 밖을 향해 대답했다.

"그래, 일단 나가보자. 이 문제는 잠시 마음의 준비가 필요할 것 같다."

은아주는 슬픈 표정을 풀었다.

일도는 딱히 뭐라 대꾸할 수 없었다. 하지만 그건 어디까지나 은아주의 문제로, 강요할 수 없는 부분이었다. 그래서 더 이상 말을 하지 않고 일단 유문영의 부름을 따랐다.

그러자 밖에 있던 둘이 일도를 바라보았다.

일도는 유문영이 외에 한 사람이 더 있다는 것을 알았다. 무슨 일인가 이상함을 느끼다 상대의 얼굴을 확인하는데, 그 얼굴을 보는 순간 자신도 모르게 한마디를 던졌다.

"어찌! 당신이 이런 곳에……."

"당신은 바로……."

그건 진아경도 마찬가지로 둘은 서로를 확인하고 놀라고 말았다.

그리고 뒤늦게 나온 은아주도 상대가 진아경이란 사실을 알고 놀란 표정을 지었다.

오직 이 상황을 모르는 유문영만이 일도와 진아경을 보고 이상함을 느낄 뿐이었다.

"두 번째인가요?"

먼저 정신을 차린 쪽은 진아경이었다.

왠지 일도의 얼굴을 본 순간 예전 뺨을 맞을 때의 기억이 새삼스레 뇌리를 스쳤다.

"으음… 정말 낭자를 이곳에서 볼 거라 생각도 못했소. 더욱이 어머니와 함께 같이 오다니……."

"어머니? 이모님이 어찌 당신의 어머니인가요?"

진아경의 눈에 놀람이 스쳤다.

그런데 일도는 그녀에게서 묘한 괴리감을 느꼈다. 얼굴은 진아경 그대로인데, 무언가 그녀가 아닌 듯했다.

"너희 둘… 서로 아는 사이였더냐?"

결국 둘의 사이를 이상하게 보던 유문영이 입을 열었다.

"예, 과거 몇 번 본 적이 있습니다."

일도는 묘한 괴리감까지 더해지자 별 표정이 좋아지지 않았다. 여하튼 진아경이 일도에게 준 기억은 썩 좋은 것이 없었다.

"그렇다면 잘 되었구나. 일도야, 아무래도 네가 아경이에게 도움을 주어야 할 것 같다."

"예?"

일도의 시선이 진아경의 얼굴에 날아들었다.

그런데 일도의 표정을 보던 진아경은 씁쓸한 표정을 지었다.

"공자는 아직 나에 대한 인상이 그대로 남아 있나 보군요."

"잊을 수 없소. 특히, 낭자가 천도방에서 남궁 형에게 한 행동은 절대 잊을 수 없소."

"그러나 공자도 그 당시 저의 뺨을 때리지 않았던가요?"

"그 일에 대해 말을 하고 싶다면, 나는 분명 필요한 일을 했다고 생각하오. 낭자가 했던 말, 한 사람을 모욕하는 것을 떠나, 가문과 존장까지 욕 보였소. 게다가 고귀한 부모 자식 간의 관계조차 우습게 보았소. 그런 낭자에게 그 정도의 일이라면, 오히려 뺨 한 대로 끝난 것은 과분한 일이오."

일전에는 풍운장주로 있었기에 이 말을 아꼈다. 하지만 지금은 달랐다.

"이……."

그 한마디에 진아경의 눈꼬리가 파르르 떨렸다. 변했다고는 하나 그 당시 일은 너무나 강하게 남아 그녀의 머리 속을 맴돌았다.

하지만,

"휴우……."

진아경은 깊은 한숨을 쉬었다. 그리고 천천히 일도를 향해 허리를 숙였다.

"그때 일은 정말 죄송하게 생각해요. 분명 그 당시 저는 이모님에게까지 모욕되는 언사를 사용했어요. 이모님, 공자, 제가 이렇게 사과를 드릴게요."

"……!"

"……!"

일도는 그녀의 행동에 너무 놀랐고, 유문영 또한 일도와 다르지 않은 의미로 놀랐다.

장내는 일순 잠시지만 침묵에 빠졌다.

진아경을 알고 있는 자들이라면 그녀의 성격이 어떤지 다들 잘 알고 있었다. 옥황성의 무남독녀로 자라나 자신보다 못한 자들은 무시하고, 우습게 알았다. 그런데 그녀가 다른 자에게 고개를 숙이다니, 보지 않고는 믿을 수 없는 일이었다.

대신 지금까지 침묵을 지키던 은아주가 입을 열었다.

"사제, 언제까지 여인이 고개를 숙이게 만들 것이냐? 어서 빨리 사과를 받아줘라."

하나, 일도는 그녀의 말이 아니라도 용서를 해줄 마음이었다. 뒤늦게라도 잘못을 인정할 줄 알면 그보다 나은 것은 없었다.

"지금 이 시간 이후로 그 일은 잊겠소."

"고마워요, 공자. 이모님, 감사해요."

진아경은 일도 외에 유문영에게도 감사를 전했다.

유문영은 진아경의 말에 편안한 미소를 보여주었다.

"나는 그사이 일을 잘 모르니 신경 쓰지 마라. 나는 오히려 아경이의 달라진 모습을 보니 그것만으로 흡족하구나. 그러니 이제 지난 일은 다 잊고, 지금의 일을 생각하도록 하자. 자, 그 이야기를 해보거라."

"예."

진아경이 대답을 하고, 그때 일도가 다시 이야기에 끼어들었다.

"어머니, 그 이야기라니 무슨 이야기입니까?"

"그 이야기는 내가 아닌 아경이에게 직접 듣는 게 나을 것이다."

유문영은 대화에서 한발 물러났다.

일도는 의문의 시선을 진아경에게 보냈다.

"……?"

"공자, 기억하시나요? 천도방에서 저와 같이 있던 은발의 귀공자를 말이에요."

"기억하오. 그런데 그의 이야기를 왜 꺼내는 것이오?"

일도는 풍운장의 호법으로 있을 무린의 이야기가 나오자 조금 의아한 생각이 들었다.

"지금 그가 이곳에 있어요."

"뭣이오?!"

"지금 그는 이곳에 있는 것은 물론, 하루하루 죽어갈 날을 기다리고 있어요."

"아니, 그게 무슨 말이오. 풍운장에 있을 그가 왜 이곳에 있단 말이오? 거기다 갑자기 그가 왜 죽는단 말이오?"

"공자도 그가 풍운장에 있었단 사실을 알고 있군요. 원래대로라면 그는 풍운장에 있어야지요. 한데 실상 그가 풍운장에 몸을 숨긴 것은 옥황성 때문이었어요. 그러다 다시금 옥황성으로 인해 이곳까지 쫓겨왔죠. 그리고 그 일로 그는 상처를 크게 입어 죽어가고 있어요."

말끝에 진아경의 눈에 습기가 차 올랐다.

"도대체 왜 갑자기 일이 이렇게……."

일도는 이 모든 이야기가 뜬구름 잡는다 여겨졌다.

풍운장을 떠나오는 그날도 멀쩡한 사람이 왜 이 먼 곳까지 와서 죽어

간단 말인가?

하나 일단은 상대가 보인 눈물의 의미를 확인하는 것이 먼저였다.

"낭자, 그보다 나의 도움이 필요하다고 그랬소?"

"예. 들기로 공자가 형산 천주봉에서 이무기가 지키던 오색정령화의 화정을 얻었다고 하던데, 정말인가요?"

간절한 빛이 진아경의 두 눈에 담겼다.

하나 일도로서는 금방 생각이 나지 않았다. 그런데,

"아! 혹시 화정이라는 것이 꽃 속에 담겨 있던 청, 적, 황, 백, 흑색을 띠던 빛의 구슬을 말하는 것이오?"

"마, 맞아요!"

결국 맺혀 있던 눈물이 양 볼을 타고 흘러내렸다.

"그런데 진 낭자, 진 낭자가 필요한 것이 바로 그 화정이오?"

"예, 그거예요. 원주께서 그거면 언니의 병을 분명 고칠 수 있다고 했어요."

진아경은 너무 기쁜 마음에 지금까지 사용하지 않았던 언니란 말을 꺼냈다.

일도는 그 말을 듣지 못했는지 심각한 표정으로 다시 한 번 물었다.

"정말 필요한 것이 그것이오?"

"예."

"음… 그것을 말하는 것이라면, 나에겐 없소. 이미 그걸 얻는 당시 내가 복용하고 말았소."

"아……."

진아경은 그 한마디에 그대로 바닥으로 무너졌다.

"아경아!"

유문영은 그 모습에 얼른 그녀를 받쳐 안았다.

"하지만 말이오."

그러나 일도의 말은 거기서 끝난 것이 아니었다.

뒤이어 이어지는 일도의 말에 모든 사람의 시선이 몰렸다.

이 순간 일도의 눈에는 무언가에 대한 확신으로 강하게 타오르기 시작했다.

"화정으로 고쳐지는 병이라면 분명 고칠 수 있을 것이오."

＊　　　＊　　　＊

"으음……."

급하게 연락을 받고 온 마문량의 시선은 지금 한편에 엎어진 약사발에 놓였다. 또다시 아까운 대원호원탕만 속절없이 사라졌다.

"원주의 고마움은 알지만, 나는 더 이상 살고 싶은 마음이 없소. 그러니 이대로 나를 내버려 두시오."

철무린은 시선을 피한 채, 무뚝뚝하게 입을 열었다.

하나, 마문량은 그 말에 대꾸도 없이 한편에 서 있던 젊은 의생에게 말을 전했다.

"연백이에게 호원대온탕을 다시 준비하라고 일러라."

"예."

대답과 함께 의생은 빠르게 물러났다.

"철 낭자, 의원의 능력이 아무리 뛰어나도 살려고 하는 의지가 없는 환자는 살릴 수 없소."

"그럼, 오히려 잘 되었소. 그냥 나를 내버려 두시오. 사문의 명도 완수하지 못한 죄인이오. 게다가 몸까지 이 모양이 된 마당에 살아서 무엇을 한단 말이오?"

“하나, 철 낭자가 살기를 간절히 바라는 사람이 있소.”

“후후후, 변황을 호령하던 내가 이런 값싼 동정을 받다니…….”

철무린은 마문량의 간절한 한마디에도 쓸쓸히 웃음만 흘렸다.

“철 낭자, 금방 탕약을 준비해 오겠으니 기다리시오. 그리고 다음번에
는 거부할 수 없게 강제로라도 먹일 테니 나를 원망 마시오.”

의원의 고집인가? 마문량은 강압적인 한마디를 하고, 그대로 물러나
려 했다.

“언니!”

실내로 철무린을 부르며 진아경이 뛰어들어 왔다.

그 뒤로 유문영과 은아주가 뒤따랐고 일도는 얼핏 들었던 ‘언니’ 란
말을 신경이 쓰여 조금 늦게 들어섰다.

“진 낭자, 어디 갔었소?”

마문량은 그녀의 등장을 반겼다.

“왜 무슨 일이라도 있었나요?”

“저길 보시오.”

마문량의 손이 엎어진 사발을 가리켰다.

“이건?”

“벌써 세 번째요. 낭자라도 있었으면, 일이 이렇게 되지는 않았을 것
을… 부디 다음에 가져오는 약은 진 낭자가 책임지고 먹여주시오.”

“예…….”

진아경이 대답을 하며 바라보니, 철무린은 두 눈을 감고, 고개를 벽 쪽
으로 돌려 누운 채 이쪽을 바라보지도 않았다.

해서 진아경은 일단 그녀의 시선을 돌리려 말을 꺼냈다.

“누가 왔는지 보세요. 일전에 언니도 만난 적이 있는 분을 모시고 왔
어요.”

"……."

하나 여전히 철무린은 요지부동이었다.

대신 들어선 자들을 보던 마문량이 입을 열었다.

"원래 아는 사이였소?"

"예, 오늘 우연히 수선화가 있는 연못까지 갔다가 만났어요. 그동안 언니 곁에만 있어 몰랐는데, 저분들도 이곳에서 있더군요."

"음……."

마문량의 눈에 불안이 떠올랐다. 원래 이것을 피하려고 서로 거리를 두었는데, 천마성과 옥황성… 위험할 수 있는 관계였다.

"내가 한번 보겠소."

일도는 더 이상 기다리기 뭐해 직접 움직였다.

"공자가 무얼 본다고……."

"마 원주 놔두세요. 그는 형산 천주봉에서 오행정령화를 얻었다고 하더군요. 그래서 이곳까지 모셔온 거예요."

"뭣이오? 정말, 저 공자가 정말 오행정령화를 얻었다고 했소?"

마문량은 놀랐다.

전설로만 전해지는 영물. 그도 진아경에게 그 이야기를 했지만, 실상 그것에 대해서는 반신반의했다. 한데,

일도는 누워 있는 철무린의 곁에 다가가 그녀를 살폈다.

'음…….'

일도는 자신도 모르게 무거운 신음을 삼켰다. 약간 초췌한 모습만 제외하고는 영락없는 풍운장에 있던 철무린이었다.

"무 형… 나를 기억하시겠소?"

"……."

철무린의 몸이 조금 떨렸다. 그러나 그녀는 움직이지 않았다.

"무 형, 풍운장에 있어야 할 당신이 이곳에 있다니……."

하지만 여전히 철무린은 조금도 움직일 기미가 보이지 않았다. 해서 다른 자들을 바라보며 말을 꺼냈다.

"자리를 비켜주시겠소? 일단은 그와 이야기를 좀 나눠야 할 것 같소."

"할 수 있겠느냐?"

유문영이 물어왔다.

"직접 진맥을 해본 것은 아니지만 만일 화정의 힘이 필요한 것이라면, 제가 어떻게 해볼 수 있을 것입니다."

"공자… 의술을 익혔소? 그보다 오행정령화의 화정을 얻었다는 말이 진실이오?"

마문량은 아직 그 말을 믿기 힘들었다.

"뛰어나다 할 수 없지만, 예전 사유설이라는 분을 통해 의술을 배울 수 있었소. 그리고 형산 천주봉의 흑린독망이 지키던 것이 그거라면, 분명히 나는 그것을 얻었소."

"지금… 사유설이라고 했소?"

"원주께서 그분을 아시오?"

"허허, 어찌 노부가 그 이름을 모르겠소? 과거 마중성녀(魔中聖女)라 불리며, 천부적인 의술로 다른 의원들 사이에서도 신의라 존경받던 여인이오. 그녀가 사라진 지 이미 이십여 년이 흘렀거늘. 그의 후인이라니… 허허허. 이거 노부가 큰 실수를 한 것 같소. 그럼 이만, 나는 물러나겠소."

마문량은 만족한 얼굴로 물러났다. 아마 천마칠룡과 같이 온 일도라면 분명 그 말이 거짓은 아니란 생각을 했다.

"그럼, 사제에게 모든 것을 맡기고 잠시 물러나죠. 경황이 없어 제대로 이야기도 못했으니, 그가 올 때가지 기다리는 것이 어떤가요? 어, 어머님."

“호호. 그래요. 아경아 이 이모를 믿는다면, 일도를 한번 믿어보자꾸나.”

“예… 이모님.”

“그럼 가요, 은 낭자.”

유문영은 어머니란 소리에 기분이 흡족한지 웃으며 은아주를 이끌었다.

은아주는 잠시 일도의 모습을 보다 유문영의 뒤를 따랐다.

그리고 마지막으로 진아경이 떠나기 전, 그녀는 일도를 향해 한마디를 남겼다.

“공자, 잘 부탁드릴게요. 그리고 부디… 너무 놀라지 마세요. 그럼.”

그러며 진아경도 떠났다.

“……?”

일도는 그녀의 말에 잠시 의문을 느꼈지만, 당면한 상황에 금방 지워 버렸다.

모두 떠나가고, 철무린과 둘만 남은 공간.

쏟아진 약향만 주변을 떠다니며 무겁게 가라앉은 공기로 인해 누구 하나 먼저 입을 열지 않았다.

하나, 일도는 일단 그녀의 상세도 상세지만 중요한 것이 있었다.

“무 형, 도대체 어쩌다 이렇게 되었소. 분명 형장은 풍운장에 있어야 하거늘. 왜 이 먼 곳까지 와서 이 지경이 된 것이오?”

“…….”

“설마… 풍운장에 무슨 일이 생긴 것이오? 그런 이유로 이곳까지 도망쳐 온 것이오? 말 좀 해주시오!”

일도는 그를 보는 순간, 풍운장의 일이 걱정되어 언성을 조금 높이고 말았다.

그리고 그 순간 나직하나마 철무린의 입이 열렸다.

"그걸 왜 나한테 묻는 것이오? 그 일이라면, 풍운장주인 그대가 나보다 더 잘 알고 있어야 하지 않소?"

"……!"

"후후후. 새삼스레 놀라는 표정이라니, 설마 면사 따위로 얼굴을 가리면, 내가 그것을 모를 것이라 생각했소?"

철무린의 두 눈빛이 놀람을 참지 못한 일도의 눈 깊은 곳을 파고들었다.

"알고 있으면서도 가만히 있던 이유가 무엇이오?"

"그렇게 묻는 것을 보니 아직 나에 대해서 하나도 모르는 것 같소. 그렇다면, 이야기해 봐야 소용없소. 피곤하니 돌아가시오."

철무린은 다신 눈을 감으며 일도와의 이야기를 끝내려 했다.

"좋소. 그럼, 그것은 되었고 하나만 대답해 주시오. 혹시 풍운장에 무슨 일이라도 생겼소? 그래서 무 형이 이렇게 된 것이오?"

"……."

하나 일도는 상대의 묵묵무답에도 물러나지 않고, 그대로 기다렸다.

그렇게 얼마나 흘렀을까? 얼굴에 이는 시선이 따가웠는지 철무린의 눈이 뜨였다.

"좋소! 내 지금 모습과 풍운장은 관계없소. 그러니 이제 돌아가시오. 정말 나는 누군가와 이렇게 떠들고 싶지 않으니, 나를 혼자 좀 내버려 두시오!"

결국 신경질적인 음성을 터뜨린 후 철무린은 이불을 얼굴까지 끌어올렸다.

그러나 오히려 그 한마디에 일도의 얼굴 표정이 풀어졌다.

"그럼, 내 볼일은 다 끝났으니 실례하겠소."

일도는 상대의 대답도 기다리지 않고, 그대로 이불 밖으로 드러난 철무린의 손을 잡았다.

"뭐 하는 것이오?"

"무 형을 치료하려 하오."

"치우시오. 내 몸은 내가 잘 아오. 내 상태는 절대 나을 수 없소. 그러니 신경 쓰지 마시오."

철무린은 손을 빼내려 자신의 팔을 비틀었다.

하나, 이미 내공이 사라진 몸은 그 어떤 몸부림을 쳐도 한 번 채워진 족쇄를 벗어나지 못하게 했다.

"놔! 놓으란 말이야!"

급기야 몸부림만으로는 안 된다 여겼는지 철무린이 상체를 일으켜 일도를 밀어내려 했다.

"조금 무례를 범하겠소."

일도는 철무린의 난리에도 그대로 진맥을 살피며, 몸부림을 못 치게 한 손을 들어 가슴을 눌렀다.

물컹.

"……?!"

"……!"

일순 둘은 각자가 느끼는 감각에 그대로 굳어버렸다.

그리고 잠시 간의 정적 후,

"억!"

먼저 정신을 차린 일도가 신음과 함께 뒤로 물러났다. 그의 눈은 지금 생각지도 못한 사실에 두 눈마저 크게 뜨여졌다.

잠시간의 놀람은 놀람일 뿐, 정신을 차린 철무린은 담담한 기색으로 잠깐 동안의 소요로 흐트러진 의복을 추슬렀다.

"무례는 탓하지 않겠으니 이제 물러가 주시오."

그리고 다시금 철무린은 침상에 누워 눈을 감아버렸다.

하지만 일도는 아직 제정신으로 돌아오지 않았다.

'이게 무슨 일인가? 설마… 내가 꿈을 꾸고 있는가? 무 형의 가슴이…
가슴이…….'

일도는 손을 오므려 보니, 아직 부드럽고 물컹한 감촉이 그대로 남아
있었다.

해서 꿈이라고 하기에는 무리가 있었다. 그렇다고 받아들이기에도 어
려운 일이었다.

그렇게 일도가 잠시 무얼해야 될지 방향을 잡지 못할 때, 다행히도 진
아경이 떠나며 남긴 한마디가 떠올랐단 것이다.

"부디… 너무 놀라지 마세요."

'서… 설마 진 낭자는 이것을 염두해 두고 한 말인가? 그렇다면, 내가
들었던 언니란 말은…….'

그제야 모든 것이 하나로 연결되었다.

하나, 그렇게 결론이 내려졌다고 이 모든 순간이 좋아지는 것은 아니
었다.

실내는 처음보다 더한 침묵에 빠져들며 그저 두 사람이 조용히 내쉬는
숨소리만 맴돌았다.

"나의 정체는 극비였소. 더욱이 나는 명을 받고 온 몸. 한데 그 명도
완수하지 못하고 이렇게 되었소. 더욱이 갑자기 생긴 아버지란 자는 내
가 배척해야 하는 중원인이라니… 나는 뭐가 뭔지 모를 정도로 혼란스럽
소. 그러니 제발 나를 내버려 두시오. 부탁이오."

철무린의 음성은 무척이나 여리게 흘러나왔다.

지금까지 묵갑 속에 모든 것을 숨기고, 한번도 드러내지 못한 것을 이렇게 드러내 놓았다. 그만큼 그는 지금 모든 것이 혼란스러웠다.

일도는 그 한마디에 오히려 그녀의 곁으로 다가갔다.

"정말! 왜 이리… 윽!"

그녀가 소리치기 직전, 그보다 먼저 일도는 강하게 그녀를 끌어안았다.

"근심은 마음에서 오는 것이지, 육신에서 오는 것이 아니오. 마음에 근심이 있다고 육신을 죽이는 것은 소인이나 하는 짓이오. 일단 살겠다는 생각을 하시오. 그러면, 내 최선을 다해 무 형의 몸을 원래대로 돌려주겠으니 혼란은 그 다음에 생각하시오."

일도의 진심은 강하게 뛰는 심장박동과 더해져 마주한 철무린의 가슴에도 그대로 파고들었다.

쿵쾅. 쿵쾅.

'원래 심장이란 것이 이렇게 힘차게 뛰는 것인가?

철무린은 지금까지 이런 경험을 하지 못했다.

지금까지의 삶이란, 그저 포달랍궁의 손에 의해 휘둘러지는 한 자루의 보검이 전부라 가슴이 뛸 일도 없고 그런 경험을 할 순간도 없었다.

그런데 이 순간 가슴을 통해 전해지는 느낌이 점점 멈춰 가는 그녀의 심장박동을 깨워 나갔다.

"나는… 어쩔 수 없는 상태라 들었소. 거기다 앞으로 남은 생명도 길어야 한 달. 장주의 그 마음은 알겠지만, 무리요."

철무린은 지난날, 고통 속에서도 마문량과 진아경의 말을 똑똑히 기억하고 있었다. 해서, 그녀는 그런 희망을 애초부터 품지 않았다.

"후후후. 그런 것은 걱정하지 마시오. 애초부터 하지 못할 일이라면 말을 하지도 않았소."

일도는 품에서 그녀를 떼어내 강한 눈빛으로 그녀를 직시했다.

그 눈빛에 철무린의 가슴은 점점 빠르게 뛰어갔다.

"저, 정말 방법이 있는 것이오?"

"그렇소. 그전에 하나만 결심해 주시오."

"……?"

"만일 원래대로 돌아온다면, 그 말투를 고쳐 주지 않겠소?"

"말투라니……."

"하하하. 왠지 무 형의 정체를… 아니, 이제 무 낭자라고 해야겠소. 여하튼 무 낭자의 정체를 알고, 그 말투를 들으려니 무척 이상하오. 어차피 무 낭자의 병이 고쳐진다면, 다시 태어나는 것이 아니겠소? 그렇다면 앞으로 여성의 말투를 사용해 주시오."

일도는 자기가 말을 해놓고도 잠시 멋쩍음에 뒷머리를 긁적거렸다.

"으음……."

철무린은 그 말에 왠지 양 볼이 화끈 달아오는 느낌이 들었다. 지금까지 살아오며 한번도 여인의 말투를 사용할 것이란 생각을 해본 적이 없었다.

그러나,

"아, 알겠소. 내 최대한 노력해 보겠소."

결국 이 말을 끝으로 붉게 물들어갔다.

"하하하. 좋소. 그럼, 당장 시작합시다. 일단 결과부좌를 트시오."

"결과부자라니?"

"그게 바로 내 치료 방법이오."

일도의 말에 철무린은 자세를 움직여 결과부좌를 만들었다.

그리고 둘은 마주앉은 상태가 되어 서로의 손바닥을 맞대었다.

"그럼, 눈을 감고 호흡을 가다듬으시오. 어떤 힘이 작용한다 해도 절대 거부하거나 대응하려 하지 마시오. 그저 기가 흐르는 대로 몸을 맡기시오."

끄덕끄덕.

철무린의 행동을 끝으로 본격적인 치료에 들어갔다.

'녹목생령진기.'

일도는 단전에 있는 기운 중 생령을 북돋우고, 활력을 키우는 녹목생령진기를 끌어올렸다.

이미 여러 번 그 효능을 보았고, 심지어는 오랜 시간 치유되지 않던 용리연의 광증마저 걷어버렸다.

모든 것을 치료할 수 있는 그 기운이라면 한 달이란 시한부 생명인 철무린마저 구할 수 있을 것이다.

"음……."

철무린은 장심을 통해 들어오는 기운에 신음을 토했다.

상쾌하게 전신을 감싸는 느낌은 영약에 몸을 담근 것처럼 그동안 피폐해진 신체에 서서히 생기를 불어넣었다.

그리고 시간이 흘러감에 따라 점점 두 사람의 몸에서는 열기가 발산되기 시작되었다.

'응?'

일도는 계속해서 녹목생령진기를 불어넣은 과정에 점점 무언가 이상함을 느꼈다.

기이하게 맞닿은 장심이 점점 뜨거워졌다. 처음에는 그냥 서로 간의 온기로 인해 그러려니 했는데, 이게 시간이 지나면서 점점 아니란 생각이 들었다.

해서 일도는 감았던 눈을 뜨고, 정면에 있는 철무린을 살폈다.

현재 철무린의 얼굴은 붉은빛을 띠었다. 더욱이 이마에 조금씩 맺혀가는 땀방울과 피부로 다가오는 그녀의 숨결이 마치 열병에라도 걸린 사람과 같았다.

"으윽!"

더욱이 참기 힘든지 철무린은 신음을 토했다.

'무슨 일인가? 분명 녹목생령진기에 무 낭자의 육신이 깨어나는데, 이 기이한 열기는 무슨 이유란 말인가?'

잠시간의 진맥으론 장기가 크게 상했다는 것을 느꼈을 뿐, 그 다음을 살피기에는 작은 소동으로 무산되었다.

한데, 아무래도 일도는 자신이 놓친 것이 있다는 생각이 들었다.

"으윽! 흐윽!"

점점 참기 힘든지 철무린의 신음은 계속해서 흘러나왔다.

치이이익—

계속해서 올라가는 열기는 두 사람의 몸에 흘러나오는 땀방울까지 점점 하나의 수증기로 만들어갔다.

'점점 반응이 강렬해진다.'

손바닥을 자극하는 열기가 이제 슬슬 거꾸로 일도의 몸까지 파고드는 느낌이 들었다.

마치 열기가 녹목생령진기를 자양분 삼아 점점 그 기세를 넓혀가는 듯했다.

"음……."

결국 일도의 입에서도 신음이 흘렀다.

그렇다고 여기서 멈추기에는 철무린의 상세는 이대로 최악으로 치달릴 위험이 있었다.

'차라리 내게 전해지게 하자. 지금 열기가 녹목생령진기에 반응을 하니 기를 더욱 늘려 나에게 유도하자.'

일단 결론을 내리자 일도는 단전에 넘치는 기운을 다시금 강하게 끌어올렸다.

그러자 혈맥이 급격하게 팽창하는 느낌과 함께 대량의 녹목생령진기가 빠르게 철무린에게로 전해졌다.

"흑, 흐윽! 흑!"

견디기 힘든지 철무린의 신음 소리가 계속해서 높아져만 갔다.

"으윽!"

그와 더불어 일도에게 넘어오는 열기도 점점 거세게 타올랐다. 처음에는 열기가 이제는 하나의 기류가 되어 살아서 움직이는 것처럼 일도의 몸을 파고들었다.

게다가 무슨 일인지 움직이지 않으려는 새로운 기운이 단전에서 꿈틀거렸다.

'이… 이건… 적화열염진기!'

슈아아아아—

일도의 전신에서 뜨거운 열기가 확 솟구쳤다.

적화열염진기는 녹목생령진기의 뒤를 따라 그대로 외부에서 침입에 오는 열기에 대응해 갔다.

"아악!"

결국 참지 못하고 철무린의 비명이 크게 터졌다.

'이… 무슨 조화인가?'

일도의 얼굴도 점점 고통에 일그러지며 어떻게든 이 상황을 돌리려 했다.

쿠오오오오—

점점 열기는 실내에 뜨거운 기운을 불어넣으며 점점 주변으로 그 힘을 과시하려 했다.

드드. 드드득.

집기들이 요동치고, 열기에 닿은 물건들 중에서는 검게 타 들어가는 것도 있었다.

'이대로는 방법을 찾아야 한다. 크윽!'

일도로서도 양쪽으로 가해지는 기운에 점점 견디기 힘들었다.

하지만 그렇다고 여기서 멈출 수 없었다. 이대로 멈추면, 그 여파는 고스란히 철무린에게로 향하게 될 것이다.

으득.

일도는 정신을 차리려 혀끝을 이 사이에 끼고 힘껏 깨물었다.

"큭!"

고통은 일순 일도의 정신을 일깨웠다.

'방법을 찾아야 한다. 맨 처음 녹목생령진기를 시전하자 점점 화기가 강해지기 시작했다. 그리고 녹목생령진기를 더욱 강하게 키우자 화기는 강해지고… 설마?'

일순 일도의 머리를 지나가는 생각이 있었다.

오행의 상생에 관한 원리.

목생화(木生火)!

'그래! 목(木)은 화(火)를 키운다. 그렇다면 이 모든 상황은 내가 녹목생령진기를 일으켜 벌어진 일. 방법은… 수극화(水剋火)!'

이 상태로 녹목생령진기를 걷어들일 수 없으니, 화기를 잠재우는 방법은 화정오색진기 중 백수한빙진기(白水寒氷眞氣)를 움직이는 것이었다.

그리고 수(水)를 일으키는 기운은 바로 금(金), 흑철금강진기(黑鐵金剛眞氣)를 크게 일으키면 가능할지 모른다.

'되든 안 되든 해보는 거다. 여기서 멈추면, 이대로 두 사람 다 죽음의 문턱을 넘을 수밖에 없다.'

일도는 다시 한 번 혀끝을 깨물어 정신을 일깨우고 현재 일으키는 기운 외에 또 다른 기운인 흑철금강진기를 끌어올렸다.

대부분 피부에 흡수되었지만, 장기를 보호하려는 기운은 단전에 남아 있었다.

'제발 움직여라. 제발……'

일도는 속으로 몇 번이고, 꿈쩍 않는 기운을 움직여 갔다.

정신이 몽롱해지면 혀를 깨물고, 계속해서 움직이는 기운 외에도 새로운 기운을 쫓았다.

'움직여라!'

일도는 계속해서 정신을 집중했다.

호월을 사용할 때가 아니면 쓰지 않는 일념통암공까지 끌어올려 계속해서 흑철금강진기를 움직였다.

꿈틀.

그 순간 일도는 작지만 미약한 기운이 움직이는 것을 느꼈다.

'좋아. 이대로 전신으로 보내는 거다.'

그렇게 되자 정신을 더욱 집중시켜서 그 기운을 점점 밖으로 끌어냈다. 그러자 그 기운은 혈맥을 돌면서 화기로 재가 되어버릴 것 같은 장기를 보호해 나갔다.

그리고,

'이건?!'

그 뒤를 따라 움직이는 서늘한 기운.

금생수(金生水)의 원리가 실현되며 활발해지는 흑철금강진기를 따라 지금껏 느껴보지 않은 백수한빙진기가 움직였다.

일도는 처음으로 느껴본 그 기운을 점점 끌어냈다.

'이제부터가 시작이다.'

일도는 점점 백수한빙진기를 끌어내 미친 듯 기승을 부리는 화기를 잠재워 갔다.

이미 담소를 위한 차는 식은 지 오래였다.

달그락.

불안감을 감추지 못한 것인가? 진아경은 버릇처럼 찻잔을 만지작거렸다.

"불안하느냐?"

유문영은 그 모습이 보기 안쓰러워 한마디를 던졌다.

"예에……."

"잘 될 것이다. 그리고 믿음이 강해야 그것이 이루어진다. 나도 이미 그 믿음을 보았기에 더욱 확실히 알고 있다. 그러니 우리 그 아이를 믿어보자꾸나."

"예에……."

대답을 하긴 했으나, 진아경의 얼굴에는 아직 불안이 떠나지 않았다.

그 모습에 유문영은 한마디를 더하려다 그냥 입을 다물었다. 아무래도 지금은 어떤 말도 들리지 않을 듯 보였다.

결국 침묵을 깨려던 노력은 또다시 원점으로 돌아갔다.

잠시 둘의 얼굴을 보던 은아주는 내심 결정을 내렸다.

'지금이 때인지도.'

원래 일도가 오고 나서 하려던 이야기였다.

"진 낭자라고 하셨나요?"

"예."

"우리 아직 정식으로 인사를 나누지 못한 것 같은데, 인사나 하죠. 내 이름은 은아주예요."

은아주는 가볍게 고개를 숙였다.

"진아경예요."

살짝 고개를 숙였지만, 진아경은 은아주에게 별로 관심을 보이는 모습은 아니었다.

하나, 사불휘의 부탁을 실행하기 위해 은아주는 여기서 물러설 수 없었다.

"진 낭자는… 옥황성 사람이죠?"

"……?!"

관심없어 보이던 진아경의 눈이 크게 뜨였다.

그건 한편에서 그녀들을 지켜보던 유문영도 마찬가지였다. 아직 서로 간에 이야기도 하지 않았는데…….

"그렇게 놀랄 필요 없어요. 저는 이미 오기 전부터 낭자가 이곳에 있다는 것을 알고 있었어요. 진 낭자도 아실 거예요. 사자에 불휘라는 존함을 사용하시는 분을 말이에요."

"당신이 그분을 어떻게……."

"그분이 바로 저의 사백이시고, 지금 일행을 고치고 있는 사제의 사부가 되는 분이에요."

"어찌 그런 일이……."

진아경의 놀람은 더욱 커졌다.

"그분은 저에게 이 말을 전해달라고 하셨어요. '모든 문제가 해결되기 위해서는 장보도가 하나가 되어야 한다. 그러면 과거에 엇갈린 인연들이 비로소 제 자리를 찾을 것이다' 라고요."

"그게 무슨 말씀이세요. 장보도라니요? 또, 엇갈린 인연이라니요? 저는 하나도 알아들을 수가 없군요."

진아경의 눈에는 강한 의문이 떠올랐다.

은아주는 일단 그녀의 흥분이 가라앉길 기다렸다 천천히 입을 열어 의문을 달래갔다.

"낭자 스스로 잘 알고 있을 거예요. 자기의 의지와 상관없이 나타나는 한 조각의 문신, 그리고 그것에 얽혀진 숨겨진 비밀. 원래 그것은 하나의 장보도로 사백에 의해 네 조각으로 나뉘었어요."

"둘이 아닌 넷이라고요?"

"네. 진 낭자의 몸에 하나, 철 낭자에게 하나, 요산산이라는 낭자에게 하나, 그리고 바로 제게 말이에요."

쾅.

은아주의 한마디가 폭탄처럼 터졌다.

진아경은 그런 비밀이 또 다른 자에게 있단 사실은 생각도 해보지 않았다. 그저 철무린이 그녀와 같은 운명이라 여겼을 뿐… 한데?

"다… 당신, 그 말 사실인가요?"

진아경은 계속되는 충격에 입마저 벌어졌다.

"그래요. 그리고 이 네 조각의 장보도는 오직 사제를 통해서만 하나가 될 수 있어요. 그래야 저희가 비로소 조사동에 들 수 있거든요. 그러려면 반드시……."

잠시 말을 멈춘 은아주는 조심스레 진아경의 손을 잡았다.

"낭자가 사제와 연을 맺어야 해요. 그게 또한 사백의 바람이기도 하고
요."

"네에?!"

이 순간, 놀란 송아지마냥 진아경은 두 눈만 끔뻑거렸다.

*　　　*　　　*

한창 뜨거운 열기에 휩싸였던 실내의 모든 것이 제자리를 찾았다.

그리고 이 순간, 격동에 휘둘렸던 두 젊은이는 각자 운기행공에 빠졌
다.

철무린은 몰라도 일도의 모습은 무언가 예사롭지 않았다.

평상시와는 달리 그가 운기행공을 함에 따라 점점 얼굴색이 바뀌어갔
다.

한순간 창백해졌던 얼굴이 어느 순간 푸르게 변했다. 그리고 다시 붉
게 변한 얼굴이 누런 빛깔로 바뀌었다. 그런 얼굴이 또다시 검게 변하고,
다시금 백색으로 바뀌어 계속해서 순환되는 모습을 보였다.

마치 일도의 몸에 나뉘어진 다섯 개의 진기가 오행상생의 원리에 따라
움직이는 것처럼 느껴졌다.

그리고 일순,

우우우웅.

기이한 진동이 일도의 몸에서 일어났다.

그와 더불어 다섯 가지 기운이 일도의 정수리에서 뿜어져 나왔다. 그
리고 각각 뿜어져 나온 기운들은 점점 둥글게 뭉치며, 백, 청, 적, 황, 흑

색이라는 다섯 개의 고리가 되었다.

다섯 개의 고리는 또다시 상생을 따라 서로를 쫓아 원을 그려 나갔다. 마치 모든 것의 완성은 원이라는 듯, 일도의 몸에서 맴도는 다섯 가지의 고리는 자연에 흐르는 오행의 흐름을 그대로 보여주었다.

그리고 한순간,

파앗.

강렬한 빛이 고리에서 뿜어졌다.

그리고 점점 기운들은 하나로 합쳐 가기 시작했다. 마치 각자가 아닌 서로가 하나의 원 안에 맴도는 존재가 되어 하나로 묶여갔다.

구우우웅.

그렇게 변해간 거대한 원은 예전 일도가 호아채의 무리를 속일 때의 영락없는 그 모습이다.

그들이 오기조원이라고 오해한 거대한 원은 일순 점점 엷게 변해가더니 일도의 정수리로 사라져 갔다.

팟.

그리고 그제야 일도의 눈이 뜨여졌다.

"휴우……."

일도는 눈을 뜨고도 잠시 멍한 상태로 있었다. 마치 자신의 존재가 허공에 붕 뜬 착각마저 들었다.

'호… 호연만월공이 극성에 다다랐다. 아니, 오히려 그 극조차 넘어버린 것 같다.'

예전 풍운장의 수련 때 거의 십성에 육박했던 호연만월공이 이제는 그 단계를 넘어 전혀 듣도 보도 못한 상태가 되었다. 마치 그 자신이 호연지기의 일부가 되어버린 착각에 빠졌다.

"거기다 단전에 있던 화정마저 모두 녹아버렸으니……."

기연이며 골칫덩어리인 화정오색진기도 완전히 일도의 통제 하에 들어왔다. 아니, 그 기운은 물론 천지 간에 떠도는 호연지기도 마음만 먹으면 언제든 그의 힘이 되어줄 듯했다.

"아……."

그리고 그 순간 운기행공에 빠졌던 철무린도 깨어났다.

일도는 그 소리에 그 모든 생각을 접고 그녀를 바라보았다.

윤기가 없던 은발은 다시 빛이 감돌고, 창백하기만 했던 양 볼에는 은은한 홍조가 나타났다.

"무 낭자, 몸은 어떻소?"

일도는 제일 먼저 그녀의 상태를 물었다.

철무린은 잠시 자신의 몸을 살피다 일도를 바라보았다. 예전보다 많이 부드러워진 그 눈빛은 미소를 지었다.

"괜찮……."

막 말을 하려던 철무린이 잠시 말을 멈췄다.

"…아요."

"뭐라고 했소?"

하나 뒷말은 너무 작아 일도는 잘 듣지 못했다.

"괜찮다고 했어요. 장주 덕분에 저의 몸을 괴롭히던 화독의 고통에서 벗어날 수 있게 되었어요."

"정말이오? 어디 봅시다."

일도는 상대의 반응도 살피지 않고, 그대로 철무린의 손목을 잡았다. 그리고 눈을 감고 천천히 혈맥을 떠도는 기를 살폈다.

전처럼 대충이 아닌 꼼꼼히 그녀의 몸을 살피며 혹시라도 몸에 이상이 있는가를 확인했다.

"그런데, 당신!"

일도는 그 와중에 한 가지를 알 수 있었다.

"괜찮아요. 하나를 얻기 위해 하나는 버려야겠지요. 어차피 그전에 사라진 것이니 신경 쓰지 마세요."

"음……."

일도는 침음성을 터뜨렸다.

분명 꽤 많은 양의 내공을 담았을 단전은 현재 거의 텅텅 비었다. 그저 미약하나마 남아 있는 진기가 철무린이 갖게 된 전부였다.

"그보다 약속 지켰어요."

"약속이라니?"

"후후후, 금방 잊은 것 같소. 나는 분명 장주의 조건대로 말투를 고쳤는데 말이오."

다시금 철무린의 말투가 전처럼 바뀌었다.

"아……."

그제야 깨달은 일도는 놀란 눈으로 철무린을 바라보았다.

"그렇게 보지 말아요, 이런 말투를 안 쓴 것은 아니니까. 비록 그 대상이 나의 곁을 지키던 흑백쌍위에 국한되었지만, 역시 남 앞에서는 굉장히 부끄럽군요."

철무린은 얼굴을 붉히며 시선을 피했다.

"부끄럽긴 뭐가 부끄럽소? 어차피 죽음을 각오했다 새롭게 얻은 목숨이오. 그러니 이제까지 가졌던 모든 것도 버리시오. 그리고 앞으로 살아가야 할 것에 대한 것만 생각하시오."

"장주는 처음 만났을 때도 그랬고, 지금 보여주는 모습도 그렇고, 오로지 앞만 보고 사는 사람 같아요. 무슨 일을 하더라도 뒤를 보지 않고, 그저 앞만 보고 행하니까요. 그렇지 않았다면 감히 옥황성의 영예를 두 번이나 골탕 먹일 수 있겠어요?"

"나는 앞으로 가는 것만으로 내 능력의 전부를 쏟소. 뒤를 돌아보고 옆을 보기에는 나의 능력이 일천하오."

일도의 음성엔 굳은 의지가 깃들었다.

잠시 철무린은 그런 일도를 바라보았다.

처음 봤을 때부터 무언가 남다르다 여겼는데, 그동안 겪고 지금 다시 느껴보니 확실히 무언가 다르고 거대해 보였다.

'후후. 내가 이렇게 되지 않았다 해도 분명 나는 이자와 얽혔을 것이다. 어차피 남을 위해 재물을 아끼지 않는 자가 중원이 어려움에 빠진다면 가만히 있겠는가? 분명 나는 이자와 싸웠을 것이고, 결과는……'

철무린은 그냥 웃음이 나왔다.

"왜 웃소?"

"아니에요. 그보다 기다리고 있을 사람들에게 가요. 우리 둘이 너무 오래 나타나지 않으면, 그들이 오해할 거니까요."

"알겠소. 내 미처 거기까지는 생각 못했소. 갑시다. 내 괜히 무 낭자에게 폐를 끼칠 수 없소."

"폐요? 그 반대의 경우는 생각해 보지 않았나요?"

"예?"

일도는 침상에서 일어다가 그대로 바보 같은 표정이 되어버렸다. 예전 형산 산골 청년의 그때처럼 그 모습 그대로 드러냈다.

"후후후, 새로 태어나니 좋은 것이 있군요. 감히 상상도 못해본 장주의 그런 표정을 볼 수 있으니까요."

"음……."

그제야 일도는 상대가 놀렸다는 것을 깨달았다.

그러나 먼저 움직이는 철무린으로 인해 더 이상의 이야기없이 둘은 엉망이 되어버린 조실을 벗어나, 세 여인이 한참 이야기를 나누고 있을 서편의 조실로 향했다.

달칵.

문을 열고 들어서자 안에 있던 자들의 시선이 모여들었다.

"아……."

가장 먼저 터지는 진아경의 탄성. 그녀의 눈은 멀쩡한 모습으로 서 있는 철무린에게로 향했다.

"진 낭자에게 여러모로 폐를 끼친 것 같군요."

"아……."

진아경은 또 한 번 놀라고 말았다.

전과 완전 달라진 말투와 음성, 그리고 예전보다 많이 부드러워진 두 눈빛. 아무리 죽다 살아났다 해도 그녀의 변신은 너무나 충격적이었다.

"치료는 잘 되었느냐?"

유문영이 마지막에 들어서는 일도를 향해 물었다.

"예. 신체는 모두 원래대로 돌아왔습니다. 단지… 그녀의 내공은 저로서도 어쩔 수 없었습니다."

일도의 얼굴에 아쉬움이 남았다.

"괜찮아요, 장주. 목숨에 대한 보상이라 생각하면 그렇게 아쉬울 것도 없어요. 그러니 너무 마음 쓰지 마세요."

"음……."

하지만 일도는 쉽게 얼굴을 펴지 못했다.

그리고 그제야 놀라움을 추슬렀는지 진아경이 철무린에게로 다가왔다. 그녀는 철무린의 손을 잡으며 걱정스럽게 물었다.

"정말 괜찮은 거예요?"

"네. 이제 멀쩡해요. 이게 다 진 낭자 덕이에요. 정말 고마워요."

"무슨 소리예요? 저는 한 것이 없어요."

진아경은 고개를 흔들었다.

"후후. 진 낭자는 한 게 너무나 많아요. 그동안 제가 그렇게 못해준 것이죠. 그저 당신을 속여 이용하려고만 했는데, 나는 참… 너무 많은 것을 받았어요."

철무린은 잡고 있는 진아경의 손을 더욱 꽉 쥐었다.

비록 이성 관계에서 동성 관계로 바뀌었지만, 그 근본에 깔려 있던 정은 오히려 더욱 두터워졌다. 그렇기에 잡고 있는 손을 통해서도 진심이 오갔다.

그러나 그런 것은 은아주가 나서며 깨어져 버렸다.

"드디어 한곳에 다 모였군요."

"사저, 그게 무슨 소리입니까? 다 모이다니……."

일도의 눈에 의아함이 떠올랐다.

"그래 다 모였다. 지난 시간 뿔뿔이 흩어졌던 것이 오늘에 되어 다시 한 자리에 모였다."

"……?"

하지만 일도는 더욱 이해가 가지 않았다.

은아주는 그런 일도를 잠시 내버려 두고, 철무린을 바라보았다.

"철무린 낭자라고 하셨나요?"

"네."

철무린은 잡힌 손을 빼내어 은아주 쪽을 향해 몸을 돌렸다.

"철무린? 무 낭자의 이름이 철무린이오?"

"사제, 잠시만……."

은아주는 의문을 나타내는 일도를 잠시 말렸다. 그리고 이야기를 이어 나갔다.

“철 낭자도 이미 그분에게 이야기를 들었을 거예요.”

“그분이라니?”

“철 낭자가 옥황성에게 쫓겨 사경을 헤맬 때 도와준 분이요.”

“……!”

철무린의 두 눈이 크게 뜨였다. 잠시 잊고 있었던 혼란이 찾아왔다.

“그렇게 놀라실 필요 없어요. 그분은 저에게 사백이 되시니까요. 그래서 저는 그 일에 대해 잘 알고 있어요.”

“당신이 그 일을 알고 모르는 것은 중요한 게 아니에요. 나는… 아직 그 일을 받아들일 마음의 준비가 되어 있지 않아요. 그러니 그 이야기는 그만 두죠.”

철무린은 강한 거부를 나타냈기에 이야기는 여기서 끝날 것 같았다.

하지만 시간은 더 이상 기다려 주지 않았다. 모든 것이 한시라도 원래의 자리로 돌아가야만 했다.

“좋아요. 그렇다면, 이것은 어떤가요? 분명 철 낭자의 몸에 선으로 그려진 기이한 흔적이 나타날 거예요. 그렇지 않은가요?”

“사저! 그 말이 사실입니까? 그렇다면 철 낭자가 마지막 비도의 주인?”

스윽.

은아주는 이번에도 일도를 손을 들어 막았다. 지금은 의문을 푸는 것보다 결론을 내리는 것이 중요했다.

“…….”

철무린은 그에 대해 가타부타 입을 열지 않았다.

“처음에 장보도는 하나였지요. 그것이 엇갈린 인연으로 네 조각으로 갈라지게 되었어요. 하나, 오늘 이 자리에 갈라졌던 장보도가 다 모였어요. 진 낭자에게 하나, 사제에게 하나, 철 낭자에게 하나, 그리고 나에게 하나!"

"……!"

철 낭자도 역시 진아경처럼 놀란 눈빛을 보였다.

"이 말이 뭘 의미하는지는 사백님에게 들어서 잘 알고 있을 거예요. 사제를 제외한 이곳에 있는 저희들은 바로 엇갈린 인연들 속에서 태어났죠. 어쩌면… 우리 모두는 다 같은 아버지를 두고 있을 수도 있어요."

은아주의 이 말은 강렬했다.

지금까지의 말도 그렇지만, 이 한마디는 장내의 공기를 그 무엇보다도 무겁게 바꾸어 버렸다.

인연의 끝에 있는 삼 인의 여인과 그 인연을 하나로 묶으려는 일도. 그리고 그 모든 것을 지켜보는 유문영. 이 중 누구 하나도 이 무거운 공기를 쉽게 깨뜨릴 수 없을 것 같았다.

"또 하나 사실을 가르쳐 드릴까요? 지금 사백님은 당신의 어머니를 만나러 가셨어요."

"어머니?"

진아경은 그 단어에 가슴이 흔들렸다. 아버지라는 단어가 주는 힘도 강했지만, 어머니라는 단어가 주는 힘은 더욱 컸다.

"네, 저는 이미 그분을 만났어요. 지금 보니 철 낭자는 그분의 외모를 그대로 닮았군요. 그분들은 모두 가까운 곳에 계셔요. 아마 철 낭자를 많이 보고 싶어하실 거예요. 이래도 아직도 이 모든 것을 혼란스럽다고 받아들이지 않을 것인가요?"

"으음……."

철무린의 두 눈이 강하게 흔들렸다.

"저도 지금까지 고아로 자랐어요. 그러나 사백과 사부님 덕택으로 저는 외로움을 몰랐어요. 그렇다 해도 부모를 그리워하지 않은 적이 없어요. 그리고 얼마 전에 저는 놀라운 사실을 들었죠. 바로, 저의 친부모가 살아 있다는 거예요. 그 사실에 저는 얼마나 많은 눈물을 흘렸는지 몰라요. 지금 철 낭자가 혼란스럽다 하지만 아마 그 마음 깊은 곳에서는 두 분을 만나고 싶다는 마음이 간절할 거예요. 부정하지 마세요. 하늘이 맺어준 인연은 부정한다고 사라지지 않으니까요.”

은아주의 음성은 점점 부드럽게 변해 철무린의 가슴을 파고들었다.

그래서인지 철무린의 두 눈은 은아주에게 이끌렸다.

“내… 내가 부정하지 않는다고 무엇이 달라지는가요? 나에게는 사부님이며, 아버지 같은 분이 계셔요. 저는 이미 그분이 내려준 명도 완수하지 못하며 그분을 배반해 버렸어요. 그런데 이제 그분까지 버리란 말인가요?”

“인연은 버릴 수 없어요. 그리고 그건 버린다고 버려지지도 않는다고 봐요. 그러니, 아무 조건 없이 받아들이세요. 그리고 그것이면 저는 충분하다고 생각해요.”

강하지 않지만, 오히려 이 한마디는 주변으로 넓게 퍼졌다. 그리고 이곳에 있는 사람들의 가슴 깊은 곳을 울렸다.

‘사저……’

일도는 조용히 귀를 기울이다 그 한마디에 가슴이 뭉클해졌다.

예전에 울면 달려와 안아주고, 달래주고, 늘 포근히 감싸주던 모습이 바로 저런 모습이다. 그래서 늘 일도의 가슴에는 은아주의 공간은 늘 크게 자리잡았다.

그리고 이런 힘은 철무린에게도 그대로 전해졌다.

“정말 그렇게 생각해요?”

“네. 그러면 지금 또, 새롭게 다가오는 인연도 받아들일 수 있을 거예요.”

“새로운 인연이라니?”

더 놀랄 것이 없다 여겼는데, 철무린은 다시 한 번 가슴이 흔들렸다.

“바로 저 사람!”

은아주의 일도를 가리켰다.

“에?”

일도는 잠시 옛 추억에 접어들다 정신이 번쩍 들었다.

“저기에 있는 제 사제만이 이 모든 인연을 하나로 묶을 수 있어요. 이미 저와 진 낭자는 그와 함께 하기로 약속을 했어요.”

은아주의 말에 철무린의 고개가 재빠르게 진아경에게로 향했다.

지금 진아경은 눈물이 가득 찬 모습으로 철무린을 바라보고 있었다.

그리고 눈이 마주치는 순간, 그녀의 고개는 위아래로 천천히 끄덕여졌다.

“나는······.”

떨리는 목소리로 철무린은 일도를 바라보았다.

일도는 지금 무언가 이상하게 돌아가는 분위기에 얼떨떨함을 지울 수 없었다.

“자, 잠깐만요, 사저! 이게 무슨 소리예요? 도대체 지금 무슨 말을 하는지 하나도 이해가 가지 않습니다.”

일도의 순박한 얼굴이 금방이라도 울상이 되어버렸다. 그런데 그 모습이 평상시의 진중한 얼굴과 너무나 정반대를 띠었다.

“푸훗!”

그 모습에 철무린이 웃음을 터뜨렸다.

“읔! 처… 철 낭자.”

그 웃음소리가 일도에게 결정타가 되었다.

‘이제 된 것인가?’

그러나 은아주에게는 그런 행동이 상대의 허락으로 보였다. 이미 상대
는 일도에게 호기심을 갖고 있는 것처럼 보이지 않는가.

"비록 사제가 바보 같고, 능글맞지만 철 낭자가 앞으로 이해해 주길
부탁드릴게요."

"사저! 지금 무슨 소리를……."

"그리고 공자는 고지식하고 답답하기도 하죠."

은아주의 말에 진아경까지 거들고 나섰다.

이미 둘 사이에는 무슨 암약이라도 있었는지 서로 간에 호흡이 척척
들어맞았다.

"지, 진 낭자까지……."

일도는 일순 완전 바보가 되어버렸다.

하나, 아직 철무린은 그녀들처럼 자기의 마음을 완전히 드러내지 못했
다. 그저 입가에 미소만 지은 채, 조금 부럽다는 눈빛을 담았다.

스윽.

그 순간 유문영이 철무린의 손을 잡았다.

"낭자만 허락한다면… 나는 며느리가 하나 더 들어도 좋다고 생각해
요."

그 어떤 말보다 이 말의 효과는 컸다.

"……."

금방 철무린의 얼굴이 붉어지며 고개를 조금 떨구었다.

"어… 어머님까지……."

일도는 무언가 굉장한 올가미가 전신을 뒤엎는 환각을 보았다. 여인들
이란 새장에 갇혀 버린 한 마리의 작은 새처럼… 어깨가 무거워졌다.

"사제."

"예?"

"장보도를 취하는 것이 어떤 일인지는 알지?"

"예…….."

"사제는 설마 그 일을 마치고, 여기 있는 두 여인을 나 몰라라 하려고
했던 것은 아니지?"

"예. 저는 저에게 주어진 책임이라면, 절대 피하거나 하지 않습니다."

"그 말은… 책임감이 있기에 한다는 말이야? 설마 이렇듯 아름다운 낭
자들의 속살을 보고도 겨우 책임감 때문에 한다는 것이야?"

"그거야…….."

일도는 말을 잊고 잠시 두 여인을 바라보았다.

그런데 우연인지 이 순간 진아경과 철무린은 무언가 기대 어린 눈빛이
그 속에 담겼다.

일도는 그녀들의 눈빛을 받자 모든 것이 한순간에 제자리를 찾는 느낌
을 받았다. 그래서 흐트러졌던 얼굴 표정도 다시 원 상태로 돌리고, 천천
히 숨을 가다듬었다.

"저는 이 일을 하면서 한 가지 결심을 한 것이 있습니다."

조금 무겁게 깔리는 음성이라 모든 이들의 시선은 자연스레 일도에게
머물렀다.

"바로 과거에 어떤 일이 있었든 그것이 사부로 인해 행해졌다면, 제자
된 신분으로 반드시 모든 것을 원 상태로 돌린다고, 해서 모든 이들이 행
복해질 수 있게 한다고 결심했습니다."

"아…….."

"……."

일도의 한마디는 모두가 원하던 것이었다.

행복이란 두 자.

그 단순한 의미는 알기 쉽지만, 실천하고 거기서 진정한 의미를 찾는

것이 얼마나 어려운지를.

하지만 일도의 말과 두 눈에서는 그 모든 것을 얻어내겠다는 굳은 결심이 엿보였다.

"좋아. 그런 각오라면 머무를 필요가 없지. 사제, 그럼 오늘밤 비도를 하나로 모으도록 하자."

"예?"

일도는 또 한 번 허점을 찔리고 말았다. 왠지 늘 은아주 앞에서는 열두 번도 더 심장이 덜컥 내려앉는다.

"자. 그럼, 잠시 실례할 게요. 사제 이야기 좀 하자."

"예……."

그렇게 둘은 따로 다른 방으로 들어갔다.

그리고 대략 일각이 흐른 후, 다시 나타났다.

한데 둘의 표정은 달랐다.

무언가 은아주는 활기가 넘치는데, 일도는 조금 허탈한 표정이었다.

"자. 그럼, 어머님은 저 좀 도와주세요. 너무 급작스레 행해지는 일이지만, 이곳 주인에게 부탁해서 구색은 맞춰야지요."

"그… 그래."

오히려 너무 빨리 돌아가는 상황에 미리 알고 있던 유문영마저도 당황할 정도였다.

"그리고 두 낭자도 저를 따라오세요."

은아주는 멍하니 있는 진아경과 철무린을 이끌고 실내에서 사라졌다.

그리고 유일하게 남은 일도는 그녀들이 사라지자 깊은 숨을 내쉬었다.

"휴우… 도대체 사저는……."

일도는 은아주의 성격을 알았지만, 이번 일은 적응하기 조금 힘들었다. 방금 전의 대화에서 그는 그걸 뼈저리게 실감했다.

"예?"

"뭘 그렇게 놀래?"

"아니… 하룻밤에 두 여인과 초야를 보내라니요."

"그나마 나는 제외해 준 거야. 설마 나까지 거기에 포함시키려는 거야?"

"……."

"그래야 한시라도 사문의 명을 완수하지. 그래야 사제는 앞으로 일에 더욱 자유로워질 수 있고, 사문의 비학까지 얻으면 더욱 커다란 도움이 될 거야."

"그런데 사저 정말 괜찮으십니까? 정말 제가 그 여인들과 연을 맺어도 되는 것입니까?"

"후후후. 이미 결정한 일이야. 그리고 그녀들도 불쌍한 여인들이고, 그러니 나는 괜찮아."

한데 마지막 말은 왠지 웃음으로 덮여 있었지만, 그 안에 담긴 슬픔이 일도에게는 느껴졌다.

하지만 그에 대해 한마디도 하지 않았다. 지금 그 말을 하면 일도는 그녀가 더욱 큰 슬픔에 빠질 듯한 예감을 느꼈기 때문이다.

"그래. 군자대도행! 군자는 비단 정도를 따르고, 그 길을 감에 있어 머뭇거리지 않는다. 내가 하는 일이 정도에 벗어나지 않는 이상 여기서 머뭇거릴 필요는 없다."

일도는 이렇게 결심을 내리며 모든 생각을 정리했다.

여하튼 지금은 주어진 일에 고민을 한다고 전부가 아니지 않는가? 한시라도 이곳의 일을 마무리하고, 주어진 모든 문제를 해결해야 할 것이다.

　　　　　*　　　　　*　　　　　*

　용화의원에 해가 떨어졌다.

　모든 것이 정신없이 흘러간 것처럼 시간도 빨리 지나 모든 이들이 잠에 빠져들 어둠을 뿌렸다.

　화르르륵.

　실내는 오직 어둠을 밀어내는 붉은 초만 빛을 발했다.

　한 쌍을 이루는 굵은 초는 나란히 불을 밝히며 주변에 아련한 분위기를 만들었다.

　한편에는 조촐한 주안상이 차려졌고, 그 옆의 침상은 붉은 휘장으로 가려져 그 안이 보일 듯 말 듯 모든 것을 모호하게 가렸다.

　모든 것은 마문량의 도움으로 짧은 시간에도 이 정도의 성과를 이루었다.

　비록 혼인식이 빠진 초야지만, 이 정도면 그래도 쓸쓸하고, 초라한 첫날밤은 아닐 것이다.

　지금 그런 분위기에 두 사람이 놓였다.

　한 사람은 일도이고, 한 사람은 진아경으로 두 사람 다 주안상이 차린 탁자에 앉아 조용히 있었다.

　쪼르르륵.

　어색함을 달래려는가? 일도는 작은 잔에 술을 따랐다.

　곧 은은한 붉은 빛깔의 술이 잔에 채워지며, 주변에 맑고 그윽한 향을 풍겨냈다. 이것도 마문량이 준비한 것 중 하나로 여아가 시집갈 때, 보낸다는 여아홍이었다.

　"저도 한 잔 주세요."

　"……?"

"우습게도 처음이 아니거늘 굉장히 떨리는군요. 공자는 이미 제가 처녀지신이 아니란 것을 알고 있었죠?"

진아경의 마음과 몸을 무겁게 했던 이유는 이것이었다.

"알고 있었소."

"추한 여인이라 생각하나요?"

무언가 그 음성에 기대하는 기운이 역력히 담겼다.

쪼르르륵.

일도는 진아경의 잔에 술을 따르며 이야기를 꺼냈다.

"내가 아는 여인 중에 보옥이라는 여인이 있소. 이 여인은 비록 기녀의 신분이지만, 내가 보기에 그녀는 절대 추하지 않았소. 왜 그런지 아시오?"

"아니요."

"그녀가 추하지 않은 것은 스스로 추하지 않다 여기기에 절대 추하게 보이지 않는 것이오. 스스로를 귀하게 여기는 자는 남도 그를 귀하게 여기오. 더욱이 진 낭자는 예전과 비교하면, 많은 것이 변했소. 이미 마음이 추하지 않거늘 어찌 추해 보이겠소."

"아… 공자는 저에게 두 번의 가르침을 내려주는군요."

"두 번이요?"

"첫 번째는 뺨을 때려 육신에 가르침을 내려줬고, 지금은 그 한마디로 마음을 깨우쳐 주는군요. 지금까지 저는 제 스스로를 귀하다 여기지 않았어요. 부모님에 대한 원망으로 제 자신을 함부로 대했으니까요. 지금 생각해 보면 모든 것이 후회스러워요."

"그럼, 이제부터라도 스스로를 아끼면 되오. 아직 낭자에겐 살아갈 날이 많지 않소?"

"예……"

"그보다 오늘 나에게는 이 밤이 무척 짧을 것 같소."

"하지만 우리에게는 또 많은 밤이 기다리고 있잖아요."

"미안하오. 아무리 사문의 명이 중하다 하지만 이렇듯 모든 것을……."

"괜찮아요. 그보다 어서 빨리 시작하죠. 언니가 많이 기다리실 거예요."

"그럼."

일도는 진아경의 손을 잡아 일으켰다. 그리고 그녀를 이끌어 붉은 휘장이 드리워진 원앙금침으로 이끌었다.

사라라락.

그리고 다시금 휘장이 내려오며,

쉬익.

한줄기 지풍이 공기를 가르며 붉게 타오르던 초의 불을 꺼버렸다.

그리고 잠시 후,

"아… 공자……."

"낭자……."

점점 뜨겁게 달구는 젊은 청춘들의 달뜬 신음성이 퍼져 나오며 침상의 움직임이 조금씩 격렬해졌다. 그리고 내뱉는 숨결과 열기는 실내를 분홍빛 열기로 감싸 버렸다.

달칵.

일도는 조심스레 문을 닫았다.

"휴우……."

그리고 참았던 깊은 숨을 내쉬었다.

'만약 앞으로도 계속 이런 식이라면…….'

일도는 다음 장소로 걸음을 옮기며 조금 걱정이 들었다. 왠지 진 낭자와의 초야는 지금까지 만나본 그 어느 여인보다 뜨거웠다.

그 외중에도 장보도 조각을 챙기는 것을 잊지 않아 지금 그의 품속에 잘 옮겨두었다.

'앞으로 두 개.'

일도는 점점 다가오는 철무린의 거처를 바라보며 얼마 전의 일은 머리 속에서 지워 나갔다.

그리고 그는 철무린의 거처에 들어갔다.

이미 철무린과는 치료를 하면서 많은 것을 나누었다. 일도는 철무린에게 있어 육체와 영혼에 새로운 생명을 불어넣었다. 그렇기에 둘 사이에는 더 이상 다른 말들은 필요없었다.

잠시 서로를 바라보던 둘은 그대로 상대의 손을 잡아갔다.

"장주……."

"철 낭자……."

결국 두 사람의 대화는 육체와 육체로 나누는 대화가 되다 그것도 곧 두 사람의 뜨거운 숨결로 바뀌었다.

그리고 달이 중천에 떠올랐을 때쯤,

밖으로 한 사람이 걸어나왔다.

'으음… 철 낭자도 진 낭자 못지않구나. 겉으로 보기에는 조금 차가운 듯한 기운을 풍겼는데…….'

일도는 왠지 밤하늘을 흐르는 겨울 공기가 더욱 차게 느껴졌다.

차가운 밤 공기 덕분인가? 잠시 열기에 감싸였던 지친 육신이 새롭게 눈을 뜨는 것 같았다.

'이제 정말 겨울이라도 된 것 같구나.'

일도는 문득 밤하늘을 올려보았다.

계절이 바뀌었듯 하늘에 떠다니는 별자리도 많이 바뀌었다.

"이제 가장 중요한 마지막 한 조각의 장보도만 남았다."

일도는 이제 마지막 장보도를 가지러 향했다.

그에게 있어 첫 여인인 동시에 가장 커다란 존재로 남은 여인.

은아주는 그만큼 일도에게 있어 중요했다.

거기다 은아주에게 장보도를 받는 것은 그녀에게 닥친 모든 문제까지 해결해 줄 수 있었다.

지금까지 모르고 지낸 부모님에 대한 확고한 증거와 비로소 하나가 되어지는 한 장의 장보도.

그 오랜 시간 나뉘어졌다 하나가 되는 역사적인 순간을 그녀와 함께 한다고 할 수도 있었다.

"자! 이것을 마지막으로 사문의 명을 완수하고, 지금까지 나를 위해 애쓴 모든 사람들의 행복을 위해 노력하자."

일도는 길을 걸으며 여러 사람의 얼굴을 하나하나 떠올렸다.

처음 만난 정윤한을 시작으로 마지막으로 만난 유문영까지 그들에게 꼭 행복을 줄거라 결심했다.

그리고 주변에서 유일하게 불을 밝히고 있는 한 건물의 문을 열고 들어갔다.

"사제……."

"사저……."

서로를 기다렸던 두 사람은 상대를 찾았다.

달칵.

그리고 문이 닫히는 소리와 함께 용화원의 밤은 더욱 깊어지기만 했다.

제14장

긴 시간 속에 가려진 단 하나의 음모

전날의 잊지 못할 추억도 잠시.

날이 밝기 무섭게 일도를 필두로 모든 이들은 용화의원을 떠났다. 그리고 절강으로 향하는 포성의 북쪽 외곽에서 그들은 이별을 나누었다.

이미 환자들은 그 어느 때보다 건강했고, 각자에게 주어진 것들은 더이상 시간을 지체하지 못하게 만들었다.

"마 원주께 고맙다는 인사도 제대로 하지 못한 것이 아쉽군요."

진아경은 포성을 벗어나 이미 보이지도 않는 용화의원 쪽을 바라보았다.

"기회는 지금만이 아니오. 그러니 너무 개의치 마시오."

"네."

"자! 그럼, 이만 출발하십시오."

일도는 이쯤에서 작별을 고하려 했다.

"가려느냐?"

예전처럼 기약 없는 이별은 아니지만, 유문영은 아들이 잠시 자신의 품을 떠난다 생각하니 너무나 커다란 상실감이 들었다.

“예, 어머니 너무 걱정하지 마십시오. 지금은 저에게 주어진 것들로 인해 함께 하지 못하지만 조만간 찾아뵙겠습니다.”

“꼭 무사히 다시 이 어미 품으로 돌아와야 하느니라. 나는 아들을 잃는 경험을 두 번 다시 하기 싫다.”

“하늘이 두 쪽이 난다 해도 그럴 일은 없을 것입니다. 일을 마치는 대로 바로 황산남궁세가로 향할 것이니 너무 심려치 마십시오.”

일도는 잠시 유문영을 꼭 안았다 풀어주었다. 그리고 신형을 틀어 철무린과 은아주에게 다가갔다.

그런데 철무린의 은발이 흑발로 바뀌어 있었다. 사전에 문제를 막기 위해 이런 준비를 마친 것이다.

“사저, 이미 모든 것은 그분들에게 다 말씀드렸습니다. 거기다 제가 드린 신패를 잘 간직하면 분명 무사히 그들에게 갈 수 있을 것입니다.”

“알겠다. 그보다 조사동을 확인하고, 바로 천마성으로 향할 것이냐?”

“예. 이미 장보도는 하나가 되었으니 사문의 명은 완수한 것이나 다름없습니다. 잠시 조사동을 들러 두 조사 어르신의 상태를 살펴본 후, 바로 천마성으로 갈 것입니다. 그런 후, 동정호 군산수로채로 찾아가겠습니다.”

“그래, 그럼 몸조심하거라. 그리고… 아니다.”

은아주는 잠시 천마성에 있을 사불휘의 일을 이야기하려다 그만 두었다. 지금 그 이야기가 오히려 일도에게 혼란으로 올 수 있을 듯했다.

“왜 그러십니까?”

“아니다. 그보다 철 낭자와도 인사를 나누거라.”

은아주는 더 이상 말이 안 나오게 말을 돌렸다.

"예."

일도는 대답 후, 조금 떨어져 있는 철무린을 바라보았다.

생각보다 흑발이 무척이나 잘 어울리는 그녀는 조금 차분한 인상을 풍겼다.

"조심해서 가시오. 분명 내 약속대로 일을 마치는 대로 낭자를 찾아가겠소."

"장주께서 굳이 신경을 쓰지 않아도 돼요. 저 혼자서 돌아가면 되니까요."

"아니오. 과거 당신이 어떤 능력을 가졌든 지금은 일개 평범한 아녀자와 다를 바 없소. 더욱이 지금 그곳은 전장이라 하지 않소? 그러니 서두르지 마시오. 나는 당신이 다치거나 하는 것이 싫소."

일도는 말끝에 철무린의 손을 잡았다.

"…네."

잠시 그 따뜻함을 음미하던 철무린은 고개를 끄덕였다.

"자! 그럼 이제 출발하죠. 모두 조심해서 가시기 바랍니다."

그리고 이미 방향이 나뉜 그들은 각자의 목적지로 향했다.

유문영과 진아경은 황산남궁세가로 향하고, 은아주와 철무린은 군산 수로채로 향하기로 했다. 모두 각자 그들을 기다리고 있을 사람들을 위해 그렇게 떠났다.

일도는 잠시 그들의 모습이 점이 될 때까지 바라보았다. 그러다 그 모습까지 사라지자 포성 이남으로 뻗어 있는 거대한 산맥을 바라보았다.

"천마성… 지금은 사문의 일로 돌아서지만, 내 곧 너를 찾아 그 숨겨진 진실을 밝혀낼 것이다."

일도는 무이산맥을 바라보며 잠시 뜨거워진 가슴을 추슬렀다. 그러다 그도 조사동이 있는 강서성의 백운산을 향해 신형을 날렸다.

＊　　　＊　　　＊

하나 일도의 그런 다짐과 별개로 천마각에는 새로운 변화가 일어나려 하고 있었다.

천마성의 모든 중지가 모이는 군마각(群魔閣).

유불군의 출관 후, 처음으로 그의 참석 아래 모든 마웅들이 한 자리에 모였다.

그동안은 각자 후계자 문제로 이런 자리를 피했지만, 공식적으로 시험을 통한 후계자 선출이라 통보되어 시험이 시작됨과 동시에 모든 분쟁이 사라졌다.

그리고 숨죽이며 기다렸던 시험의 결과는 통과자 넷과 실패자 셋을 만들어냈다.

통과자는 천마일룡 독고진, 천마이룡 노작, 천마사룡 궁보미, 천마칠룡 유진헌이었고, 실패자는 천마오룡 모위진과 천마육룡 진옥규는 시험 도중 목숨을 잃어 제외되었으며, 천마삼룡 천군성은 실패를 이유로 물러났다.

그래서 화두가 되었던 후계자 문제는 이렇게 일단락되었다.

어차피 마도는 강자존의 법칙에 의해 좌우되고, 시험을 통과 못한다는 사실 자체가 능력이 없다는 것을 뜻하기에 모든 이들은 그 결과를 받아들이기로 했다.

그리고 점점 불거지는 천마성의 기류는 새로운 선택을 강요하게 만들었다.

천마성주 백의마제 유불군이냐, 천마봉공(天魔奉公) 잠마대제 요중문이냐.

현재 천마성은 요중문으로 인해 유불군에 반발하던 자들이 그 밑으로 모여들었다. 게다가 요중문의 뒤에는 무림칠성 혈악도제까지 자리잡아 더 커다란 힘을 얻었다.

만일 천마검제가 유불군에게 힘을 실어주면 모를까, 그는 은거를 깨고 난 후 강호 주유를 이유로 천마성을 떠나 있어 현재 요중문에게 조금 우세였다.

오늘 열려진 군마회합도 주창자가 다름 아닌 요불군, 점점 천마성의 힘의 논리는 유불군이 아닌 요중문 쪽으로 기울어지고 있었다.

요중문은 요사이 무림에 떠도는 소문으로 지금 분노를 감추지 못했다.

"지금 무림에선 마도에 대한 원성이 거세지고 있습니다. 그게 패도에 의한 것이라면 신경 쓸 가치조차 없습니다. 하나, 비겁자라니… 어찌 이런 말을 듣고 가만히 있을 수 있습니까? 대체 변황의 침공에 천마성이 침묵을 지키는 이유가 무엇입니까? 성주님, 말씀 좀 해주십시오."

자리가 자리인 만큼 요중문은 공식적인 호칭을 사용했다.

현재 중원 서부와 북부에서 벌어지는 일들은 점점 안 좋은 쪽으로 돌아가고 있었다.

포달랍궁이 움직이며 소극적이던 변황무림의 공격이 적극 공세로 바뀌었다. 그러자 팽배하던 세력 균형이 일시에 깨져 나가며 구파일방과 옥황무맹을 조여왔다.

녹림과 수로채의 도움은 그저 수적인 대등함을 가질 뿐, 실질적인 고수가 약한 그들은 전황에 커다란 도움이 되지 않았다.

이렇게 되자 중원무류의 가장 커다란 양대산맥을 자랑하는 마도무림의 침묵이 점점 표면화되었다. 사람들은 그런 마도 무림을 비겁자라 부르짖기 시작했고, 그 소리는 마도무림 내부에서도 거세어졌다.

그리고 그 결과, 오늘 그 문제로 요중문이 나서게 된 것이다.

하지만 그의 분노에도 유불군은 별다른 표정 변화가 없었다. 그저 대답을 기다리는 천마성의 실세들을 바라보았다.

각 전의 전주들, 당주들, 그리고 천마성의 힘이라는 삼대무력대의 대주들 중 과반수 이상이 말을 하진 않았지만, 요중문과 다르지 않았다.

"부성주."

"예."

유불군의 부름에 부성주인 사마융이 입을 열었다.

"설명이 필요할 것 같군."

"알겠습니다, 성주님."

사마융은 그의 명에 고개를 끄덕이며 자리에서 일어났다. 그리고 좌중을 아우르는 차분한 목소리로 입을 열었다.

"대제님 이하 각 부의 장들은 지금 사태를 너무 감정적으로만 보고 있습니다. 현재 상황을 냉정히 되돌아보십시오. 현 무림의 정황은……."

"흥! 뭘 냉정히 돌아보라는 것인가?"

요중문은 항시 그를 탐탁지 않게 생각했기에 그의 출현이 맘에 들지 않았다.

"대제님, 일단 저의 이야기를 들어보십시오. 그리고 나서 말씀하십시오."

"어차피 상황이란 것이 자네의 머리에서 나온 협잡에 기인한 것 아닌가? 지금 상황에선 자네의 그 협잡은 필요없네. 필요한 것은 오직 성주님의 결정이네!"

"으음……."

이렇게 되자 사마융은 더 이상 말을 잇지 못한 채 유불군을 바라보았다.

“사제.”

유불군의 목소리가 낮게 깔렸다.

“무언가 중요한 것을 잊지 않았나? 자네의 신분이 비록 봉공(奉公)이나 그건 어디까지 명예직. 감히 부성주의 말에 왈가왈부할 위치가 아니네.”

“사형! 그러나 이번 일은 천마성은 물론, 마도의 명예와 관계가 있습니다. 비록 제가 천마성의 실무에서 물러났다지만, 봉공의 신분으로 마도가 웃음거리로 전락하는 이런 일을 좌시할 수 없습니다.”

물러나지 않는 요중문의 한마디였다.

그 말에 유불군의 미간이 꿈틀거렸다. 지금 요중문의 모습은 성주의 권위까지 건드리는 처사였다.

“그럼, 내가 다시 말하지. 더 이상 부성주의 말을 막지 말게. 이건 천마성주로서 내리는 명령이네.”

결국 유불군의 결정적인 한마디가 떨어졌다. 그리고 그 한마디의 위력은 크게 작용했다.

“……”

아무리 요중문이라도 더 이상 입을 열 수 없었다.

전 성주의 사위이며 전 부성주, 게다가 명예직이라 하나 천마성 어느 누구도 함부로 할 수 없는 봉공의 위치. 그러나 이 모든 것들도 천마성주의 한마디보다 못했다.

꾸욱.

요중문은 그저 탁자 아래로 가려진 주먹을 움켜쥐었다.

그 모습에 유불군은 해결되었다 여겨 멈춰 있던 사마웅에게 다시 눈짓을 했다.

“그럼.”

사마융은 위기에서 건져 준 그에게 감사 인사를 올리며 끊어졌던 말을 이어나갔다.

"다시 말하지만 이번 일은 감정적으로 처리할 것이 아닙니다. 우리가 움직이면 모든 것이 결론이 나야 합니다. 즉, 우리는 한번의 움직임으로 최선의 효과를 보는 일석이조를 노려야 한다는 말입니다."

"일석이조?"

"무슨 말이지?"

이야기를 듣던 자들은 제대로 파악을 못했는지 강한 의문을 나타내었다.

그러나 개중에는 눈살을 찌푸리거나 눈을 빛내는 자들도 있었다.

"자, 이미 눈치채신 분들도 있고 하니 간단하게 말씀드리겠습니다. 우리는 이번 사태로 변황의 힘을 약화시키고, 정도와 흑도를 우리의 아래 두는 것입니다. 해서 우리는 현 상황을 지켜보다 모든 것이 마무리 지어질쯤, 한번의 움직임으로 최대의 효과를 얻자는 것입니다."

사마융은 힘있는 한마디로 결론을 내렸다.

그리고 일순 주변을 사로잡는 싸늘한 정적.

어느 누구 하나 입을 열지 못하고, 굳어버렸다. 결국 사마융의 말은 어부지리를 노리자는 것인데…

팡.

요중문이 갑작스레 탁자를 내려쳤다. 아무리 천마성주의 명이었지만, 그의 성정이 그것을 눌러 버렸다.

"지금 그 말은 우리보고 가만히 있다 상대의 뒤통수를 치는 비겁한 짓을 하란 것이냐?"

너무나 격해져 얼굴까지 붉게 달아올랐다.

"이건 비겁이 아닙니다. 자고로 병법의 최선은 싸우지 않고 상대를 제

압하는 것입니다. 지금까지 무림은 너무나 엇비슷한 힘의 균형으로 평화
가 유지되어 왔습니다. 그리고 이걸 깨는 것은 시작하는 자에게 너무나
큰 손해이기에 서로 위험을 무릅쓰지 않은 것입니다. 하나, 지금 그 균형
은 깨어졌습니다. 이제 우리는 변황을 몰아내는 구원자의 역할은 물론,
팽팽하기만 하던 무림의 패권을 얻을 수 있습니다. 굳이 쉬운 길을 놔두
고 바보같이 어려운 길을 갈 필요가 있습니까?"

사마융은 마지막 말에 야릇한 미소를 지었다.

그리고 그 미소는 하나의 커다란 도화선이 되었다.

"감히 네놈이!"

타앗.

요중문의 신형이 공중으로 날아올랐다. 지금까지 그 앞에서 망발을 한
자들을 그냥 둔 적이 없었다. 더욱이 사마융은 눈엣가시 같은 존재, 요중
문으로서는 좋은 기회였다.

"물러나라!"

그러나 그의 움직임에 상석에 있던 유불군이 손을 뻗었다.

슈우우욱.

뿌연 안개 같은 기류가 뿜어지며 그대로 사마융의 앞을 가로막았다.

하나 요중문은 이미 마음을 굳힌 터라 그대로 쌍장을 들어 그 기운에
부딪쳐 갔다.

"삼수천공추(三手天空墜)!"

마도 삼대장공 중 하나인 요중문의 독문무공, 천지앙복삼장의 최후 초
식이 펼쳐졌다.

콰아아아아!

손을 떠난 폭풍이 주변의 모든 것을 빨아들였다. 그리고 그 기세는 곧
안개를 뒤덮으며 그 뒤의 사마융에게까지 퍼져 나갔다.

"건방진……."

유불군의 두 눈에서 강한 살기가 일었다.

슈슈슉.

안개가 더욱 짙고 넓게 퍼지며 사마용의 전방을 가려 버렸다.

그리고 그 모습을 지켜보던 자들의 얼굴빛이 달라졌다.

무림사강의 이 인이며 현 마도의 최강 고수들의 격돌 그 여파는?

"피, 피해라!"

"모두 군마각을 벗어나라!"

주변에 있던 자들은 재빨리 세력권에서 벗어나려 몸을 날렸다. 문은 물론, 열려진 창을 통해서 벗어나려 발버둥쳤다.

그리고 그 순간 두 기운이 충돌했다.

퍼버버벙!

안개와 바람이 섞여 들어가며 간헐적인 폭발을 일으켰다.

그리고 종국엔,

콰앙.

요란한 폭음과 함께 그 기세는 주변으로 강하게 몰아치며 주변을 감싼 건물마저도 통채로 집어삼켰다.

우지직. 콰직.

마치 돌이 아닌 모래로 지어진 전각처럼 군마각은 너무나 쉽게 무너져 내렸다.

해서 이미 몸을 피해 밖으로 나온 자들은 그 모습을 보며 걱정스레 소리쳤다.

"서, 성주님!"

"마제님!"

아직 그 안에서는 세 사람이 남아 있는 상태였다.

하나 주변을 가득 채운 먼지구름은 모든 것을 가려 버렸다. 게다가 안에서는 계속해서 새로운 폭발이 일어났다.

쾅. 콰앙.

그리고 일순, 모든 것이 거짓말처럼 사라져 버렸다. 어떻게 된 것인지 의문만을 남긴 일전은 먼지바람이 서서히 가라앉으며 조금씩 그 결과를 보여주었다.

서 있는 자는 둘.

한 쪽은 보통체구였고, 한 쪽은 칠 척에 다다른 거대한 그림자였다.

"컥!"

갑자기 거대한 그림자가 비명과 함께 쓰러졌다.

풀썩.

거대한 인영은 그대로 넘어져 쉽게 일어나지 못했다.

그리고 보통체구인 자는 천천히 먼지구름을 헤치며 걸어나왔다.

"서, 성주님!"

"무사하십니까?"

유불군을 보며 수하들이 놀라서 달려들었다.

그의 전신엔 이곳저곳 격돌의 여파가 남았지만, 전체적으로는 별다른 이상이 없어 보였다.

그러나 전신을 감싼 날카로운 기세에 달려들던 자들이 굳어버렸다.

"지금 이 순간으로 요중문의 봉공 지위를 박탈함과 동시에 반도라 칭한다. 그는 천마성의 기강은 물론, 성주인 나에게 살수도 서슴지 않았다. 제형당주(制刑堂主)!"

"예, 하명하십시오."

가는 눈에 사기가 일렁이는 중년인이 부름에 빠르게 나섰다.

"지금 즉시 만애소축을 봉쇄해 아무도 드나들지 못하게 해라. 이 시간

후로 그곳을 드나드는 자들은 반역의 무리로 규정해 처단하겠다.”

“존명!”

제형당주는 명을 받자 빠르게 자리를 떠났다.

“그리고 마의전주(魔醫殿主)!”

“예!”

눈이 찢어지고, 흰 수염이 길게 자란 자가 명을 받자 앞으로 나섰다.

“안에 부상자가 있으니 처리하라. 그중 요중문은 내 친히 그의 죄를 물을 것이니 빠른 시간 안에 정신을 차리게 해라.”

“존명!”

마의전주는 명을 받자 소란을 듣고 달려온 하급무사 몇을 이끌고 먼지 속으로 사라졌다.

그리고 유불군은 더욱 기세를 올려 주변에 있는 자들에게 쏘아보냈다.

“으⋯⋯.”

“윽.”

몇몇 자들은 그 기세를 이기지 못했다.

“모두 들어라!”

“예, 성주님.”

주변에 대기하던 모든 이들이 유불군을 향해 부복자세를 취했다.

“지금까지의 일은 눈감아주겠다. 하나, 이 시간 이후로 불온한 움직임이 있다면, 피의 율법으로 다스리겠다.”

“존명!”

모든 이들의 고개가 바닥에 떨어졌다.

유불군은 그런 수하들의 모습을 바라보다 신형을 돌렸다.

‘요중문⋯ 네놈이 사마융의 반만 똑똑했어도 이렇게 되지는 않았을 것이다. 아니지, 만약 그가 뛰어났다면, 애초부터 이 모든 일이 불가능하

게 되는 것인가? 후후후.'

돌아서는 유불군의 입가엔 미소가 맺혀졌다.

'자! 그럼, 이제 결론을 내려야겠군. 그전에 그녀에게 그동안의 고마움이라도 표시해야겠군. 그녀가 아니었다면, 요중문이 저렇게 흔들리지도 않았을 테니 말이야.'

그는 무슨 기가 막힌 일이라도 상상하는지 입가의 미소가 더욱 짙어졌다. 하지만 이미 돌아선 그의 뒷모습에서는 어떤 것도 찾을 수 없었다.

하나 돌아서지 않았다 해도 모두 고개를 숙였기에 그들은 유불군의 그 미소를 볼 수 없었다.

그들도 내심 가슴에 이는 희비로 각자 다른 상념에 빠져들어 있었던 것이다.

원래 유불군을 쫓던 자들은 모르지만, 변해가는 천마성을 막기 위해 요중문을 따르던 자들은 아랫입술을 깨물기까지 했다.

요중문의 죄명은 하극상에 성주의 암살기도.

그 과정이야 어떻든 이곳에 있던 자들은 요중문이 몸을 날리는 모습을 똑똑히 보았다. 거기다 들것에 실려 나오는 요중문은 불사마황공의 최후 초식 변환마갑신까지 사용하고도 정신을 잃을 정도의 중상을 입었다.

천마성의 이대비학이라 불리며 그 우위를 알 수 없다던 마극연성공과 불사마황공의 차이가 극명하게 나타난 것이다.

이 말은 더 이상 유불군을 막을 자는 아무도 남지 않았다는 것을 뜻했다. 거기다 앞으로 천마성의 행보가 정해졌다는 것도 의미했다.

중원통합!

아니, 어쩌면 이번 기회로 천마성의 힘은 변황의 구석까지 뻗칠지도 모를 것이다.

＊　　　＊　　　＊

한낮의 소란은 너무나 빠르게 잠재워져 천마성의 모든 것이 깊은 침묵으로 빠져들었다. 특히 천마성에서도 깊은 곳에 자리잡은 만애소축은 침묵을 넘어 깊은 절망 속에 잠겼다.

이미 모든 이들은 강제로 이곳을 떠나갔다.

혈악도제가 남아 두 모녀를 돌보려 했지만, 천마령(天魔令)의 권위 앞에서는 아무리 그가 천마성에 육박하는 혈도문(血刀門)의 문주이며 전대 천마성주 사군룡의 의동생이라도 예외일 수는 없었다.

이제 이 넓은 곳에는 사유설과 요산산 두 모녀만 남았다.

그중 요산산은 점점 가까워지는 산달로 인해 활동 시간보다 자는 시간이 많았다. 지금도 이른 잠에 빠져 그녀의 존재는 거의 없는 것이나 마찬가지였다.

그러다 보니 어둠에 잠긴 만애소축에는 인기척이라곤 인공연못을 바라보고 있는 사유설의 것이 전부였다.

그녀는 지금 멍하니 연못에 시선을 고정한 채 움직일 줄 몰랐다. 그러던 그녀의 메마른 입술이 천천히 열렸다.

"이곳에 오는 것이 아니었어. 다시는 오는 것이 아니었어."

한마디 한마디에 깊은 회한이 서렸다.

"그리고 그 아이는 잠마곡에 와서는 안 되는 거였어."

일도가 잠마곡을 찾은 후, 모든 것이 변해 버렸다.

근 이십 년을 참아온 요중문의 무림에 대한 열망도, 절대 인정하기 싫었던 요산산의 출생의 비밀도… 결국 그 모든 것이 이런 불행을 갖고 왔다.

"시간을 돌리고 싶구나. 반년, 아니… 이십여 년 전으로 시간을 돌리고 싶다. 그 당시 어리석게 그를 좋아하지 않았다면, 이런 일도 없었을 것 아닌가."

사유설은 심중의 고통을 참을 수 없어 입술을 깨물었다.

"그래, 사매는 너무도 어리석은 여자야."

"누구냐!"

갑작스레 들려온 한마디에 사유설은 놀라 신형을 돌렸다.

분명 그 어떤 인기척도 느끼지 못했는데, 들려온 목소리는 바로 곁에서 속삭이는 듯했다.

"당신!"

사유설은 상대를 보는 순간 온몸이 뻣뻣해졌다.

백색 바탕에 흑룡이 수놓아진 장포. 더욱이 얻은 자만이 가질 수 있는 오만한 표정을 지은 채 상대는 다가오고 있었다.

"뻔뻔하군요. 감히 이곳에 올 생각을 하고, 아니, 오히려 파렴치 하다고 해야 하나요? 가까이 오지 마세요!"

사유설은 소리치며 뒤로 물러났다.

"후후후. 사매는 나를 파렴치한 대하듯 하는군."

그러나 유불군은 오히려 더욱 사유설에게 다가갔다.

툭.

첨벙.

뒤로 물러나던 사유설이 연못가의 돌은 건드렸는가? 작은 파문이 일어나며 사유설을 더 이상 물러서지 못하게 만들었다.

"명색이 천마성의 성주란 분이 이 무슨 짓인가요? 지금 사형이 하는 일이 파렴치한과 다르다고 생각해요?"

“나는 아무 짓도 하지 않았는데, 도망치는 쪽은 사매 아닌가? 아니면 이십 년 전의 일이 다시 반복이라도 될 것 같아서?”

“다… 당신…….”

그 한마디에 사유설의 얼굴이 창백하게 변했다.

오랜 시간 잊으려 했지만, 절대 잊지 못한 그 저주스런 기억. 그 기억이 다시금 생생히 떠올랐다.

“떠올랐나 보군. 우리들의 옛 추억이 말이야.”

“닥쳐요!”

사유설의 목소리가 어두운 밤하늘 깊은 곳까지 치솟았다.

“소리쳐 봐야 소용없어. 그러다 자고 있는 산이가 나오면 어쩌려고. 그 아이에게 이 모든 것을 알려줄 것인가?”

부르르르.

사유설은 입술을 깨물고, 몸만 세차게 떨었다.

“사매는 여전히 아름답군.”

바로 앞에 다가온 유불군이 손을 들어 사유설의 얼굴을 만져 왔다.

사유설은 그 손길이 세상의 가장 더러운 것이라도 되는 양 눈을 질끈 감았다.

“후후후.”

하지만 아무 일도 벌어지지 않았다.

사유설은 천천히 눈을 떠서 상대를 살펴보니 무슨 일이 있었냐는 듯, 오만한 표정을 지은 채 유불군은 그녀와 두어 걸음 떨어져 있었다.

그렇게 되자 오히려 사유설의 두 눈에 의문이 들었다.

“그 눈빛은 의외라는 것인가? 미안하지만 나는 애초부터 사매에게 관심이 없었어. 이십 년 전 사매를 품에 안는 순간에도 내 머리 속엔 오직 다른 생각뿐이었지.”

유불군의 음성은 너무나 무심해 오히려 소름이 돋는 듯했다.

"그… 그럼, 왜?"

왠지 그 뒤에 나올 말이 사유설에게 너무나 두렵게 느껴졌다.

"왜? 그야 하나를 위해서였지. 바로 중원무림! 나는 애초부터 중원무림을 얻기 위해 중원에 들어온 것이니까?"

"……?"

"이해가 잘 안되나? 그럼, 쉽게 설명해 주지."

유불군은 두 눈에 강렬한 안광을 띠우고 사유설을 바라보았다.

"내 본래 이름은 달단태무(達旦太武). 그러나 이 이름보다는 포달랍궁의 열 번째 존자인 나후라(羅侯羅)라고 하는 게 더 맞겠군."

"포… 포달랍궁?!"

사유설은 너무나 놀라운 그 한마디에 입이 벌어졌다.

포달랍궁이라면 과거부터 중원무림과는 사이가 안 좋은 곳으로, 지금은 한창 정도무림과 혈투를 벌이는 중이다. 그리고 남편인 요중문은 그 일로 만애소축을 떠났다 반도가 되어버리지 않았던가.

"너무 충격인가? 벌써부터 그렇게 흔들리면 안 되지. 앞으로 사매에게 들려줄 이야기는 더 많아."

달단태무는 사유설의 혼란에 더욱 즐거움을 보였다. 이제는 뒷짐까지 지며 여유롭게 주변을 배회했다.

"오랜 시간이었지. 내가 포달랍궁을 떠난 것이 일곱 살 때였으니, 벌써 오십 년이 흘렀군. 그보다 재미난 이야기를 하나 들려주려는데, 들어 보겠나?"

"……."

"후후후. 아마 재미있을 거야. 이 이야기 속엔 사매도 등장하니 말이야."

얼이 나가 대답 못하는 사유설의 모습에 웃음을 흘리며 듣든 말든 자기의 이야기를 하기 시작했다.

"지금으로부터 육십 년 전이군. 내가 태어나기 전인 그때에 지금 포달랍궁의 궁주이신 백부님이 중원에 찾아온 적이 있지. 그때만 해도 백부님은 그저 변황을 무시하는 중원인들의 코를 납작하게 해주려 했었네. 해서 그 당시 무림에서 한창 명성을 날리는 일곱 사람에게 배첩을 날렸어. 바로 무림인들이 존경해 마지않는 무림칠성이지."

"……!"

더 이상 놀랄 것이 없다고 여겼는데, 이 말은 또 다른 충격으로 다가왔다.

하나, 혼자만의 이야기에 빠진 달단태무는 더 이상 다른 것에는 신경을 쓰지 않았다.

거기다 이곳은 오직 달단태무와 사유설 단둘. 어떤 이도 접근하지 못하도록 귀면대에게 명을 내려놓아 천마성의 인물들은 외부인도 들어올 수 없었다.

그는 마치 오랜 시간 묵혀놓은 미주를 꺼내 마시듯, 그저 조금씩 그 이야기를 음미하며 즐거움을 맛보고 있었다.

"해서 무림칠성과 백부님은 화산 조양봉에서 대결을 펼쳤지. 그것도 혼자서 그 일곱과 차륜을 펼치는 어머어마한 대결을 말이야. 그리고 그 결과는 칠전 육승 일무. 무림칠성 중 여섯이 패하고, 권황 혼자만 비겼지. 뭐, 그 덕분에 권황이라는 칭호를 받았지만. 중원무림의 대표라는 무림칠성은 철저하게 박살이 나버렸지. 하하하."

"거… 거짓말이에요. 당신은 지금 거짓말을 하고 있어요."

사유설은 믿을 수 없었다.

무림칠성이란 존재는 전대 천마성주인 사유설의 아버지, 사군명도 속하지 못한 자리였다. 그런 무림칠성이 지다니 그것도 일 대 일이 아닌 차륜전 속에서 지다니 도저히 믿을 수 없었다.

"사매, 벌써부터 그렇게 놀라면 어떡하나? 아직 놀랄 이야기는 더 남았어. 그리고 이야기의 본론은 이제부터야!"

달단태무의 음성에 힘이 들어갔다.

그러나 사유설은 다리에 힘이 빠져 곧이라도 쓰러질 것 같았다. 달단태무의 음성도 점점 아련하게 들려왔다.

쉬익. 쉭쉭.

그 순간 몇 줄기 지풍이 날아왔다.

"윽!"

그 지풍은 사유설의 전신을 때리며 쓰러지려는 몸을 뻣뻣하게 만들었다. 또한, 마지막에 날아온 한 지풍은 눈 옆의 정명혈(睛明穴)을 가격해 혼란해져 가는 정신을 깨웠다.

"아직 쓰러져서는 안 되지, 이제 막 근 이십오 년 동안 꽃을 피우기만 기다렸던 중요한 이야기가 나오는데. 이야기의 끝은 봐야될 것 아닌가?"

"으윽! 다… 당신이란 자는 처음 볼 때부터 그랬어요. 그래서 저는 한 번도 사형을 좋아할 수 없었어요."

"그런가? 지금에서야 그런 이야기는 다 필요없지. 여하튼 사매에겐 마지막으로 해줘야 할 중요한 역할이 남아 있지. 그러니 끝까지 잘 들으라고."

"이… 이 악마!"

"후후후. 악마가 되지 않고서 어찌 원하는 것을 얻을 수 있겠는가? 그럼, 시작하지."

그리고 이어지는 달단태무의 이야기.

쓰러질 수도 없는 사유설로서는 그 악마적이고, 집요한 이십오 년간의 음모를 듣게 되었다.

무림칠성을 물리치고도 한 사람의 신비인에게 깨진 달단척뢰는 근 육십 년에 가까운 기간을 복수를 위해 이를 갈아왔다.

제일 먼저 한 것은 그를 물리친 신비인 이무영을 찾는 일이었다. 하나 어디로 사라졌는지 그의 종적은 도저히 찾을 수 없었다. 해서 계획은 긴 시간을 바라보며 실행되었다.

첫째는 중원에서 활동할 거점을 마련. 그것을 위해 나이 어린 조카를 천마성의 제자로 잠입시켰다. 그가 바로 유불군으로 전대 천마성주의 제자가 되어 거점을 만든다.

둘째는 중원의 이목을 벗어나기 위해 그는 침묵에 들어간다. 그 모든 복수심을 숨긴 채 은거에 들어갔다. 해서 결과적으로 무림칠성은 그를 주시하면서도 아무것도 알 수 없었다.

"그렇게 모든 것은 시간 속에 묻혀 버리고, 자칫하면 모든 계획이 물거품이 될 뻔했지. 그런데 하늘이 우리를 도우려는 것인지 이십오 년 전 나는 우연한 기회로 한 청년을 만나게 되었지. 모든 면에서 뛰어난 그 청년과 만나며 사라질 뻔했던 계획이 다시 꽃을 피웠어."

"설마? 그 청년이라면……?"

"후후후. 누군지 알겠는가? 그가 바로 사불휘로 그의 정체는 우리가 찾으려던 군자문의 후예. 그래서 나는 그를 통해 중원 정복과 군자문에 대한 복수를 계획했다. 거기다 하늘이 도움인지 제갈세가에 필적한다는 사마세가의 마지막 후예인, 사마융을 수하에 두고 있었다."

"아……!"

사유설은 컴컴한 하늘이 새하얗게 변하는 경험을 했다.

그 당시 달단태무는 사마융과 가깝게 지내며 천마성에서 지낼 수 있는 거점을 마련해 주었다. 지금에 와서는 사마융에게 천마성의 성주란 높은

직책까지 얻게 만들지 않았는가?

“사마융이 있어 나는 이 모든 계획을 세울 수 있었지. 거기다 차후에라도 걸림돌이 될 세 명의 기재도 그 속에 포함시켰다. 바로 구파일방의 위세를 누른 옥황성의 진천익과 흑도인들의 희망이라 불리는 두휘, 거기다 비록 지금은 침상 신세가 되었지만, 사제인 요중문은 각기 정도, 흑도, 마도를 대표하는 뛰어난 기재들이지. 해서 사마융과 나는 이들까지도 함께 제거할 목적으로 하나의 거대한 계획을 짰다. 그리고 이 계획의 시작은 바로… 신주사미와 사불휘를 만나게 하는 것이었다.”

“……!”

“왜 이제야 깨달았나, 사불휘와 사매의 만남은 미리 예측이 되어 있다는 것을? 내가 아니었다면, 그가 왜 천마성의 세력권 안으로까지 오겠는가?”

“그럼, 그가 그 당시 병에 걸린 것도 다 당신이 획책했던 것이란 말인가요?”

“그건 아니지. 병에 걸린 것은 그가 진청하와 헤어지면서 심신이 약해져서였지. 아마 그가 신주사미 중 진정으로 사랑했던 여인은 진청하 그녀일 거야.”

“으으으…….”

사유설은 신음이 나오는 것도 모자라 이빨마저 부딪쳤다. 그럼, 그 다음에 벌어진 그 일도?

“그… 그럼, 일부러 나와 그를 만나게 했고, 그러고도 나를 협박해 그런 짓을… 그런 짓을…….”

주르륵.

사유설의 눈에 진한 눈물이 흘렀다. 너무도 괴롭고 너무도 고통스러웠건만, 그저 지은 죄라 여겨 속절없이 가슴에 묻어두었던 일인데, 그 모든 것이 계획되어진 것이라니…….

"그것도 하나의 계획이었지. 아무래도 사매의 협조가 없어서는 마도인들의 지지를 받는 사제를 밀어낼 수 없었거든. 그 덕분에 사제는 은거하고, 나는 조금 편하게 지낼 수 있었지."

"악마야! 당신은 악마야! 아니, 그보다 더한 괴물이야!!"

사유설의 악에 받친 목소리가 터졌다.

하지만 달단태무는 그 말에 더욱 즐거운 표정을 지었다.

"후후후. 사매만 그런 경우를 당한 것이 아니니 너무 서글프게 생각지 마라. 주경란도 나를 보면 사매와 같은 소리를 할 거야. 거기다 용리연이 있는 용씨일가는 나를 죽이려 이를 갈고 있지."

오히려 너무 당당해 사유설은 잠시 혼란이 왔다.

그러나 사유설에게 당면한 문제도 작지가 않았다.

"그보다 어떻게 할 거예요? 산이는… 산이는… 설마 그 아이에게 이 이야기를 할 것은 아니죠? 그 아이는 아무것도 몰라요. 오직 남편이 친아버지라 믿고 있어요. 게다가 이제는 한 아이의 어미가 되려는 아이예요. 제발… 제발… 흑흑."

막 정신없이 소리치던 사유설은 더 이상 견디기 힘들었는지 마지막에 가서는 '제발'이란 말만 반복했다.

그런데 이번만큼은 달단태무의 마음을 건드렸는지, 얼굴에 드리워졌던 웃음기가 사라졌다.

"좋아. 그럼, 사매에게 선택권을 주도록 하지. 이제 마지막만 남겨 놓은 이번 계획. 그것의 마지막을 사매가 장식해 줘야겠다."

"……?"

그 한마디에 흐느껴 울던 사유설의 눈물이 그쳤다.

달단태무는 그런 사유설의 눈을 바라보았다. 세상의 어머니가 다 이럴까? 그녀의 눈은 지금 강하게 빛이 났다.

"이제 남은 것은 마지막 무대 하나. 사매가 그 무대의 주연이 되어주어어야겠어."

"……?"

"바로……."

달단태무는 사유설이 해야 할 이야기를 해주었다.

"당신… 너무 하는군요."

사유설은 그 말을 듣고 나자 치가 떨렸다.

"사매에게 선택권은 오직 하나야."

그러나 무심한 달단태무는 그저 그녀의 대답을 기다렸다.

그런데,

휘익.

갑자기 한 인영이 달단태무의 뒤에 나타났다.

그는 얼굴에 귀면을 쓴 자로 달단태무의 직속 호위를 맡고 있는 귀면대주였다.

"무슨 일이냐?"

"사마융이 깨어났습니다."

"그래? 알겠다. 물러나라."

"존명!"

파앗.

귀면대주는 대답과 동시에 또 허공으로 사라졌다.

"저자들은 천마성 사람들이 아니군요."

"그래. 그들은 포달랍궁의 인물이지. 이미 바뀐 지 꽤 오래되었다. 그보다 선택은?"

달단태무는 다시 한 번 그녀에게 질문을 던졌다.

사유설은 몇 번이고, 망설이는 눈빛을 보이는 듯하다가 고개를 끄덕였다.

"대신 산이에 대한 일은 죽을 때까지 입 밖에 내지 마세요."

"알겠다. 포달랍궁의 십존자 나후라의 이름을 걸고 약속하지. 거기다 사제의 목숨도 보장해 주겠다."

"알겠어요."

"그럼."

사유설이 대답하자 달단태무는 천천히 걸음을 옮겼다.

나타날 때와는 반대로 빛에 있다 어둠 속으로 녹아들어 갔다.

그리고 그가 사라지자 사유설은 온몸의 점혈도 풀어지는 것을 느꼈다.

풀썩.

풀어짐과 동시에 더 이상 서 있을 수 없어 그대로 바닥에 무너졌다.

"이십오 년의 시간. 하나의 음모… 그리고도 다시 한 번 이용되어야 하다니… 하나!"

사유설은 부서지려는 마음을 다시 잡았다.

"딸과 남편을 위해서라면!"

그 후, 어느 정도 시간이 흘러서야 사유설은 몸을 일으킬 수 있었다. 그리고 그녀는 힘겨운 몸을 이끌고 내일의 여행을 위해 침소로 향했다.

날이 밝자 천마성을 통해 하나의 소문이 퍼져 나갔다.

다름 아닌 요중문의 반란으로 천마성의 수뇌부가 회생불능의 상태에 빠졌다는 것. 해서 잠정적으로 천마성 산하의 문파들은 봉문에 빠졌고, 천마성은 변황과 중원의 무력 충돌에도 참석할 수 없다는 공식적인 입장을 표명했다.

그렇게 되자 중원 무림인은 완전 혼란에 빠졌다.

특히 혹시라도 같은 중원인인 마도의 동참을 기다리던 정도와 흑도의 인물들에게는 그건 커다란 여파를 불러일으켰다. 그렇다고 할 수 있는 것은 그들에 대한 맹렬한 비난뿐이었지만, 천마성은 그런 비난 속에서도 꿈쩍하지 않았다.

거기다 중원의 운이 다하려는지 오히려 변황 쪽에 새로운 힘이 가세했다.

지금까지 무림에 좀처럼 모습을 드러내지 않은 신비문파인 북해빙궁(北海氷宮)의 등장.

그들은 포달랍궁의 손을 들어주며, 가뜩이나 고수의 부재로 애를 먹는 중원에 심각한 타격을 주었다.

거기다 비밀스런 소문을 뿌리며 중원을 횡단하는 검은 마차. 그곳에는 전 무림이 놀랄 엄청난 비밀이 숨겨져 있다고 했다.

그로 인해 일선을 지휘하는 무림사강마저 크게 동요하고 말았다. 특히, 한 통의 서찰을 받은 그날, 옥황성주 진천익은 전권을 사제에게 섬기고 직접 그 뒤를 쫓는 일까지 벌였다.

점점 전황은 중원인에게 불리해져 갔고, 빠르게 흐르는 시간은 어느덧 새해를 알리는 원단(元旦)을 불러왔다.

백운산(白云山) 아래에 자리한 흥국(興國).

무림인에게는 몰라도 일반사람에게는 원단은 일 년 중 중추절과 더불어 가장 큰 명절이다. 더욱이 새해를 여는 때인 만큼, 다른 때보다 더욱 즐겁고 활기차게 보낸다.

해서 각 가옥에서는 복(福)이라는 글자를 거꾸로 써서 각 대문에 붙여놓거나 기둥에는 길짐승의 그림을 붙여놓았다.

골목에선 아이들이 폭죽을 쫓아 이리저리 뛰어다니고, 각 상점에도 경축을 비는 초롱을 걸어 놓아 마을 전체가 원단의 기운에 푹 빠져들었다.

그리고 그런 모습을 바라보던 일도는 은연중 미소를 지었다.

'벌써 원단이 다가왔는가?'

비도를 쫓아 백운산에 든 지 어느덧 한 달.

사문의 명을 완수하기 위해 찾은 백운산의 조사동에서 일도를 기다리던 것은 의외의 사실들이었다.

사조 이무영과 사조모 은이랑은 이미 이 세상 사람이 아니었다. 그들은 마지막 관문인 절대무벽을 넘은 후, 나란히 도를 이루어 등선을 했다.

그리고 그들이 남긴 하나의 절대무학.

지금까지 일도가 배워왔던 군자문의 무학과 상반되는 그 무공은 숙녀문의 묘리와 합쳐져 탄생했다.

원래 군자문의 무학의 요체는 집중. 숙녀문의 무학의 요체는 분산이었다.

해서 군자문의 최고의 무공은 집중력의 극을 보이는 만변호월(萬變浩月). 숙녀문의 최고의 무공은 분산력의 극을 보이는 이기탄검요(以氣彈劍謠).

두 가지 다 이기의 묘용을 갖고 있다는 공통점이 있으나, 실상은 극과 극인 무공이 이번에 하나가 되어 새로운 무공으로 탄생된 것이다.

바로 호월파(浩月派).

지난 한 달 동안의 조사동에서의 생활은 일도가 군자문의 제자라는 것에 더욱 커다란 자부심을 갖게 되었다.

물론, 그전에 화정오색진기를 하나로 만들어 호연일체(浩然一體)를 이루어서 한 달이었지. 그렇지 않았다면 얼마가 걸렸을지도 모를 일이었다.

일도는 주변을 둘러보던 시선을 거두었다.

'한 달이라면, 너무 많은 일이 벌어졌을지도 모른다. 빠른 시간 안에 천마성의 일을 확인하고 수로채로 향해야겠다.'

얼른 마음을 추스른 일도는 발길을 돌려 마을 밖으로 걸음을 옮기려 할 때였다.

"에이, 정말 더러워."

"힘이 없는 게 죄지. 달리 따로 죄가 있겠나?"

"에잇, 이보게 술이나 마시러 가세. 요즘 무림 돌아가는 꼴을 보면 속에 불이 나는 것 같네."

허리에 병장기 하나 차고 있는 모습이 영락없는 무림인이었다. 그런데 풍겨지는 기도나 행동거지가 능력은 없어도 걱정은 태산처럼 보였다.

'흐음…….'

일도는 그냥 지나치려 했으나, 잠시 제자리에 멈추었다. 왠지 한 달 동안의 변화를 알려면 그들의 뒤를 쫓는 것이 좋다는 생각이 들었다.

'그래. 움직이기 전, 어떻게 변했는지 알아보는 것도 좋지.'

일도는 멀어지는 두 무림인을 쫓아 그들이 들어가는 한 주루로 따라 들어갔다.

그들은 들어가자마자 신경질적으로 병장기를 내려놓고, 주인장을 찾았다.

"점소이, 여기 술."

"예. 잠시만 기다리십시오."

원단이라 그런지 사람들이 별로 없었다. 거기다 있는 사람도 주로 떠돌아다니는 무림인들로 그들은 나름대로 타향에서 원단을 맞는 모습들이다.

일도는 대충 이야기가 들려올 만한 곳에 자리를 잡고, 간단하게 주문을 마친 후 그들의 대화에 귀를 기울였다.

그들은 술이 나오자 각자의 잔에 따라주고, 그 상태로 서너 잔을 마신 후 그제야 입을 열었다.

"정말 일이 그렇게 될 줄 누가 알았나?"

"하긴 그걸 알면 저잣거리에서 자리 펴지, 뭐 하러 무림인을 할까?"

"그건 아무리 점쟁이 할아비라도 못 맞춰."

"그렇지."

그들은 아직 본론에 들어갈 생각은 없었는지 조금 더 이야기를 빙빙 돌리다 본격적인 이야기로 들어갔다.

"그나마 무림칠성 어르신들이 있으니 든든한 거야. 그 뒤를 잇는다는 무림사강 중 하나는 사형 자리 뺏으려다 자리보전 중이고, 한 사람은 마누라 땜시 신세 버리지 않았는가? 뭐 하러 오랑캐들과 잘 싸우던 사람이 그곳에 가서 목숨을 잃었는지……."

"쯧쯧. 그러니 가화만사성이라고 하지 않았는가?"

그들은 혀를 차며 고개를 내저었다.

"……?"

일도는 그들의 이야기를 들으며 무언가 이상한 예감이 들었다.

"그나마 옥황성에 뛰어난 공씨 부자가 있으니 수습이 되었지. 안 그랬으면, 졸지에 오합지졸 꼴 났을 거야."

"등천검객 공 대협이 정마쌍뇌 중 정도제일뇌 아닌가? 더욱이 그 아들은 옥황무맹의 수장들에게 신임도 두텁고, 게다가 죽은 진 성주는 집안 문제로 전부터 신망을 잃었다고 하지 않나? 결국 그 집안 문제로 죽었지만……."

그 말에 일도는 너무 놀라 눈이 찢어질 듯 부릅떠졌다. 옥황성주 진천익이 죽다니…….

"그러나 그 반대로 더욱 명성을 날린 자도 있지 않은가? 같은 무림사강이면서 산적들의 우두머리라 다른 자들보다 하위로 보여졌던 두 채주. 이번에 뒤통수를 치려던 천마성의 발호를 그가 아니었다면 어떻게 막았겠는가?"

"듣기로는 과거 일로 용씨일가에서는 천마성을 예의주시하고 있었다는데? 그래서 기회를 보다가 천마성을 막을 수 있었고 말이야."

"그런데 옥황성주를 끌어들였다는 검은색의 마차. 대체 거기에 뭐가 있었을까? 소문이야 무림을 발칵 뒤집는 비밀이 있다고는 하나, 은밀하게 도는 이야기론 옥황성주 진 부인과 바람 핀 자가 있다고도 하고, 어떤 자는 마차에 탄 요곡주의 부인을 보았다고도 하고, 또 어떤 소문은 둘이

다정하게 있다고도 하고… 당최 소문이 복잡해서리 답이 없어. 단지 드러난 것이라곤 진 성주가 그 마차를 쫓다 죽었다는 것과 그를 죽인 자가 천마성주란 사실 아니겠는가?”

점점 일도는 머리 속이 하얗게 변해가는 것을 느꼈다.

잠마곡주의 부인이라면 일도에게 장모인 사유설이고, 같이 있었다는 사람은 혹시… 혹시…….

“그나마 그 당시 과거 강호제일 풍류객으로 이름 날렸던 만리추풍객 정윤한이 나타나 잠마곡주의 부인을 빼내오지 않았다면, 어찌 천마성주가 변황의 간세라는 것을 알 수 있었을까? 그 천하제일의 경공이 아니었다면, 그녀의 증언도 없었을 테고, 무림칠성의 일인인 혈악도제 어르신과 천마검제 어르신이 마도를 어우르지도 못했겠지. 덕분에 변황에 밀렸던 전황이 마도가 가세하며 팽팽해지지 않았나?”

“그래, 거기다 갑작스레 몸을 뺀 북해빙궁. 원래 그들은 누구를 찾으러 중원에 온 것이라며, 그들이 빠졌다는 것은 찾았다는 것이겠지?”

“그렇겠지. 덕분에 전황은 다시 장기전으로 빠지고, 그래서 무림칠성 어르신들이 특단을 내렸다던데 변황제일고수와 중원제일고수가 화산 조양봉에서 일전을 갖자고.”

“그런데 왜 제삼차 천하영웅논검대회일까? 언제 일, 이차라도 벌어졌나?”

“낸들 아나? 이런 것도 다 소문이라 사실 여부는 알 수 없지. 그보다 앞으로 논검대회까지 한 달이 채 남지 않았군. 도대체 중원에서는 누가 나갈까? 무림사강인 두 채주? 아니면 무림칠성 중 몸이 좋지 않은 녹림호왕 어르신을 제외한 육 인 중 한 명?”

“몰라. 여하튼 나는 중원인이니 중원제일고수가 이기길 바라야지. 자자! 일단 술이나 마시세. 우리도 슬슬 구경하러 출발해야 하지 않겠나?”

"그려, 얼른 출발해야지. 이번 대결도 대결이지만, 중원의 정도, 흑도, 마도의 최고고수가 한 자리에 모이기까지 한다니 그 자체로 최고의 구경 아니겠는가?"

그리고 더 이상 할 이야기는 없는지 그들은 주거니 받거니 하면서 술을 마셨다.

덜컹.

일도는 무의식적으로 자리에서 벌떡 일어났다.

'화산 조양봉… 반 달 후……'

그는 더 이상 아무 생각할 수 없어 그래도 주점을 벗어나 화산이 있는 섬서성을 향해 몸을 날렸다.

그리고 잠시,

"휴우……."

"힘들군, 힘들어."

한참 떠들던 두 무인이 의자에 몸을 기대며 땀을 닦았다.

"그보다 저 공자가 확실하지?"

"잠시만 기다려 보게."

한 사내가 품에서 한 장의 종이를 꺼내더니 탁자 위에 길게 펼쳤다.

그러자 하얀 종이 위에는 한 사람의 초상화가 그려져 있었다.

선한 눈매에 순해 보이는 얼굴. 영락없는 일도의 모습이 아닌가?

"틀림없어. 우리가 이 초상화를 몇 번이나 들여다보았는가?"

"하긴 누구의 명인데, 개방도로서 감히 방주님마저 흔드는 풍파요화 조 아가씨의 심경에 거스르면 그날부로 동냥 그릇을 걷어야지."

그들은 한 사람의 얼굴을 떠올리며 떨떠름한 표정을 지었다.

"그런데 저 공자가 얼마나 대단하기에 소림사, 녹림, 수로채, 옥황성, 심지어 천마성에서까지 찾으려고 하지?"

"자네, 다른 거 필요 없고, 조 아가씨가 인정한 남자 아닌가? 지금까지 남자를 거지 발가락의 때보다 못하게 여긴 아가씨의 입에서 언급된 남자일세."

"쩝! 하긴……."

사내는 입맛을 다시다 얼른 술을 입속에 들이부었다.

"자. 그럼, 우리도 가세. 모든 이들이 기대하는 대결인데. 우리도 가야 하지 않겠나?"

"그래, 맡은 바 명은 완수했으니 구경하러 왔다고 뭐라 그러지는 않겠지."

빨리 본 방에 이 소식을 알려 계속해서 일도가 화산의 조양봉 행을 서두르게 부추겨야 할 필요가 있었다. 이미 유불군이 달단태무라는 것이 밝혀져 중원의 이념을 달리하는 자들은 무림칠성의 영도 아래 하나로 뭉쳤다.

그 와중에 구파일방의 대표격인 소림의 지지를 받는 일도는 그야말로 모든 이들에게 주목이 되었다. 더욱이 그를 아는 무림칠성도 하나 둘, 일도를 인정하니 모든 것의 결과는 일도가 서둘러 화산 조양봉에 당도해야 할 것이다.

화산까지의 거리는 한 달이 좀 못 되는 여정.

서둘러야 이 복잡한 이야기의 끝을 볼 수 있을 것이다.

*　　　　*　　　　*

섬서성의 화음현(華陰縣)에 위치한 서악(西岳) 화산은 도가의 또 다른 성지로, 어찌 보면 무당산보다 더 깊은 역사를 갖고 있다.

특히 역사와 전통을 자랑하는 화산파가 자리잡고 있어 무림에서 그 위치가 매우 컸다.

화산을 이루는 세 개의 봉우리 중 자식 같은 세 봉우리를 가진 연화봉을 제외하면 고고하게 우뚝 솟은 선인봉과 낙안봉이 제일 높다 할 수 있다.

그중 선인봉은 일명 조양봉이라 불리며 다른 봉우리보다 더 당당함을 나타냈다.

원래대로라면 화산의 주인은 화산파여야 하지만 오늘만큼은 그들이 아니었다.

알려지지 않은 육십 년 전을 제외하고라도 오늘 이후로는 분명 조양봉에서 가장 기억되는 사람은 단 한 사람일 것이다.

웅성웅성.

사람이 많이 모이다 보니 여기저기 핀 이야기꽃으로인해 조금 소란스러웠다.

자연스레 나뉘어진 패거리들은 동편과 서편에 자리잡았다.

거기다 언제 준비했는지 임시막사까지 만들어져 제법 위치가 있는 자들은 자리에 앉아 시간이 지나기를 기다렸다.

동편은 중원 무림의 진영으로 무림칠성과 각파의 수장들이 자리를 잡았다. 그러나 옥황성만은 수장이 아닌 부수장인 공우량이 차지했다.

서편은 변황 무림의 진영으로 이번에 중원진출에 앞장선 문파들 중 세력 면에서 손꼽히는 자들의 수장이 차지했다.

양편에서도 유독 눈에 띄는 곳은 포다랍궁의 수장들이 자리한 곳과 무림칠성이 자리한 곳이다.

특히 무림칠성은 맞은편의 달단척뢰에게 보내는 시선이 상대를 태워버릴 듯 강렬했다. 또한, 달단척뢰의 옆에 있는 달단태무는 권황 유운과 무적용왕의 용각의 시선에 한 줌의 재라도 될 것 같았다.

"아직 오지 않았느냐?"

두공은 옆에 자리한 두휘를 보며 물었다.

"예. 듣기로 개방에서 제대로 전달을 했다고 하는데, 이놈은 어디서 뭐를 하는지… 설마 못 알아듣고, 다른 데로 샌 것 아니야!"

"그럴 걱정 안 해도 될 거다. 내가 보기에 네놈보다 그 아이가 훨씬 똑똑하니까."

그 한마디에 두휘의 얼굴은 금방 구겨졌다.

"아버지, 제깟 놈이 똑똑해 봐야 제 손바닥 안입니다. 거기다 언제까지 구박하렵니까? 이제 엄연히 무림일강(武林一强)이 되었는데, 나름대로 표현에 신경 좀 써주십시오."

두휘는 한껏 거드름을 피며 두공에게 따지고 들었다.

그 모습에 두공의 눈이 가자미눈이 되었다. 마치 못 들을 것이라도 들은 것처럼 똥 씹은 표정을 짓다 한마디를 던졌다.

"희선이 없어졌다."

"예?!"

두휘는 그 한마디에 벌떡 일어났다. 그리고 주변을 미친 사람처럼 두리번거렸다.

"아빠, 왜요?"

"아… 아니다."

그런데 두공의 말과 달리 두희선은 용리연의 옆에서 열심히 사탕만 먹고 있는 것 아닌가?

"쯧쯧. 그래서 호박에 줄 긋는다고 수박 되는 거 아니라 하는 거다. 세상에 둘도 없는 이 팔불출 같은 놈아."

"으으… 으으."

두휘는 얼굴까지 붉히며 분노를 삭혀야 했다. 하나 상대가 상대인지라 아무 말도 못하고 그대로 의자에 앉았다.

그리고 그 순간,

"오빠. 오빠!!"

두희선이 누구를 봤는지 자리에서 일어나 한 사람을 불렀다.

너무나 큰 목소리기에 주변에 있던 자들의 시선은 자연스레 향했다. 그리고 그를 아는 자들의 반응이 나타났다.

"오……."

구파일방에 있던 소림의 공문이 반색을 했다.

"에?"

조패림도 눈치를 챘는지 놀란 반응을 보였다.

그리고 두공과 두휘, 용각과 용리연, 일도를 아는 자들이 모두들 반가움을 숨기지 못했다.

일도는 모두들 무사한 모습을 보자 이곳까지 오는 내내 굳어졌던 얼굴을 풀 수 있었다. 거기다 반가움에 달려오는 두휘선을 보자 한줄기 미소까지 더해졌다.

"잘 지냈소?"

"응! 그보다 다들 기다렸어."

그런데 무슨 일인지 울고불고, 매달릴 줄 알았던 두희선이 조용히 일도의 손을 이끌었다.

일도는 모두가 기다리는 곳으로 가 인사를 했다.

"늦었습니다."

"많이 변했구나."

두공은 일도가 예전에 볼 때와 너무나 달라진 것을 느꼈다. 눈빛은 물론, 기도와 행동까지 예전에 그가 알던 일도가 아니었다.

"그보다 할아버님 몸이……."

일도는 그의 상태가 예전하고 다른 것을 느꼈다.

“흘흘흘, 늙은이가 나이 들면 다 그런 거지. 자! 그보다 기다리는 사람들에게 인사나 드려야지.”

“예.”

일도는 다시 한 번 찬찬히 그들의 얼굴을 보며 인사를 했다.

“제가 좀 늦었습니다.”

그런데,

멀리서는 보이지 않던 인물이 일도의 눈에 띄었다.

“정 선생님! 전 노야!”

“하하하. 오래간만일세.”

정윤한은 가까이 다가와 일도의 손을 잡아주었다.

이제 다리는 다 완쾌되었는지 절뚝거리지 않았다.

“무사한 것을 보니 마음이 놓이네. 나로 인해 그동안 고생했다는 이야기 들었네. 이거 미안하네.”

전충은 미안함에 얼굴을 펴지 못했다.

그리고 그들의 뒤에 있던 자미부인은 아예 시선을 마주치지도 못했다.

그러자 전충은 더욱 미안한 표정을 지었다.

“괜찮습니다. 그저 두 분이 무사한 것이면 족합니다.”

일도는 이제야 무언가 묵직한 것이 내려앉는 것을 느꼈다.

“이거 자네 얼굴 보니 묻고 싶은 것이 많은 것 같은데, 이야기는 나중에 하도록 하세. 너무 많은 일이 있었네. 그리고 너무나 긴 이야기가 될 것 같고……”

정윤한은 미소로 모든 것을 마무리 지었다.

일도도 그 미소의 의미를 알 수 있었다. 전충과 자미부인의 얼굴을 보니 계속 물어보기도 미안했다.

“장주, 오랜만이오.”

그리고 그때 기다릴 수 없었는지 공문이 광진을 데리고 다가왔다. 또, 그 뒤에는 조패림도 슬그머니 따라왔다.

"대사께서는 알아보시는군요."

"허허. 어찌 못 알아보겠소? 세상에서 장주같이 욕심이 없는 눈빛은 찾아보기 어렵소."

"장주, 건강하시니 다행입니다."

"광진 스님이야말로 여전하군요."

"저… 저기……."

그들이 이야기를 나눌 때 조패림이 불쑥 끼어들었다.

그러자 광진은 미간을 찌푸리며 그녀가 가까이 오도록 자리를 비켜주었다.

"이봐요, 손으로 눈 아래 좀 가려봐요."

"……?"

일도는 그녀의 말이 선뜻 이해가지 않았다.

"답답한 표정 하지 말고, 풍운장 때처럼 얼굴을 가려보란 말이에요."

조패림의 표정을 보니 빨리 끝내는 게 낫다 여겨 일도는 손으로 얼굴을 가렸다.

"앗!!"

그러자 조패림이 바로 탄성을 질렀다.

"아이구. 저 계집, 얼른 이리 못 오느냐?"

결국 개황조곡이 나서서 그녀를 끌고 사라졌다.

"그럼, 장주 부탁하오."

"……?"

일도는 공문의 말을 이해할 수 없었다.

"허허허. 광진아 이제는 기다리는 일만 남았다. 그러면 네가 예전에

물었던 군자대도행이라는 말의 의미를 깨달을 수 있을 것이다.”

“아미타불.”

광진은 미소와 함께 불호를 외우고 사라졌다.

그들은 각자 자리로 돌아가고 나서 주변에서 던지는 질문에 답을 하며 이쪽에 신경 쓸 수 없었다.

일도는 잠시 천마성 쪽을 보니 이쪽을 바라보던 천군성이 말없이 고개를 까닥였다.

일도도 마주 답례를 했다.

그런데 그는 지금 두 명의 노인과 같이 있었다.

백발을 용잠으로 고정시킨 채 마치 한 자루의 검을 연상시키는 노인과 적발에 적염을 자랑하는 홍안의 노인.

그중 홍안의 노인은 일도를 바라보는 눈빛이 심상치 않았다.

“흠. 고놈, 설이와 산이의 칭찬이 자자하더니 확실히 대단한 놈이군. 그럼, 실망시키지 말거라. 만일 실망시키면 내 손으로 반으로 쪼개 버릴 테니⋯⋯.”

엄포를 끝으로 혈악도제는 시선을 거두었다.

일도는 잠시 무슨 소리인가 하다가 비장한 신색으로 그를 보는 유운과 용각으로 인해 마지막으로 그들에게 다가갔다.

“외조부님, 조부님.”

“내 긴 이야기는 않겠다.”

용각이 심각한 표정으로 입을 열었다.

“상대로 어느 누가 나오든⋯ 그는 너의 철천지원수다. 절대 손속에 사정을 두지 마라. 특히 유불군, 아니, 달단태무 그놈은 절대 용서치 말거라.”

“그래. 저놈은 너의 아버지를 죽인 원수이며, 이십오 년 전 수로채에 침입해 네 사저를 납치해 간 놈이다.”

두 사람의 말에 일도의 고개가 건너편으로 향했다.

그곳에는 유독 눈을 끄는 두 사람이 있었다.

작은 체구이지만, 강렬한 기운을 내뿜는 노승과 백색 바탕에 검은 흑룡을 입은 중년인이었다.

그리고 누가 가르쳐 주지 않아도 그 중년인이 유운과 용각이 말한 자라는 것을 알 수 있었다.

일도는 시선을 달단태무에게 고정한 채 한자한자 힘주어 뱉어냈다.

"저는 한 가지 결심한 것이 있습니다. 바보처럼 망설여 나의 친인들이 다치는 것을 보지 않겠다고 말입니다. 앞으로 옳은 일이라 생각되는 것에는 절대 머뭇거리지 않을 것입니다."

"그럼 가서 결론을 내고 오너라."

용각의 한마디에 일도는 천천히 걸음을 옮겼다.

이미 이야기가 끝났는지 그가 나서는 데도 아무도 막지 않았다.

무림칠성이 인정하고, 무림사강이 선택했다. 더욱이 소림이 그 뒤를 지지해 주었다.

그를 잘 모르는 자들은 미심쩍은 눈빛을 보냈지만, 아는 자들은 절대적인 신뢰를 보냈다.

그리고 그가 나서자 상대편에서도 한 사람이 걸어나오기 시작했다.

"나는 이미 일선에서 물러난 몸, 변황의 대표는 포달랍궁의 열 번째 존자인 나후라로 정했다. 만일 그가 패한다면, 변황은 깨끗이 물러나겠다."

작은 체구에서 뿜어지는 음성이라 할 수 없을 정도로 달단척뢰의 이 말은 산 정상을 울리며 퍼져 나갔다.

'철 낭자……'

일도는 그쪽을 보다 조금 멀리 떨어진 곳에 위치한 자들을 보았다.

다른 자들과 달리 하얀색 곰의 가죽으로 옷을 해 입은 자들. 그 선두에는 생김새가 비슷한 두 명의 여인이 서 있었는데, 그중 젊은 여인이 철무린이었다.

[사부님은 아니지만, 그는 강한 자예요. 그러니 조심하세요. 이게 제가 해줄 수 있는 전부예요.]

일도는 귓가를 울리는 철무린의 전음을 들었다.

[내 그 마음 잊지 않겠소.]

아무래도 이 대결의 배후에는 철무린의 그림자가 작용한 듯했다.

그것을 끝으로 일도는 모든 정신을 상대에게 주었다.

첫 만남이지만, 그 어떤 만남보다 강렬했다. 거기다 상대는 지금까지 겪어온 모든 불행의 시초가 되는 자였다.

둘은 중간에 이르러 삼 장을 두고 멈춰 섰다.

그리고 잠깐 상대를 살폈다.

"후후후. 처음에는 백부님과 너의 사조. 두 번째는 나와 너. 중간에 있어야 할 너의 사부가 빠졌구나. 아니지 내가 빠지게 한 것인가?"

달단태무의 말에는 여운이 남았다.

"사부님을 어떻게 했소?"

"이 자리에 없는 것을 보면 모르겠느냐? 후후후!"

"당신!"

일도의 두 눈꼬리가 높이 치솟으며 전신에서 강렬한 기세가 솟구쳤다. 이제 적화열염진기로 인한 분노는 사라졌지만, 사불휘는 그에게 아버지나 다름없었다.

하나 달단태무의 이야기는 아직 끝이 아니었다.

"어차피 정해진 일 아니더냐? 미녀에게 눈이 멀어 그런 일을 저지른 것은 본인이다. 나는 자리만 만들어줬을 뿐이지. 더욱이 마지막에도 멍청하게 여자를 쫓아 험지로 온 자에게 얼마나 더 행운이 있을 거라고 믿느냐?"

꾸우욱.

일도는 강하게 주먹을 쥐다 못해 몸이 부들부들 떨렸다.

그때 들려온 한마디가 그의 전신에서 분노를 건져 갔다.

"내 미쳐 이야기하지 못했는데, 자네 사부는 무사하네. 지금 사모와 함께 모처에서 요양 중이시니 걱정말고, 열심히 싸워보게나."

정윤한의 그 한마디는 시원한 청량제가 되어 일도의 전신을 덮었다.

그러자 달단태무의 얼굴이 잠시 굳어졌다.

"휴우… 당신은 마지막까지 용서받을 수 없는 자요."

"용서? 사매하고 같은 말을 하는군. 언제나 승리는 독한 자의 것이다. 네놈의 사부는 그렇지 않았기에 패자가 된 것이고……."

"그 말 명심하겠소. 대신 나는 나의 방법으로 끝을 내겠소. 당신이 유형의 아버지란 사실을 하늘에 감사 드리오."

"건방진 놈, 너는 나를 너무 모르는구나!"

쐐아아아.

달단태무의 전신에서 강렬한 기의 폭풍이 몰아쳤다.

그 바람은 일순 하늘을 말려 올릴 정도로 강하게 불며 주변에 쌓였던 눈까지 허공으로 솟게 만들었다.

"자! 너의 죽음으로 중원을 발아래 두겠다. 마극연성공(魔極煙成功)!"

기합성과 함께 달단태무의 전신에 뿌연 안개 같은 기류가 퍼져 나왔다. 그리고 그것은 온 세상을 뒤덮을 해일처럼 일도에게 덮쳐 왔다.

과거 남궁일도의 목숨은 물론, 용각의 팔을 으스러뜨리고, 마지막으로 요중문의 마황변갑신마저 무용지물로 만들어 버린 절대마공이 나타났다.

일도는 잠시 호흡을 가다듬고 대자연의 기를 느꼈다. 이미 호연지체를 이룬 몸이라 의지를 일으키니 대자연의 무한 거력이 일도의 전신으로 밀려왔다.

우우우웅.

그러자 일도의 전신에 눈이 부신 금광이 어리기 시작했다.

"호월파(浩月派)!!"

부웅. 부웅. 붕붕.

일도의 전신에서 금색의 구체들이 솟구쳤다.

하나, 둘, 셋, 넷, 다섯, 여섯…….

계속해서 불어나는 호월의 숫자는 밤하늘의 별을 닮아갈 듯했다.

"저, 저럴 수가."

유일하게 호월의 쓴맛을 본 정윤한이기에 그 모습에 입이 벌어졌다. 예전에는 분명 하나뿐이 사용할 수 없었는데, 보는 지금도 계속해서 불어나 갔다.

꿈틀.

그건 이무영과의 대결에서 쓰디쓴 패배를 맛보았던 달단척뢰도 다르지 않았다.

그리고 그 순간 일도의 명령이 떨어졌다.

"가라! 호월!"

슈아아아앙.

날카로운 파공음을 내는 금색 별무리가 그대로 달단태무에게 쏟아졌다. 하늘의 유성비가 한 사람에게 떨어지듯, 계속해서 별의 비는 달단태무의 안개에 부딪쳐 갔다.

펑. 퍼벙.

"크윽."

달단태무는 강기무를 사정없이 두드리는 그 공세에 몸이 주춤거렸다.

일반적인 강기라면 그대로 강기무에 스러져 사라질 법도 한데, 금구는 스러지지 않고, 순서를 바꿔가며 하늘로 올라갔다 떨어지기를 반복했다.

그리고 일도는 허리의 군자검을 뽑아냈다.

이미 조사동의 비학을 익혔기에 강한 집중력 속에서도 분산되는 힘을 모두 조종했다. 더욱이 수많은 호월을 만들어내고도 그 모든 것을 이끌 충분한 내공도 있었다. 호연지체인 일도에게 이제 내공이란 그저 자연에 떠도는 하나의 기와 다를 바가 없었다.

퉁.

일도가 손잡이를 건들자 반검이 그대로 바닥에 떨어졌다.

"파사!"

지이이이잉.

곧 빈 공간에 벽록색 빛을 뿌리는 파사검이 모습을 드러냈다.

그리고 그 파사검을 천천히 머리 위로 들어올렸다.

"군자지교담약수(君子之交淡若水)!"

슈아악.

일도가 아무렇게 휘두른 일검에 허공이 갈라졌다. 아니, 안개의 바다가 저절로 갈라지며 달단태무의 그 모습을 드러냈다.

"헉!"

달단태무는 앞이 훤하게 드러나자 비명을 터뜨렸다. 거기다 드러난 공간으로 다가오는 파란색의 물결에 아무것도 할 수 없었다.

"……."

"산!"

일도는 그 다음에 호월을 풀어버렸다.

사르르륵.

그러자 졸지에 싸움터 주변은 수만 마리의 반딧불이 날아다니는 듯한 광경을 연출했다.

일도는 멍하니 있는 달단태무를 보며 한마디를 남겼다.

“사필귀정(事必歸正)! 소인의 생각으로 군자의 뜻을 헤아리지 마시오!”

그리고 신형을 돌려 천천히 중원무림 쪽으로 걸음을 옮겼다.

달단척뢰는 아직도 놀라움이 가시지 않은 눈으로 전장을 바라보았다.

무공이라 부르기 힘든 대자연의 힘.

“돌아간다!”

달단척뢰는 명을 내렸다.

그러자 아직 사태가 어떻게 되었는지 모르는 수하들은 잠시 어리둥절한 표정을 지우지 못했다.

“가자! 끝났다. 앞으로 군자문이 있는 한, 다시는 중원을 넘지 않을 것이다!”

달단척뢰의 목소리가 다시 한 번 높여지자 그제야 변황무림인들은 움직이기 시작했다.

그리고,

휘이이잉.

한줄기 겨울 바람이 싸늘해진 산 정상을 훑었다.

사라라라락.

가루가 되었다. 아니, 인간이 그대로 자연으로 돌아가는 듯 느껴졌다.

그만큼 달단태무의 흔적은 마치 있지도 않았던 것처럼 그렇게 허공으로 사라졌다.

그리고 두 곳의 분위기가 엇갈렸다.

“와아아아아!!”

“대단하다!”

“인간이 아니다!!”

중원무림인들은 자기의 신분도 잊고 감탄성을 터뜨렸다.

하나 변황무림인들은 다시 한 번 두려움을 곱씹으며 그렇게 조양봉을 떠나갔다. 그리고 잠시 사태를 보던 북해빙궁의 무리도 물러날 준비를 했다.

어차피 그들의 목적은 과거 소궁주의 신분으로 궁을 떠났던 진청하를 잡는 것. 거기다 외부인과의 혼약을 금했는 데도 아이까지 낳은 진청하와 철무린을 궁으로 데려가 규율을 세우는 것이 전부였다.

철무린은 잠시 떠나기 전, 걸어가는 일도의 뒷모습을 바라보았다. 이제 헤어지면 언제 만날 지 모르는 이별.

'그럼, 몸 건강하세요.'

마음만을 남긴 채 그녀는 그렇게 몸을 돌렸다.

그리고 그 순간, 귓가를 울리는 그리운 목소리가 전해졌다.

[일 년! 아니, 반년 주겠소. 그때까지 돌아오지 않으면, 내가 찾으러 갈 것이오.]

철무린은 재빨리 돌아서서 이쪽을 바라보는 일도를 향해 전음을 전했다.

[네, 꼭 돌아올 거예요.]

그제야 일도는 표정이 풀어지며 그 특유의 순박한 웃음이 지어졌다.

철무린은 그 모습을 눈에 익히려는지 뚫어지게 보다가 북해빙궁의 사람들과 함께 떠났다.

"자! 그럼 다음 장소로 갑시다!"

갑자기 두휘의 걸걸한 음성이 터졌다.

그러자 떠들던 무림인들은 모두들 의아한 심정으로 그를 바라보았다.

"이제 찜찜한 일들은 떨구었으니 기쁜 일로 채우는 것이 아니오. 사내는 싸울 때 싸우고, 풀 때는 화끈하게 푸는 거요. 모두 술 한잔하러 갑시다."

"좋습니다. 그 모든 비용은 풍운장에서 책임질 것이니 모두 그곳으로 가시죠. 괜찮겠습니까, 전 노야?"

일도는 전충에게 의중을 물었다.

“좋네. 오히려 내가 부탁하고 싶은 일이네.”

“감사합니다.”

일도는 감사의 인사를 전했다.

“자자! 모두 갑시다. 내 이번 기회에 진정한 호걸이 무엇인지 보여주겠소. 나에게 술로서 이기는 사람이 있다면, 무림일강 자리 그 사람에게 주겠소. 으하하하.”

“무림일강 어쩌고저쩌고 한 놈이… 에라, 이놈아.”

퍽.

두공이 그대로 두휘를 걷어차 버렸다.

“으하하하하.”

“하하하.”

사람들은 그 모습에 더욱 즐거운 웃음을 터뜨렸다.

일도도 그 모습에 미소가 지어졌다. 그런데 누군가가 옷을 잡아당기는 느낌이라 그쪽을 바라보았다.

그곳에는 조패림이 싱긍벙글한 얼굴로 그를 바라보고 있었다.

“그동안 곰곰이 생각해 봤는데, 아무래도 호법은 무리겠어요.”

“……?”

“왜 전에 호법 자리 주기로 했잖아요.”

“그 일이라면 낭자 편한 대로 하시오. 어차피 나는 곧 풍운장을 떠날 것이오. 그러니 낭자도 미련을 두지 마시오.”

“그래서 하는 말이에요. 호법을 하면 제가 손해 볼 것 같아서 차라리 다른 거 하기로 했어요.”

“뭐를 말이오?”

일도는 왠지 불안감이 엄습해 왔다. 조패림의 첫인상부터 마지막으로 보았던 일까지 영 뒤끝이 좋지 않았다.

“후후후. 뭘 그리 긴장하세요? 그냥 남는 첩 자리 하나 주면 되니까 긴장하지 마요.”

“에?”

일도의 두 눈이 휘둥그레졌다. 도대체 맨 정신으로 첩 자리를 달라니…….

“안 주면 알아서 하세요. 내가 개방 식구들을 이끌고 가는 곳마다 근처에 진을 칠 테니까요.”

“…….”

“그럼, 허락으로 알고 먼저가요.”

“이… 이보시오. 조 낭자, 조 낭자!”

하지만 이미 조패림의 신형은 떠나가는 사람들 틈으로 사라졌다. 그리고 지금까지 몰래 둘의 모습을 지켜보던 조곡도 떠나가며 한마디를 남겼다.

“자, 그럼 잘 알아서 하리라 믿네. 참고로 내가 개황 조곡이고, 저 아이는 내 하나뿐인 손녀일세. 흘흘흘.”

“…….”

결국 일도는 남들이 떠나가는 데도 멍하니 남아 있을 수밖에 없었다.

“자… 잠깐만요. 개황 어르신, 저는 산매 하나만으로도 벅차단 말입니다. 잠깐만요, 조 낭자! 개황 어르시이인!!”

일도는 그제야 정신을 차리고, 부리나케 멀어지는 사람들을 쫓아갔다.

그리고 그들이 떠나간 조양봉에는 하나둘 눈송이가 떨어져 내리며 그들이 남겨둔 수많은 은월들을 그 속에 천천히 덮어주었다.

終